빈틈의　위로

해야 하는 일 사이에
하고 싶은 일
슬쩍 끼워 넣기

빈틈의 위로

김지용
강다솜
서미란
김태술

아몬드

추천의 말

사회 진출을 앞둔 학생들이 삶의 방법에 대해 물어보면 나는 대략
세 가지로 대답했다.

"선택한 것이 옳았다는 걸 증명해야 합니다."

"한 가지 일이 주어지면 두 가지를 하세요."

"굳이 영어를 쓰자면 'You deserve it!(너는 그럴 자격이 있어!)'이란 말
을 들어야 합니다."

다시 볼수록 숨 막히는 말들이다. 내가 그대로 실천했는지의 여부
를 떠나 머릿속이 저런 말들로 차 있었다는 건 내가 내 삶을 피곤
하게 했다는 것이고, 그걸 남에게도 강요(?)했다는 것 아닌가. 여기
저자들 가운데 두 사람은 한 때 같은 회사의 후배였다. 건네받은
원고의 제목에 '빈틈'이 들어가 있는 걸 보고, 마구 찔린 것은 당연
하다. 그러나 읽고 난 다음 안심했다. 아니 위로를 받기까지 하였
다. 그중 한 사람은 나와의 미담을 적어 놓았고, 한 사람은 이미 오
래 전에 나의 빈틈을 즐거워했다고 고백한 바 있으니… 어찌 보면
나에게도 '숨 쉴 틈'은 있었던 것이고, 그것이 다른 이에게 예기치
못한 선한 영향력을 가졌던 것이며, 그래서 이 네 사람이 자신의 절
박했던 삶의 순간들에서 찾아낸 '숨 쉴 틈'은 또한 얼마나 큰 선한
영향력을 갖게 되는 것일까….

- 손석희 | 언론인·교토 리츠메이칸대학 객원교수

상대방의 무거운 이야기를 듣고 나면 나도 모르게 못난 마음이 튀어나올 때가 있다. 내가 가진 마음의 무게는 별것 아니라고 치부해 버리거나 무시해도 괜찮다는 생각. 수많은 일들을 겪어내고 이젠 매일매일을 더 사랑하며 살아가고 있는 이 책의 저자들은 말한다. 나도 너와 비슷한 시간이 있었다고. 그러니 지금부터라도 현재를 살길 바란다고. 그리고 더 행복해지라고.

- 옥상달빛 김윤주 | 뮤지션

'내 얘기 같다.' 작가들의 에피소드에서 군데군데 나의 모습을 발견했다. 책 끄트머리로 가면서는 괜한 동지애마저 느껴졌다. 가끔 나와 비슷한 데가 있는 사람을 만나면 많은 대화를 나누지 않고도 금방 친구가 될 수 있는 것처럼, 읽는 동안 나도 모르게 친구가 되어버린 기분이다. 지금 이 책을 집어든 당신도 읽고 나면, 나의 고민이 나만의 것이 아니었음을 알게 되리라 생각한다.

- 옥상달빛 박세진 | 뮤지션

우리는 '빈틈'을 채우려 애쓰지만, 저자들은 '빈틈'을 만들려 애쓴다. 아침 햇살이 좋아서, 비 오는 소리가 좋아서, 길을 걸으며 땀을 흘릴 수 있어서, 이불 속에 누워 꼼짝도 안 할 수 있어서… 아주 사소하고 작은 것들로부터 위로받을 수 있음을 우리는 자주 잊고 산다. 《빈틈의 위로》는 타인의 시선과 내적 요구로 무너지는 우리, 일상에 지친 우리를 어루만져준다. 어떻게 행복을 찾아갈 수 있는지 깨닫게 해주면서 변화를 이끄는 값진 경험을 제공하는 책이다.

- 이재규 | 감독·〈정신병동에도 아침이 와요〉 연출

열심히 살았지만
공허한 당신에게

"우리나라는 망했어. 이제 정말 답이 없어."

요즘 온라인, 오프라인을 가리지 않고 자주 만나는 말들이다. 세계 최저의 출산율, 세계 최고의 자살률, 계속 늘어나는 정신 질환 발병률까지 사실 그렇게 느낄 근거들이 꽤 있다. 외국의 한 유명 유튜버가 우리나라를 '세상에서 가장 우울한 나라'로 소개해 화제를 모으기도 했다. 다소 불편감을 느끼며 열어본 그 영상에는 반박할 거리가 하나도 없었다.

이런 말들을 하도 듣다 보니, 상당히 낙천적인 편인 내게도 미래가 불투명하고 암울하게 보일 때가 있다. 짧은 시간 동안 기적처럼 발전했던 나라가 이제 신기루처럼 사라져가는 건가? 아니, 어떻게 이럴 수 있을까? 이해하기 힘들 정도다.

그런데 이렇게 순식간에 세상이 뒤집어지는 경우들은 생각보다 굉장히 많다. 롤러코스터처럼 낙차 큰 삶의 주인공들을 나는 진료실에서 자주 만난다. 안정적인 인생에 성공가도를 달리다 예상치 못한 구렁텅이에 빠져 괴로워하는 사람들, '내 삶은 망했다고, 이제 정말 답이 없다'고 말하는 그들의 괴로움에 같이 걱정하고 공감하지만, 체념이나 공포에는 동의하지 않는다. 느낌대로만 삶이 흘러가지 않는다는 걸 수없이 목격해왔기 때문이다. 예상치 않게 무너졌던 이들의 삶은, 또 예상치 못한 방식으로 회복되고 올라선다.

칼 융은 "마흔이 되면 마음에 지진이 일어난다"고 했다. 이삼십 대까지 그저 열심히만 살아온 사람에게 '이제는 진정한 자신이 되라'는 내면의 신호가 오고, 그로 인한 삶의 격변 과정에 우울증이 동반될 수 있다고 보았다. '지진'은 기존의 삶을 무너뜨리고 인생의 구조를 새로운 방식으로 쌓기 위해 꼭 필요한 과정이다. 결국 사회라는 것도 개개인으로 구성되는 것이니, 이 이론을 사회에도 적용해볼 수 있지 않을까? 그저 열심히만 달려오던 우리나라가 기존의 방식으로는 더 이상 버틸 수 없어 지진이 찾아온 것이라고, 그래서 우울증을 앓게 된 것이라고 나는 생각한다.

만약 사회 전체가 우울증을 앓고 있다면, 분명 대책이 필

요할 것이다. 그저 망했으니 치료는 필요 없다며 가라앉을
지, 아니면 우울증을 유발한 이전의 모습으로 돌아가는 것
을 목표로 할지, 더 건강하게 변화한 새 모습을 만들어야 할
지 답은 명확하다. 구체적으로 어떻게, 어떤 모습으로 사회
가 변화해야 하는지 그 대안까지는 잘 모르겠다. 작은 방에
서 일하는 한 의사로서 더 이상의 거대 담론을 제시하는 일
은 무리일 것 같다. 하지만 결국 개개인들의 변화가 모여 사
회의 변화로 이어지고, 조금 더 살만해지는 세상으로 변하
는 것 아닐까.

　우울증에 걸린 많은 사람들을 곁에서 지켜봤다. 치료하
기 위해 함께 노력도 했다. 흔히들 질병 이전의 삶으로 돌아
가는 것을 꿈꾸지만, 다시 또 지진을 겪는 것을 막기 위해,
더 잘 살기 위해서는 삶의 형태를 새롭게 바꿔야 한다. 직
장 상사 때문에, 부모 때문에, 연이은 취업 실패에 숨 막히
는 내 삶은 바뀔 수 없다고, 이 나라에 사는 이상 답이 없다
는 대답이 자주 돌아온다. 하지만 그 와중에도 변화는 분명
히 가능하다. 생각보다 훨씬 더 사소하고 일상적인 것들에
서 시작되는 변화가 결국 내 삶에 '숨 쉴 틈'을 만들어낸다.

　이 책은 사소해 보이지만 결코 사소하지 않은, 개인의 변
화에 관한 이야기를 다룬다. 내가 지켜본 그 생생한 변화들

을 이 책에 담아냈다. 아무리 숨 막히고 앞길이 보이지 않는 상황에서도 분명 변화가 가능하다는 것을, 지금보다 당신은 더 잘 살 수 있다는 말을 전하고 싶었다.

우선 쉽게 내보이기 어려운 삶의 장면들을 진료실에서 내게 보여준 모든 분들에게 감사드린다. 그분들이 나를 믿고 속마음을 열어주신 덕에 나는 언제나 많은 것을 배운다. 그분들의 일상이 조금이나마 나아지도록 돕는 일을 하지만, 동시에 많은 순간 그분들에게 도리어 배우고 삶의 다양한 측면을 깨닫곤 한다. 이 책의 여러 갈피에 그 깨달음이 묻어 있다. 다만 책에 소개된 분들의 사례는 단 한 명의 이야기가 아니다. 여럿의 이야기를 버무려 각각의 인물을 그려냈고, 모두 가명으로 처리했다. 가장 힘든 시기에 나를 찾아오셨던 그들 모두가 지금은 조금 더 평안하게 지내고 있기를 진심으로 바란다.

또한 이 책은 나 혼자 적지 않았다. 솔직히 말하자면 나만의 이야기로는 독자들의 삶에 변화를 줄 확신이 없었다. 그래서 노력과 성취와 우울의 과정을 거친 뒤 인생의 두 번째 챕터를 살고 있는 사람들을 찾아 글을 부탁했다.

심한 무기력으로 일상이 어려운 기간도 있었지만, 쓸모없어 보이는 활동들을 통해 무기력과 공허감을 밀어낸

열심히 살았지만 공허한 당신에게

9

MBC 강다솜 아나운서에게 그 소중한 경험을 열어주길 요청했다. 겉으로 보이는 것만이 전부가 아니다. 밖에서는 화려하게만 보이는 삶 속에 숨겨진 남모를 고통, 그리고 그 수렁 속에서 스스로 구원해낸 방법의 참신함이 내게도 인상 깊었다. 해야 할 일들에 짓눌린 삶에 고통스러우면서도, 어디서부터 변화를 만들어나가야 할지 모르겠는 사람들에게 큰 도움이 될 것이다.

누구보다 독종 같은 노력을 통해 국내 최고의 위치에 올라섰지만 이내 찾아온 긴 슬럼프로 극적인 성공과 실패 모두를 경험한 김태술 전 프로농구선수를 찾아가 만났다. 한 분야의 최고가 되어 본 사람의 원동력은 무엇일지, 그 와중에 삶의 균형은 어떻게 맞추는지 궁금했기 때문이다. 농구선수로 코트에서 누구보다 넓은 시야를 자랑하던 그는, 인생을 바라보는 시각 역시 넓고 남달랐다. 치열한 경쟁 사회 속에서 승리와 큰 성공을 꿈꾸는 많은 이들에게 더 넓은 시각과 영감을 안겨줄 이야기가 되리라 기대한다.

마지막으로 지난 5년간 북팟캐스트 〈서담서담〉에서 같이 책을 읽고 이야기를 나눠온 MBC 서미란 피디의 이야기를 담아보았다. 서미란 피디는 내가 아는 사람 중 그 누구보다도 자신이 원하는 삶을 직접 만들어가는 인물이다. 동시에 자신을 가두는 강력한 틀을 연달아 부수며 점점 더 단단해진 사람이다. 남들이 바라고 시키는 대로만 사는 것에 지친 사람들에게 내면이 강한 서미란 피디의 목소리를 들려주고 싶었다. 내가 원하는 길대로 인생을 걸어가는 이 감각이야말로, 우리를 살게 만드는 가장 강한 원동력이 될 테니 말이다.

갑작스런 내 요청에 자신의 삶을 기꺼이 내어 보여주기로 결정한 공저자들의 용기와 열의에 깊은 고마움을 전한다. 우리의 글을 만난 이들의 삶에 숨 쉴 틈이 열리길, 빈틈의 위로가 전해지길 진심으로 바란다.

2024년
김지용

차례

1   해야 하는 일에 짓눌린 당신에게 필요한 것

김지용

1

해야 하는 일에
짓눌린 당신에게 필요한 것

김지용

그 놈의
영어 공부

"이제 시간을 어떻게 보낼 생각이에요?"

결국 병가를 신청하기로 결정한 수호 씨에게 진단서를 내밀며 물어보았다.

이전에 겪어본 적 없는 무기력과 불안, 불면으로 수호 씨가 병원에 찾아온 지 어느덧 네 달이 지나 있었다. 수호 씨는 우울증과 공황장애로 약물 치료와 상담 치료를 진행했지만 안타깝게도 뚜렷한 호전은 보이지 않았다. 가만히 있어도 시시때때로 심장이 두근거리고 목이 조이는 듯했고, 새로운 아이디어가 떠오르기는커녕 어떤 것에도 집중이 되지 않았다. 대신에 부정적 생각들만 꼬리에 꼬리를 물며 몸집을 키워 나가 머릿속을 채웠다. 예전 같지 않은 자신이 민폐만 끼치는 존재라는 생각에 괴로웠고, 앞으로 영원히 좋아지지 않을 것이란 생각에 두려웠다. 겉으로 티 내지 않으려 애쓰며 버티고 버틴 수호 씨의 바람과 달리 팀원들은 모두 그의 확연한 변화를 눈치채고 있었다. 결국 상사에게 휴직을 권유받은 날, 수호 씨는 마치 퇴직이라도 결정된 듯 절망스러운 목소리로 그 사실을 내게 전했다.

솔직히 이럴 땐 내 마음도 무겁다. 보통 이쯤이면 회복되어 약물을 감량하거나 치료 중단을 논의하기도 하는데 왜 치료에 진전이 없는 걸까. 면목이 없다. 하지만 이럴 때 기억해야 하는 진리를 다시금 떠올린다. 뻔한 이야기일 수 있지만, '고난에는 삶의 긍정적 변화를 위한 기회가 숨겨져 있다'는 것이 내가 진료실에서 수없이 보고 배운 확실한 진리다. 부정적 생각에 압도되어 있는 환자 입장에선 그렇게 생각하는 것이 불가능에 가깝겠지만, 곁에 있는 나라도 잊지 않고 지금 상황을 냉정하게 바라봐야 한다.

수호 씨의 일자리는 아직 그 자리에 잘 있다. 그리고 스트레스의 주원인인 업무에서 벗어나게 되는 지금 상황은 오히려 치료에는 좋은 기회다. 수호 씨는 지나치게 일에 매여 있었다. 우울증에서는 뇌기능의 저하로 인한 집중력 저하가 동반된다. 신체적 질환이든, 정신적 질환이든 질병에 의한 기능 저하는 당연히 따르는 일이다. 그러나 수호 씨는 끝없이 자신의 부족함을 탓했다. 퇴근 후 밤에도, 쉬는 날에도 계속해서 끊임없이 일 생각에 매여 있었다. 업무 스트레스로 인해 우울증의 호전이 어렵다고 판단했던 나 역시 진작 병가를 권유했지만, 수호 씨는 단호하게 거절했다. 휴직이라는 방식으로 이제라도 쉴 수 있게 된 것이 오히려 다행처럼 느껴졌다. 이제는 좀 편해질 수 있지 않을까 하는 기대를 담아, 나는 앞으로의 계획을 물었다. 수호 씨에게 돌아온 대답은 이랬다.

"모르겠어요. 뭘 해야 할지. 쉬어본 적이 없어서요. 일단 영어 공부를 하면서 뭘 할지 더 생각해보려고 학원 등록은 해 놨어요."

나도 모르게 작은 탄식이 흘러나왔다. 영어 공부라니. 또 그 놈의 영어 공부다. 처음이 아니다. '정신 질환으로 안타까운 휴직, 그와 동시에 시작되는 영어 공부'라는 이 패턴을 그간 여러 환자에게서 목격해왔다. 대체 왜일까?

"그냥 이 기회에 점수 따 놓으면 좋잖아요. 영어 잘하면 좋은 거 아닌가요? 발전하는 느낌도 들고 자존감도 높일 수 있을 것 같은데요. 물론 지금 제 상태로 잘할 수 있을지는 모르겠지만요."

얼핏 그럴 듯하게 들린다. 하지만 지금이 어떤 상태인가?

우울증과 공황장애를 동시에 앓고 있는데 치료는 지지부진하며, 그로 인해 휴직하게 되었다. 공부가 잘 될 리 없다. 영어든, 중국어든, 프로그래밍이든, 새로운 지식이 들어올 뇌 상태가 아니다. 마치 발목 골절을 당한 축구선수가 그럼 이 기회에 헤딩에 도움이 될 만한 높이뛰기를 배워보겠다고 하는 격이랄까. 하지만 뇌과학적 이유를 들어 설명해도, 온갖 비유를 들어 설득해도 이들의 마음을 멈출 수는 없었다. 기어코 무언가를 새로 하지 않고서는 견디지 못했다.

처음엔 이 정도로 '열심'인 이유가 우울증 때문이리라 의심했다. 우울증 상태에서는 자기 자신이 부정적으로 보이고 주변 모든 것이 불안하게 느껴지니, 발전해야 한다는 압박감도 더 크게 느낀다. 그런데 그들의 이야기를 더 많이 들어볼수록, 그들의 삶을 더 이해할수록 새로운 답이 보였다. 이 지나친 '열심'의 모습은 우울증의 결과이기에 앞서 원인이기도 했다. 내 진료실에는 우울증에 걸리기 이전부터 항상 쫓기듯 살아온 분들이 참 많았다. 마치 밀린 숙제들에, 빚 독촉에 쫓기듯 급박하게 해야 할 공부와 일을 처리하는 데 삶의 초점이 맞춰져 있었다.

이들에게서 공통적으로 자주 듣는 단어가 또 있었다. 바로 '공허함'이라는 단어다. 이들은 삶에 뭔가 비어 있는 것 같다고, 껍데기로 사는 것 같다고, 내 인생을 사는 것 같지가 않다고 말한다. 그토록 열심히 살아왔는데 왜 충만감이 아닌 공허함을 느끼는 걸까? (물론 절대 열심히 살지 않았다고 즉각적으로 부인하는 모습 또한 매번 보게 된다. 지나치게 높은 기준 때문이다.)

지금까지 언급한 이 마음들을, 내 진료실을 찾는 분들만 느끼는 것은 아니다. 간혹 기업 임직원이나 일반 대중을 대상으로 강연을 하러 가는데, 동일한 상황을 가정하며 질문을 던지면 신기하게도 '영어 공부를 하겠다'는 대답을 종종 듣는다. 항상 스스로를 몰아붙이고, 마음 편히 쉬지 못하고, 빈 시간이 생길 때 죄책감을 느끼는 사람들이 생각보다 아주 많았다.

생각이 너무 많은 사람, 퇴근 후나 휴일에도 마음 편치 않은 사람, 계속 무언가 해야만 한다는 느낌과 타인과 비교하는 마음에 쫓기는 사람, 남부럽지 않게 잘 살고 있는 것처럼 보이지만 이유 모르게 공허한 사람, 내 삶을 사는 것 같지 않은 사람, 너무 지치는 이 삶에서 도망치고 싶다는 생각이 드는 사람. 이제부터 나는 이분들의 마음속으로 한 발짝 들어가보려고 한다.

"잘 지냈어요.
코로나에 걸렸었거든요"

"네가 나약해서 그런 것이지, 그게 무슨 병이냐."

환자 분이 주변 사람들에게 들었다며 진료실에 와서 전해주는 가장 흔한 말이다. 정신과 의사 친구들과 함께 운영하는 유튜브 채널 〈뇌부자들〉에도 비슷한 취지의 댓글들이 매우 자주 달린다. '정신 질환이란 건 존재하지 않는다', '매일 5킬로미터씩만 뛰면 금방 다 나을 사람들이 노력 없이 약만 찾는다', '우울증 최고 치료제는 택배 상하차 일이다' 등 혼자만의 생각으로 간직해도 될 것을 굳이 찾아와 정성스레 댓글까지 단다.

모르긴 몰라도 주위에 암 환자가 있다면 그렇게 모질게 대하진 않을 것이다. 정신 질환 역시 뇌에 발생한 엄연한 '신체 질환'이기에 여느 환자처럼 위로와 격려를 받아야 하는 것이 마땅한데, 현실은 그렇지 않다. 대신 비난과 조롱을 받는 경우가 잦다. 이는 유독 정신 질환의 경우 질병과 그 사람을 동일시하기 때문에 발생한다. 무기력과 무의욕은 그 사람의 정체성이 아니라 질병에 의해 생겨난 증상이며 이를 입증하는 뇌과학적 발견들은 차고 넘친다. 그럼에도 여전히 이를 모르거나 알고 싶어 하지 않거나 알면서도 끝까지 외면하는, 무지하거나 비겁한 이들이 우리 사회엔 너무도 많다.

나약함, 게으름, 실패자, 현실도피자. 우리 사회의 다수가 '정신과 환자'를 이렇게 생각한다. 김구라 씨와 이경규 씨 같은 유명인들이 연달아 정신 질환을 고백하고 멋지게 극복해 살아가는 모습을 보여주어도, 전 국민의 넷 중 하나는 정신 질환을 경험한다는 통계가 나와도 그들의 생각은 바뀌지 않는다.

정신과 의사로서 '정신과에는 어떤 사람들이 와요?'라는 질문을 참 많이 받는다. 그런데 뾰족한 답은 없다. 내과에 들르는 환자 중 재벌도, 서민도, 빈민도 있듯이, 내 진료실 역시 똑같다. 다양한 사람들을 만난다. 열정적이고 바쁘게 살아오며 큰 성취를 이뤄낸 사람도, 성취가 없어 괴로워하는 이도 만난다. 대기업 직원과 공무원도 있고, 그런 곳에 입사하기 위해 취업을 준비 중인 사람도 있다. 유명 연예인도 만나고, 유명해질 날을 꿈꾸며 준비하는 무명 연기자도 만난다. 특정 연령대나 성별, 직업으로 답할 수는 없지만, 진료 경험이 쌓이며 정신과를 찾는 이들 사이에 한 가지 공통점이 있다는 사실을 깨닫게 되었다. 균형이 깨진 삶은 언젠가 무너지게 되어 있는데, 정신과 진료실을 찾는 사람들은 대개 삶의 균형이 무너져 한쪽으로 기울어진 채 절뚝이는 마음을 끌어안고 살아가고 있었다. 균형이 무너진 사람은 두 가지 그룹으로 나뉘었다.

첫 번째 그룹 사람들의 특징은 '과속 질주'다. 직장 내 유명한 워커홀릭으로 통했고, 자신을 몰아붙이는 그 마음이 정신 질환에도 꺾이지 않아 휴직과 동시에 영어 공부를 선택하게 만든다. 퇴근 후나 휴일에 스터디 모임에 가거나 자격증 준비를 하는 경우는 흔하고, 프리랜서나 과외 선생님으로 추가 노동을 하기도 한다. '잠은 죽어서 자면 된다'는 말이 감명 깊었다는 얘기도 종종 듣는다.

두 번째 그룹 사람들은 반대로 출발선에 멈춰 있다. 아무것도 시작하지 못하고 희뿌연 계획들만 지닌 상태가 지속되다 보니 가족과 주변 사람들에게 '답답하다'는 얘기를 자주 듣는다. 진료 때마다 또 결국 아무것도 하지 못했다며 자

쉬어 하는 일에 짓눌린 당신에게 필요한 것

신의 게으름을 심하게 자책한다. 물론 우울증의 증상인 무기력과 무의욕이 무언가를 시작하는 데 엄청난 장해물이 되는 것은 사실이지만, 그런 점을 감안하여 같이 설정한 아주 작은 목표도 실천에 옮기지 못한다. (내 진료실에는 이 두 번째 그룹 사람들의 비중이 훨씬 적은데, 이는 내가 대기업과 관공서 들이 즐비한 지역에서 진료를 보고 있기 때문이리라 추측한다.)

그리고 이렇게 정반대의 모습들이, 결국 하나의 심리에서 비롯된 것이란 사실도 깨닫게 되었다. 그것은 바로 '최선을 다해 열심히 해야만 한다'는 마음이다. 이 두 그룹은 내가 차마 글로 표현하기도 힘들 정도의 엄청난 압박감을 느끼며 산다. 끝없이 노력해도, 반대로 다 놓아버린다고 해도 이 압박감에서 벗어나지 못한다. 야근을 해도, 자격증을 더 따도, 진급을 해도 항상 부족하다. 모자란 부분을 계속해서 찾아낸다. 이 압박감에서 벗어나기 위해 고개를 돌리고 눈을 감아도 마찬가지다. 게임에 빠져 들어도, 술을 찾아도, 잠만 자도 항상 마음이 무겁다. 계속해서 스스로를 비난하며 괴로워한다.

***

"지난번에 약을 조절한 후에도 두세 번씩은 잠에서 꼭 깨요. 다시 잠드는 데 한참 걸리고…… 야근도 많고 바쁜데 잠도 푹 못 자니까 더 힘드네요."

"솔직히 저도 좀 난감합니다. 몇 번 말씀드렸듯 보통보다 약을 훨씬 강하게 쓰고 있거든요. 용량을 계속 늘릴 수는 없어요. 지연 씨 생각에는 이렇게 자주 잠에서 깨는 이유가 뭔 것 같으세요?"

"음…… 잠을 자면서도 머리가 계속 돌아가고 있는 것 같아요. 계속해서 해야 할 일, 했어야 할 일에 대한 생각이 돌아가고 있달까. 이렇게 사는 것도 이젠 너무 힘드네요. 다 내려놓고 싶어요, 정말. 선생님 말처럼 삶에 일 이외의 제 시간이 필요하다는 것도 머리로는 알겠어요. 아는데 막상 뭘 어떻게 해야 할지 모르겠어요."

아이 둘을 둔 워킹맘 지연 씨가 집중력 저하와 심한 불면을 호소하며 병원에 찾아온 지 어느덧 3년이 지났다. 지연 씨는 앞서 수호 씨와 마찬가지로 지지부진한 치료 경과를 보이고 있었다. 세상에, 3년이라니. 대체 왜 호전이 없단 말인가. 아무것도 하지 않고 마냥 시간을 흘려보내기만 했던 것은 아니다. 그 긴 시간 동안 지연 씨와 나는 많은 대화를 나누었고, 이제 지연 씨는 문제가 무엇인지 확실히 알고 있었다. '지나친 열심'이 문제의 핵심이었다. 직장과 가정에 최선을 다하는 것 외에도 어려운 친정식구들을 책임져야 한다는 생각에 프리랜서로 추가 노동을 하고 있었다. 항상 해야 하는 것들로만 머릿속이 가득 차 있기에 자신을 위한 시간은 일절 없었다. 친구들과 수다를 떨거나 운동을 하거나 취미 생활을 즐기거나 소파에 기대어 한가로이 드라마를 보는 것 같은, 타인에겐 흔하게 있는 시간이 지연 씨에겐 허락되지 않았다. 누군가 그렇게 하도록 시킨 것이 아니라 스스로 용납하지 못했다. 왜 그렇게까지 스스로를 몰아붙이는지, 처음에는 몰랐던 그 이유를 오랜 시간 상담을 거치며 이제는 알게 되었다. 지연 씨의 어린 시절까지 거슬러 올라가며 인생을 지배하는 지나친 책임감의 정체를 상세하게 파헤친 결과였다. 지연 씨는 아주 어릴 때부터 돌봄받아 본 경험 없이 스스로 모든 것을 챙겨야 했다. 조금 자란 이후엔 자기 자신은 물론 어른들까지 돌보아야 했는데, 이 지나치게 착하다 못해 희생적인 아이의 역할이 성인이 된 후에도 반복되고 있었다.

나는 지연 씨가 이 깨달음을 기반으로 변화하길 바랐다.

이제는 선택지가 없던 과거의 어린아이가 아닌 만큼, 새로운 삶을 선택하기를 기대했다. 지연 씨가 힘들어하는 모습을 옆에서 오래 지켜본 만큼, 간절히 변화를 바랐다. 프로이트 때부터 많은 정신과 의사들이 공통적으로 말해온 '원인을 알면 바뀐다'는 그 말을 믿어보고 싶었다. 그러나 이런 믿음이 실망으로 이어질 때도 잦다. 무의식 속에서 삶을 지배하고 있던 마음의 정체를 알아내도, 그저 그뿐인 경우가 허다하다. 지연 씨 역시 그랬다. 꽁꽁 숨겨져 있던 자신의 마음을 알아채는 데 1년이 걸린 지연 씨는 그렇게 변화의 출발선으로 들어섰지만, 이후 2년이라는 더 긴 시간 동안 그저 멈춰 서 있었다. 제발 이제 좀 삶을 바꿔보자는, 본인을 위한 시간을 조금이라도 만들어보자는 내 말에 꿈쩍도 하지 않았다. 매번 '알겠어요, 그런데……'라고 말끝을 흐릴 뿐이었다.

그러던 어느 날, 지연 씨가 만면에 웃음을 머금은 채 진료실에 들어왔다. 3년 만에 처음 보는 미소도 놀라웠지만, 그 다음 말은 더 놀라웠다.

"잘 지냈어요. 코로나에 걸렸었거든요. 일주일간 방에 격리되었는데, 처음으로 휴식다운 휴식을 경험했어요. 초기엔 이래도 되나 싶었어요. 일도 안 하고, 아이들도 안 챙기고 누워서 멍하니 있는 시간이 너무 어색했어요. 뭔가 해야만 할 것 같은 마음에 죄짓는 것 같았고요. 그런데 지난 3년간 (선생님께) 세뇌당한 걸까요. 예전이라면 상상도 못했을 사고방식인데, '지금 상황이 내 탓도 아니고 어쩔 수 없지'라며 견디다 보니까 점차 편해지더라고요. 제 인생 처음으로 오롯이 저만의 시간을 가져본 기회였어요. 경험하니까 이제야 확실히 알겠더라고요. 제 삶에 뭐가 빠져 있었는지."

코로나에 걸려서 비로소 쉴 수 있었다는 말은 지연 씨뿐 아니라 다른 분들에게서도 여러 번 들었다. 가볍게 앓은 이들도, 고열과 몸살로 힘들었던 이들도 한결 가벼워진 표정으로 지연 씨와 비슷하게 말했다. 지난 몇 년간 코로나로 인해 건강을 잃고, 생업이 무너지고, 가족을 잃은 사람들을 떠올리면 이해가 되지 않을 수도 있다. 그렇다면 코로나에 감염되고 나서야 비로소 편안함을 느꼈다고 말하는 분들의 진짜 속내는 대체 무엇일까?

코로나 감염은 반복되어 오던 삶의 굴레를 멈추게 한 강력한 브레이크였다. 동시에 면죄부이기도 했다. 해야만 하는 것들로 가득 찬 삶을 강제로 멈추게 만들었고, 그렇게 어쩔 수 없이 쉬어야 하는 상황에 놓인 자신을 자책하는 마음에서 잠시라도 벗어나게 해주었다. 많은 사람들이 해외여

김지용

행을 그토록 바라는 마음도 비슷한 결이다. 책임감과 자책
감에서 벗어나 해방감을 느끼고 싶은 것이다. 비슷해 보이
지만 이보다 훨씬 더 비장하고 위험한 마음들을 진료실에
서 종종 만난다. 차라리 큰 사고가 일어나기를 바라거나 큰
신체 질환이 생겼으면 하는 마음들이다. 모두 너무 큰 압박
감에서 벗어나기가 도저히 불가능하다고 느끼기에 비롯된
다. 우울증이나 불안 장애 같은 정신 질환은 면죄부가 되기
에 부족하다 느낀다. 눈에 보이지 않기에 불충분하다. 주변
사람들, 가족들, 심지어 자기 자신의 시선에도 정신 질환은
핑계 같다.

　예상치 못한 방식이긴 했지만, 어쨌든 드디어 시작된 지
연 씨의 변화에 나는 큰 반가움과 안도감을 느꼈다. 동시에
그간 지니고 있던 의문점에 관해 조금 더 깊이 고민해보기
시작했다. 솔직하게 말하자면, 지연 씨를 포함한 몇몇 분들
의 경우 진료 중에 이런 생각이 드는 순간이 있었다. '아니,
대체 이렇게까지 호전이 없고, 의사와 이토록 의견도 안 맞
는데 왜 계속 오시는 걸까?' 가끔은 조심스레 직접 여쭤보
기도 한다. '새로운 정신과에 찾아가기 어렵다', '오랫동안
해온 이야기들을 다시 할 생각을 하면 막막하다' 같은 대답
을 듣게 된다. 어느 정도 수긍은 가지만, 그것만으로 납득하

헤어 하는 일에 짓눌린 당신에게 필요한 것

긴 어렵다. 그렇게 바쁘고 여유 없는 사람들이 어떻게든 시간을 만들어 호전 없는 병원에 몇 년째 꾸준히 오게 만드는, 그 큰 힘의 원천이 과연 그것뿐일까.

내가 내린 결론은 이렇다. 계속 자신을 몰아붙이며 힘들어하는 분들의 마음엔 놀라울 정도로 공통적인 부분이 있었다. 마음속에 서로 다른 목소리를 내는 '이인조'가 자리하고 있으며 그 이인조 중 하나가 다른 하나의 존재 자체를 용납하지 못하며 지나치게 억압하고 있다는 점이었다.

이인조 중 첫 번째 마음은 '우울증은 무슨…… 더 노력하면 극복할 수 있는 걸 나약하게 핑계대지 마. 병원 다닐 시간에 더 열심히 살아!'라며 강한 목소리로 삶을 지배해왔다. 두 번째 마음은 이에 눌려 존재감이 희미한 듯 보이지만, 결국 첫 번째 마음보다 더 강한 힘을 지니고 있기에 3년간 꾸준히 정신과에 다니게 만들었을 것이다. '널 괴롭히고 비난하는 저 목소리에 지지마. 압박감에서 벗어나 마음 편히 살 방법은 분명히 있어. 포기하지 마.' 이 두 번째 마음의 목소리가 의식의 수면 위까지 생생히 전달되지 않아 지연 씨 스스로도 알아채지 못했겠지만, 무의식의 심연에선 계속해서 울리고 있었다. 그리고 정신과 의사라는 동맹군의 도움으로 그 힘을 키워왔고, 코로나 격리라는 절호의 기회를 틈타

의식의 세계까지 진출해 마침내 마음의 주도권을 가져올 수 있었다.

드디어 출발선에서 벗어난 지연 씨는 여러 면에서 변화하기 시작했다. 그의 희생을 당연하게만 여기고 요구해온 주변 사람들에게 화를 내기도 했고, 직장 업무와 집안일에서 벗어나 혼자만의 시간을 보내기도 했다. 그런데 이 긍정적 변화에 고무되던 것이 무색하게, 지연 씨는 어느 날 갑자기 병원에 발길을 끊었다. 대체 무슨 일인지 알 도리는 없지만, 그저 잘 지내게 되었기 때문에 더 이상 치료를 유지할 이유가 없어진 것이길 바란다.

하지만 짐작건대, 지연 씨의 갑작스러운 이탈은 마음속 전투가 시작되었기 때문일 것이다. 많은 이들이 이러한 과정을 밟는 것을 보아왔다. 긴 상담을 통해 내담자의 자아ego가 마음속 이인조 중 하나인 '자기self'의 목소리를 듣기 시작했을 때, 드디어 삶의 변화가 시작된다. 하지만 곧 거센 반격을 맞닥뜨리게 된다. 평생 그의 마음속 주인공인 양 의식과 자아를 지배해온 또 다른 이인조, '페르소나persona'의 반격 말이다.

하나가 아닌
마음

"상담을 받으면서 과거 기억들이 떠오르다 보니까 부모님에게 안 좋은 감정이 드는데, 그게 너무 괴로워요. 그런데 지난 시간에 제가 한 이야기들 때문에 선생님이 오해하실 것 같아서 말씀드리는데, 지금 제가 힘든 것과 부모님과는 아무 관계가 없어요. 정말 좋은 분들이거든요."

척 보기엔 앞뒤가 안 맞는, 그러나 진료실에서 꽤 자주 듣는 이야기 흐름이다. 지난 상담 시간, 유영 씨는 어릴 때부터 부모님에게 툭하면 심하게 맞았다는 이야기를 힘겹게 꺼내 놓았던 터였다. 그런데 오늘은 그 진술을 번복하려 하고 있었다. 나는 사건을 다루는 형사가 아니기에 이 말들을 우선 흘러가는 그대로 듣는다. 정신과 의사인 내가 보기엔 당연한 상황이고, 당연한 진술이다. 말의 앞뒤가 안 맞는 것은, 유영 씨의 내면에 있는 각기 다른 마음들이 각자의 목소리를 내는 것이기 때문이다.

이런 현상을 설명하기 위해 100여 년 전 프로이트는 '무의식' 개념을 주창했다. 지금이야 우리가 무의식이란 단어를 자연스레 사용하고 있지만, 당시엔 그야말로 혁명적인 이론이었다. 데카르트가 '나는 생각한다. 고로 나는 존재한다'라는 말을 한 이후, 인간의 이성적 판단과 의식 세계를 중시하던 시대였다. '의식은 빙산의 일각일 뿐, 정신세계의 대부분을 이루고 있는 무의식이 우리의 삶을 지배한다'는 프로이트의 의견은 괴짜의 헛소리처럼 보이기 십상이었고, 실험으로 입증될 수 없다는 태생적 한계도 있었다. 하지만 그리 오래지 않아 프로이트의 무의식 이론은 정신과학의 기본 개념으로 자리 잡게 되었다. 설명할 방법이 마땅치 않았던 것이지, 무의식의 존재를 부정할 순 없었을 것이다. 내 마음을 나도 모르며, 무의식 없이는 내가 모르는 '나'를 온전히 설명할 수 없음을 다들 알고 있었을 테니 말이다.

앞서 말한 유영 씨의 마음을 프로이트 방식으로 해석해보자면 이렇다. 생존 능력이 없는 어린 아이에겐 부모가 이 세상의 전부다. 뭐가 옳고 그른지 아직은 판단할 수 없고, 폭력을 그저 당연하게 받아들이며 자신의 탓으로만 돌리는 마음의 습관이 생긴다. 그러나 점점 자라면서 어느 시점엔 다른 집 아이들은 맞지 않는다는 것을 알게 된다. 하지만 그 알아차림이 '내 부모는 나쁜 사람'이라는 깨달음으로 바로 이어지지는 않는다. 새롭게 알게 된 진실은 마음을 혼란스럽게 만들 뿐, 당장의 내 삶을 바꿔주진 못한다. 무서운 대상에게 화를 내거나 왜 그랬냐고 따질 수도 없다. 무의식은 지금 상황을 계속 자신의 탓으로 돌리고, '내 부모는 좋은 사람이지만 내가 나쁘기 때문에 맞는 것'이라는 기존의 전제를 유지하는 편이 마음속 평안을 지키는 데 낫다고 판단한다. '억압과 억제'의 방어기제를 사용해 분노를 의식의 수면 아래로 눌러 담는다. 점차 커지는 화를 감당하기 힘들어지면 새로운 방식을 추가한다. '미운 자식 떡 하나 더 준다'는 속담이 딱 들어맞는, '반동형성'의 방어기제로 부모님께 더 순종하고 더 잘해드리며 스스로의 마음을 속인다. 남들이 보기에 이상할 정도로 열심이다. 그래서인지 진료실에서 만나는 가정폭력과 학대의 피해자에게서 '부모님께서 아프거나 돌아가시면 어쩌나 하는 걱정이 가장 힘들다'라는 말을 꽤나 자주 듣는다. 거듭 말하지만, '반동형성'의 방어기제다. 나도 모르는 게 내 마음이다.

이렇듯 눈에 보이지 않는 마음을 해석하기 위해 프로이

트는 정신세계를 '의식'과 '무의식'으로 나누고, '초자아', '자아', '욕동'이라는 구조물들을 그려냈다. '날 때리는 사람에게 화가 나고 복수하고 싶다'는 욕동과 '부모님에게 화를 품다니 너 참 나쁜 아이구나'라고 말하는 초자아 사이엔 필연적인 내적 갈등이 생긴다. 자아는 그 내적 갈등을 해소하기 위해 방어기제들을 사용하는데, 자주 사용하는 방어기제가 우리의 성격이라 할 수 있다.

정신과 의사가 된 이후 프로이트의 이 이론을 가장 먼저 배웠다. 이는 나를 포함한 많은 정신과 의사들이 환자의 마음을 읽기 위해 활용하는 기본 개념이자 기술이다. 그런데 모든 이에게, 모든 상황에 들어맞는 것은 아니다. 프로이트와 동시대에 살던 정신 이론가뿐 아니라 이후의 많은 정신과 의사들과 심리학자들이 프로이트의 이론을 수정·보완하거나 반기를 들며 새로운 그림을 그려왔다. 이 대가들이 만든 다양한 이론들을 배우고 활용하는 나로서는 무엇이 더 맞는다거나 틀리다고 느껴지지 않는다. 보이지 않는 깊은 심연 속 정신세계를 일렁이는 그림자만으로 유추하며 더듬어보는 일이 오죽 어려웠을까. 이론의 수정·보완 과정을 거치며 조금씩 표현이 달라졌을 뿐, 대부분의 주류 이론은 '마음속에 상반된 이야기를 하는 이인조가 있다'는 핵심

사항을 공통으로 그려내고 있다.

환자 분들에 따라 다르지만, 내 경우엔 여러 정신분석 이론들 중 칼 융의 개념으로 내담자의 마음을 해석하는 빈도가 진료 경험에 비례해 점차 늘어나고 있다. 융 이론이 앞서 소개한 질병 휴직을 낸 후 영어 학원을 등록하는 사람들이나, 코로나 감염 후 진정한 첫 휴식을 가질 수 있었던 지연 씨의 마음을 설명하기에 적합하기 때문이다. 융 역시 프로이트와 동일하게 '자아의 회복'을 중요하게 여겼지만, 그보다 '자기'의 개념을 더 강조했다. 자아가 '나의 주체'라면, 자기는 '나의 주인'과 같은 존재다. 자아는 '내가 알고 있는 나'이지만, 자기는 '이미 모든 것을 다 알고 있는 존재'다. 융이 그려낸 마음 구조물들이 지연 씨의 머릿속에서 외치는 말들을 정리하면 아마도 이러했을 것이다.

페르소나 우울증이라고 핑계 댈 시간에 더 노력해!

자아 계속 더 노력해야만 할 것 같단 생각에 숨이 막혀. 어떻게 해야 할지 모르겠어.

자기 너는 분명 다르게 살 수 있어. 사실 답은 이미 알고 있지 않니?[*]

페르소나는 자아의 가면, 겉껍질을 뜻한다. 이는 한 사람이 외부 세계에 내보이는 모습, 가장 외적인 인격으로 사회로부터 요구받는 기대치에 부응하기 위해 생겨난 것이다. 페르소나는 사회적 인간으로 살아가는 데 필수적이다. 우리는 모두 어릴 때부터 말 잘 듣는 아이, 친구들과 잘 어울리는 아이, 공부 열심히 하는 학생, 능력 있는 직업인 등 다양한 요구를 받아왔고, 이는 건강한 사회적 인격을 형성하는 데 꼭 필요하다. 그런데 앞서 소개했던 수호 씨와 지연 씨 그리고 유영 씨는 적당해야 할 페르소나의 크기가 지나치게 비대해진 것이 문제였다. 너무 두꺼워진 페르소나가 자아를 집어삼킨다. 내 의식 세계의 주인인 양 마음속 다른 목소리들을 공격하고 발언권 자체를 용납하지 않기에 삶의 균형이 무너진다. 가정과 사회에서 요구해온 모습에 맞춰야 한다는 목소리가 그들을 채찍질한 결과 '할 때 하고 쉴 때 쉬는 사람'이 되지 못하고, 24시간 내내 공부나 일을 해야만 한다고 느낀다. 애초에 불가능한 이 목표로 지나치게 자신을 몰아붙이다 과부하된 뇌가 정신 질환에 빠지거나, 생각만 많고 아무것도 시작하지 못해 자괴감에 가득 찬 게

---

* 융의 이론에는 아니무스/아니마, 그림자 등 더 많은 개념이 등장하지만, 이 책에서는 '페르소나'와 '자기'에 초점을 맞춰 설명하겠다.

으른 완벽주의자가 된다.

융은 사회적 역할을 강조하는 페르소나에 지나치게 사로잡혀 있을 때 성격의 다른 측면들이 발달하지 못한다고 말했다. 100여 년이 지난 지금, 내 진료실에서 뵙는 다수가 융의 말을 그대로 현실에서 보여준다. 공부나 일 같은, 해야 할 것들을 성실히 해오며 살아왔지만, 하고 싶은 것은 무엇인지 물을 때 답하지 못한다. 그동안 꾹 참아왔을 것이 분명한 눈물을 조용히 흘리기도 한다. 일하기 위해 태어난 삶은 아니란 것을 알지만 무엇을 해야 할지, 어디서부터 어떻게 시작해야 할지 모르겠다고 토로한다. 얼른 정년퇴직할 나이가 되어 직장과 가정의 책임에서 벗어나고 싶다는, 이후엔 스위스에 가서 조력 자살을 하고 싶다는 가장들도 여럿 만났다. 그 무거운 짐을 내려놓은 이후엔 더욱더 자신이 원하는 삶을 만들어나가면 될 텐데, 페르소나 외의 다른 목소리들은 들어보지 못했으니 이후 삶을 어떻게 꾸려갈지 갈피를 잡지 못한다.

하지만 나는 이들의 변화를 목격했다. 그들은 '게으른 것이지 네가 무슨 우울증이냐', '병원에 갈 자격도 없다'고 말하는 페르소나에 자아가 집어삼켜진 상태에서도 꾸준히 병원에 찾아왔다. '왜 살아야 하는지 모르겠다는 생각에 변화가 없다'고, '앞으로도 변할 것 같지 않은데 왜 병원에 오는지 모르겠다'고 말하면서도 계속해서 스스로의 발로 왔다. 나는 그들의 모습을 통해, 우리 정신세계의 주인이 페르소나나 자아가 아닌, '자기'라는 것을 절절히 깨달았다. 앞서 말했듯 무의식 속 '자기'는 무엇이 문제인지, 어떻게 해야 하는지 이미 다 알고 있다.

페르소나와 자기의 충돌은 융이 정신세계를 그려낸 100년 전에도, 오늘날에도, 외국에서도, 우리나라에서도 누구에게나 피해갈 수 없는 부분이다. 그런데 특히 오늘날 우리나라에 사는 사람들은 분명 어느 때의 그 누구보다 가장 크게 페르소나에 짓눌리고 있다. 전 세계의 다른 누구보다 열심히 살지만, 삶이 만족스럽지 않다. 열심히 살수록 계속 지치고 공허하다. 여러 통계 수치 역시 이를 뒷받침한다. 우리나라는 OECD 국가들 중 학업과 노동 시간은 가장 긴 편이며 수면 시간은 가장 짧다. 삶의 만족도는 OECD 38개 국가들 중 36위로 최하위에 처해 있고, 자살률은 너무 오랜 기간 1위를 놓치지 않고 있다.[*] 우리는 왜 이리도 마음과 삶의 균형이 무너진 채 살고 있는 걸까.

---

[*] 통계청(통계개발원)에서 발행한 〈2022 국민 삶의 질 보고서〉를 참고했다.

누구나 남이 그려준
가면을 쓰고 산다

"서른이 훌쩍 넘은 지금 나이에 이런 말을 한다는 게 저도 참 그렇지만, 어쩔 수 없이 부모님 생각이 나요. 가만히 있을 때마다 엄청 혼이 나서 뭐라도 계속 해야 했어요. 어릴 때부터 귀에 못이 박히도록 들었거든요. 공부 안 할 거면 방 청소라도 하라고. 동생 챙기라고."

역시 부모님 이야기다. 페르소나로 가득 찬, 항상 무언가를 해야만 하고, 그렇지 않으면 죄책감을 느끼는 사람들에게 그 마음이 어디서 비롯되었을지 질문을 던지면 대다수가 부모님 이야기를 꺼낸다. 내가 일부러 유도한 것도 아닌데 남녀노소를 가리지 않고 나타나는 이 반응이 신기할 정도다.

새로 들어가는 직장마다, 만나는 동료들마다, 관계 때문에 매번 지치고 상처받는 문제로 상담 중인 진우 씨 역시 그러했다. 진우 씨는 어릴 적부터 항상 바빴던 맞벌이 부모님으로부터 혼자서도 무엇이든 척척 해내고 투정 부리지 않는, 그러면서 동생까지 챙기는 착한 아이의 역할을 강하게 요구받았다. 당시 부모님 입장에선 다른 선택지가 없었을지도 모른다. 다만 그렇게 아이에게 강제된 페르소나가 성격의 대부분을 채워버리지 않게 약간의 배려와 여유가 더해졌다면 참 좋았을 것이라는 생각이 든다. 진우 씨는 친구들과 어울려 놀고 싶은 마음, 어린아이답게 기대고 싶은 마음, 양보하기보다 내 것을 챙기고 싶은 마음 들을 항상 억누르기만 했다. 그리고 이렇게 굳어진 성격 구조는 성인이 된 후에도 반복되는 패턴을 만들어냈다. 학교와 직장으로 무대와 등장 배우들은 바뀌어도 대인관계의 기본 플롯은 동일하다. 친구 관계에서도, 연애에서도, 직장에서도 타인을 우선적으로 챙기며 좋은 사람이란 말을 듣지만 어딘가 채워지지 않는 불편감과 공허함에 진우 씨는 항상 괴로웠다.

자아의 가면인 페르소나는 이렇게 그 기본 틀이 '가정'에서 완성된다. 그리고 우리는 그 익숙한 가면의 역할에 맞춰, 하던 대로 반복하며 살아간다. 문제는 '내가 쓰는 내 가면인데, 외부의 요구에 의해 그려졌다'는 것, '내가 바라는 이상적인 형태가 무엇일지 고민하기도 전부터 틀이 만들어졌다'는 것에 있다. 이는 부모로부터 독립하는 데 다른 동물들보다 훨씬 더 오랜 시간이 걸리는 인간의 태생적 한계로 인한 것이다. 융 역시 누구나 인생의 전반기인 이삼십 대까지는 어쩔 수 없이 페르소나에 종속되고, 이후 진정한 자신의 삶을 찾고 만들어 나가는 것이 '자기실현'이라고 말했다. 게다가 동양 문화권에서 부모가 자녀를 대하는 태도는 대등한 관계 속에서 의견 표출을 허용하기보다 일단 순종을 요구하는 편인데, 이때 자녀에게 더 비대한 페르소나가 만들어지기 쉽다.

물론 페르소나를 키우는 것은 비단 가정의 영향 때문만은 아니다. 진료실에서도, 각기 다른 집단을 대상으로 한 여러 강연에서도 이런 말을 가끔 듣는다.

"부모님은 제게 뭘 강요하신 적이 없어요. 그래서 저는 제가 왜 이렇게까지 해야 하는 일에 매여 사는지, 왜 우울하고 공허한지 이해가 안 가요. 관련 책이나 영상 들을 찾아보면 대체로 부모님에게서 비롯된 거라고만 해석을 하던데 제 경우는 그런 게 아니거든요."

빈 시간에도 마음 편히 못 쉬고 죄책감을 느끼는 사람은 어디에나 존재한다. 그들은 저마다 다른 가정에서 자랐기에, 이렇게 비슷한 모습을 만들어 낸 요인이 단 하나일 리 없다. 언젠가 〈뇌부자들〉 유튜브 채널 커뮤니티에 '한국이 우울증 유병률 세계 1위인 이유가 무엇일지' 각자의 생각을 묻는 질문을 올린 적이 있었다. 수많은 사람들이 답해주었다. 그중 가장 많은 사람이 공감한 댓글들을 추리면 아래와 같다.

"우울증을 겪은 사람으로서, 제 경우 우리나라는 인생을 살아가는 데 기준이 되는 방식이나 정석인 방법이 정해져 있다는 거 아닐까 싶어요. 거기서 조금만 벗어나고, 늦어지면 엄청난 박탈감이 와요."

"어릴 때부터 어른이 되어서까지 자신이 정말 원하는 게 무엇인지, 자신의 적성에 알맞은 게 무엇인지를 제대로 알 기회조차 못 가진 채 부모님과 사회가 원하고 시키는 대로 심한 경쟁과 압박감에 시달리며 번아웃될 때까지 열심히 달려야 하는 사람들이 세계에서 제일 많기 때문은 아닐까요?"

그 외에도 눈에 들어온 응답들이 많았다.

"해외에 오래 살다 보니 느낀 점은, 여기서는 남한테 크게 관심이 없다는 것입니다. 그래서 자연스레 남과 비교를 덜 하고 자신에게 더 집중하니 삶에 여유가 있어요. 남들과 조금 달라도 고쳐야 한다고 나쁘게 보지 않고 다양성을 인정해줍니다. 한국 사회는 기본적으로 남에게 관심이 너무 많습니다. 개개인의 문제라기보다는 사회 구조의 문제 같아요."

"(우리나라 사람은) 다른 나라 사람보다 행복의 기준이라는 게 높더라고요. 현실적으로 실현하기 힘든 삶을 평범한 보통의 삶으로 인식하고 거기 도달하려다 보니 거기서 오는 현타(현실자각타임)도 있는 거 같고요. 정확히 뭐라고 해야 할지 모르겠는데 사회적 분위기, 또는 정해진 루트를 제대로 따라가지 못하면 실패자가 되고 만다는 불안감 같은 것 아닐까요?"

사람들은 이미 답을 알고 있었다. 우리가 살아가는 이 '사회'가 페르소나를 지나치게 키운다는 것을 알고 있었던 것이다. 남들 눈치를 보고, 계속 비교하고, 남들이 가는 그 길을 가야만 하며, 그렇지 못하면 실패자라는 압박감과 불안감을 주는 우리 사회의 특성이 페르소나를 비대하게 만든다.

심리학자 서은국 교수가 《행복의 기원》에서 비슷한 관점으로 '우리나라가 부유해졌음에도 행복해지지 않은 이유'를 설명한 대목이 인상 깊었다. 그 내용을 요약하면, 세계적으로 대부분의 나라들이 국가적 부에 비례하여 행복도가 증가하지만, 그렇지 않은 몇몇 나라들이 있는데 대개는 동아시아 국가들이라고 했다. 왜 그럴까? 동아시아 국가들은 한마디로 '부족한 개인주의'가 특징이었다. 개인주의가 아닌 집단주의로 인해 심리적 자유감이 떨어지며, 이 때문에 부유해져도 행복해질 수가 없다는 것이다.

이 집단주의 속에서 우리는 개인의 욕구는 뒤로 미루고, 사회가 암묵적으로 만들어낸 기준에 맞춰 자신을 평가하고 살아간다. 문제는 앞서 소개한 댓글들이 말하듯 그 기준이 너무 높다는 데 있다. '이 정도는 되어야 남부끄럽지 않은, 괜찮은 삶'이라는 그 기준은, 실제 평균치보다 훨씬 높게 설정되어 있다. 이 정도 학벌, 이 정도 직장, 이 정도 자동차, 이 정도 집, 이 정도 결혼 상대, 이 정도 결혼식장, 이 정도 유모차에서 시작해 자녀에게도 그 기준을 강요한다. 자녀의 이 정도 학벌, 자녀의 이 정도 직장, 자녀의 이 정도 집, 자녀의 이 정도 결혼 상대까지 우리를 가두는, 끝나지 않는 이 굴레에 다들 지쳤다. 부부 모두 우리나라에서 손꼽히는 대기업에 다니는데도 불구하고 '아기가 너무 좋지만 2세를 가지지 않기로 했다. 남들이 하는 것만큼 아이에게 해줄 수 없을 것 같아서'라고 말한다. 대체 아이를 낳아 기를 수 있는 기준의 합격선은 어디란 말인가?

나는 이 '높은 기준'이 같은 집단주의의 동아시아 국가들 중에서도 우리나라가 가장 높은 자살률과 가장 낮은 출산율을 보유하게 만든 유력한 용의자일 것이라 추측한다. 이는 아마도 우리나라가 집단적으로 경험한 '강력한 결핍' 때문에 만들어졌을 것이다. 어떻게 해도 잘 채워지지 않는, 끝없이 갈구하는 마음은 보통 과거의 결핍이나 상처에서 비롯된다. 진료실에서 나는 과거 IMF 외환 위기 때 집안이 무너지는 것을 목격하고 자라난, 어른이 된 후에도 그 강렬했던 기억의 영향에서 헤어나지 못하는 사람들을 자주 만난다. 그들은 언젠가 다시 그런 파도가 왔을 때 무너지지 않을 경제적 기반을 마련하는 것을 삶의 목표로 자신을 몰아붙이다 탈이 난다. 이런 경험에 알게 모르게 영향받는 사람이 어디 한둘일까.

이전 세대는 훨씬 더 큰 결핍의 경험을 지니고 있다. 6·25전쟁과 일제강점기라는, 전 국민이 공유하는 완벽한 결핍이 그 정체다. 이런 강렬한 경험들은 집단 구성원 모두의 마음에 영향을 미쳐 일종의 국민성을 띄게 만든다. 결핍의 상처에서 벗어나 남들보다 안전한 곳에 올라가려는 몸부림, 그러기 위한 노력, 노력, 노력을 거듭하게 한다. '남들에게 뒤쳐지는 것은 실패이며, 그것은 개인의 노력 부족 탓이다'라는, 세대를 넘어가며 만들어진 국가적·민족적 차원의 믿음이 바로 그 결핍이 만들어낸 결과이다. 이런 결핍이 만들어낸 국민적 페르소나는 전 세계 최장 학업 시간과 노동 시간을 자랑하는 것으로도 부족한지 초등학생 대상 '의대 입시반'까지 만들어낸다. 능력 있는 아이를 만들기 위해 부모는 자신을 희생하고, 아이들은 태어나면서부터 그 희생에 빚을 진다. 이렇게 페르소나는 대를 이어가며 그 힘을 키워간다. 내 삶이 내 것이 아니게 만든다.

"부모님의 큰 희생에 보답할 유일한 방법은 내 인생도 희생하는 것뿐이니까." 애니메이션 〈엘리멘탈〉을 보던 내 귀를 깜짝 놀라게 만든 주인공의 대사. 이 말은 부모님의 기대대로 살아야 한다는 압박감에 지친 주인공이, 자신을 이해하지 못하는 다른 종족의 친구에게 건넨 푸념이었다. 미국 애니메이션에 너무도 익숙한 한국인의 심리가 등장해 의아했으나, 영화 끝에 짤막하게 붙어 있던 감독 인터뷰를 보는 순간 의문이 바로 풀렸다. 감독이 한국인이었다. 부모님 세대에 미국으로 이주했음에도 우리 민족 특유의 강력한 페르소나는 이어지고 있었다.

일찍이 융은 페르소나에 대해 '해당 문화에 적응하기 위해서 필요하나 개인의 삶의 수단일 뿐, 지나치게 동일시되어서 절대적인 중요성을 부여해서는 안 된다'고 말했다. 그 경고가 그대로 현실화된 곳이 지금의 우리 사회다. 앞서 소개하지 못한 댓글 하나가 계속 눈에 어른거린다. 진료실에서 너무 자주 듣는 말이자 진료실 밖의 수많은 청춘들을 괴롭히고 있을, 힘들고 서글픈 마음을 대변하는 글이다.

"어릴 땐 엄마가 시켜서 공부하는 줄 알았는데 어느 순간부터는 내가 나에게 채찍질하고 남과 비교하고 조급해지더라고요. 이 나라에 살면 이렇게 되나 봐요. 가끔은 떠나고 싶을 때가 있어요."

열심히 노력해도
자존감이 높아지지 않는다면

"남들은 네가 뭐가 부족해서 정신과에 다니느냐고 말해요. 모자란 게 대체 뭐냐는 거죠. 그렇게 보일 수도 있을 것 같아요. 소위 말하는 명문대를 졸업한 뒤, 괜찮은 직장에 있는 것이 사실이니까요. 그런데 전 계속 삶이 공허하고 무가치하다고 느껴지는 걸요."

"제가 그토록 일을 못 놓는 이유를 깨달았어요. 누군가에게 쓸모가 있어야만 존재를 인정받는 느낌이 들더라고요. 이 쓸모라는 기준 밖에 없었으니, 지금까지 내 선택으로 살아온 적이 없었고, 하고 싶은 게 무엇인지 생각해볼 겨를조차 없었고요. 그래서 남들이 뭐라 하든 자기 확신을 갖고 살아가는 친구들이 너무 부러워요. 그게 자존감이라는 거겠죠? 전 이렇게 열심히 살아왔는데 왜 자존감이 높지 않은 걸까요?"

　진료실에서 열심히 살아왔는데도 왜 사는지 모르겠다는 말을 참 많이 듣는다. 삶의 이유를 찾지 못해 공허한 마음들이 진료실 안을 가득 메운다. 수없이 접하는 이 마음들에 답하기 위해 여러 책을 찾아보고, 당사자들과 여러 날을 같이 고민했다. 또 자신만의 답을 찾아 진료실을 떠난 사람도 지켜봐왔다. 그 결과 깨달은 것은 매우 단순했다. 겨우 이거였나 싶을 정도였다.

　우리는 어떨 때 삶이 만족스럽고, 어떨 때 괴로울까? 그것을 나누는 결정적 기준은 무엇일까? 노력의 강도일까? 아니면 성과 여부일까? 여러 가지가 있겠지만, '심리적 자유감' 만큼 중요한 것이 또 있나 싶다.《행복의 기원》에 따르면 "행복이라는 씨앗은 개인의 자유감이 높은 토양에서 쉽게 싹을 틔운다."

　고백하기 부끄럽지만 내가 20년 전 의대에 적응하지 못하고 그만둘까 고민했을 때 실행에 옮기지 못한 큰 이유 중 하나는 바로 군대에 가야 한다는 점이었다. 의대에 남아 있으면 입대를 몇 년 미룰 수 있었다. 지금 보면 참 유치한 이유지만, 당시엔 그 문제가 너무 크게 느껴졌다. 몇 년 뒤 결국 훈련소로 가게 되었을 때 아버지는 3대에 걸쳐 장교가

김지용

나온 병역 명문가가 되었다고 기뻐하셨지만, 내 기분은 정말 별로였고, 훈련소에서의 시간은 예상보다 더 괴로웠다. 아직까지 연락을 주고받으며 만나는 좋은 동기들과 함께한 시간이었는데도 왜 그렇게까지 싫었을까. 내가 하고 싶은 대로가 아닌, 타인이 정해준 삶을 사는 시간이었기 때문이다. 모두가 휴가 하나를 인생 목표로 삼고 지낼 만큼 심리적 자유감은 중요한 가치였다.

앞서 소개한 이들이 느끼는 고통의 형태는 큰 틀에서 보면 군대 훈련소에서 느끼는 것들과 비슷하다. 열심히 살고 있지만 결국엔 타인이 정해준 틀에 갇힌, 심리적 자유감이 존재하지 않는 삶에서 오는 고통이다. 평생 페르소나의 명령을 따르며 해야 하는 일들만 계속 해오고, 자기가 하고 싶은 일이 무엇인지 생각조차 못하고 살아왔으니 행복감을 느낄 기회조차 없었던 것은 당연하지 않을까. 그만두거나 떠나고 싶은 마음이 드는 것이 당연하지 않을까. 생각해보면 '공허하다', '껍데기로만 사는 것 같다'는 내담자들의 말은 놀랍도록 적확하다. 겉껍질인 '페르소나'에 충실하느라 더 깊숙한 곳에 숨은 '자기'의 욕구는 외면하고 있는 상황을 직관적으로 표현한 것이니 말이다.

이렇게 삶이 공허하고 만족스럽지 못한 사람들에게 '자

존감'이란 해결책이 등장한 지 10여 년의 시간이 지났다. 자존감은 내게 뭔가 문제가 있는 것 같을 때 '자존감만 높이면 해결될 것'이라고 믿게 만든 만능 심리 키워드가 되었다. 1980년대 미국에서 유행한 키워드였던 자존감이 뒤늦게 우리나라에 상륙해 태풍처럼 모든 분야를 휩쓴 데는 이유가 있을 것이다. 어쩌면 과거에 비해 노력이 성취로 이어지기 힘든 저성장 사회를 살아가는 젊은 세대가 자신들의 괴롭고 어려운 마음을 지키기 위한 수단으로 찾아낸 것은 아니었을까.

상황에 상관없이, 결과에 관계없이 그저 있는 그대로 자신을 존중하는 마음을 뜻하는 자존감은 우리에게 필요한 태도임이 분명하다. 그러나 기존의 자존감 개념은, 시간이 지날수록 우리나라에서 K-자존감으로 변질되어 버렸다. 기존의 만능 키워드인 '노력'과 결합하더니 언젠가부터 자존감에 관해 이렇게 말하기 시작했다.

'낮은 자존감도 네 부족한 스펙 중 하나야. 자존감이 낮은 건 성과가 없기 때문이며, 성과가 없는 것은 노력이 부족해서지. 자, 이제 자존감을 높이려면 어떻게 해야 할까? 더 노력하자!'

완전히 틀린 말은 아니다. 나 또한 자존감을 키우기 위해선 근거가 필요하니 작은 것부터 성취의 증거들을 쌓는 것이 중요하고 말할 때가 잦다. 그런데 아무리 노력해도, 노력을 통한 성과물을 쌓아 올려도 스스로를 존중하고 아끼는 마음이 생기지 않는 이들이 매우 많다. 이는 노력과 자존감사이엔 절반 이하의 상관관계만 있기 때문이다.

자존감은 세 발 탁자로 구성되어 있다. 자기 효능감, 자기 안전감, 자기 조절감이라는 세 축 중 하나만 무너져도 온전히 유지되기 힘들다. 그런데 사람들이 가장 많이 하는 실수는 무너진 축을 수리할 생각은 하지 않고 이미 튼튼한 축을 더 두껍게만 하는 것이다. 백이면 백, 모두 '자기 효능감'을 자존감의 전부라 믿고 노력해 고치려 한다. '무언가를 성공적으로 수행할 수 있는 사람이라는 믿음'을 뜻하는 자기 효능감과 자존감 전체를 동일시하는 흔한 착각이 이런 잘못된 노력을 만들어낸다. 물론 자기 효능감은 매우 중요하다. 노력으로 이뤄낸 성과를 통해 느끼는 충만함, 충실히 살고 있다는 느낌, 더 능력 있는 사람이 되었다는 느낌에 나쁠 구석이 어디 있겠는가. 출근 전 새벽에 무거운 몸을 이끌고 침대를 벗어나 영어 학원에 도착했을 때, 퇴근 후 맥주 한 잔의 욕망을 이겨내고 헬스장에 들어설 때, 이런 노력들이 쌓여 훈장 같은 영어 성적표와 바디 프로필 사진을 얻어냈을

비우 하는 일에 짓눌린 당신에게 필요한 것

때, 그것들로 SNS의 많은 '좋아요'를 얻었을 때, 당연히 기분 좋다. 하지만 거듭 말하듯, 자존감은 세 발 탁자로 이루어져 있다. 다른 두 축과의 균형이 필요하다.

두 번째 축에 '자기 안전감'이 있다. 자기 안전감은 말 그대로 '내 인생이 안전하게 유지된다고 느끼는 감각'인데, 현실적으로 어쩔 수 없이 점점 더 취약해지는 영역이다. 요즘 같은 저성장 사회 속에서는 개인의 노력이 안정적 환경이라는 결과물로 잘 이어지지 않기 때문에, 자꾸만 부정적 미래가 머릿속에 그려진다. 지금 이 월급으로 독립하는 것이, 가정을 꾸리는 것이, 아이를 낳는 것이, 부모님의 노후를 책임지는 것이 가능할까. 누구를 책임지기는커녕 나 하나의 삶이라도 안전하게 지킬 수 있을까. 이런 불안과 걱정은 요즘 시대가 제공하는 과잉 정보들을 먹고 계속 자라난다. 지나치게 많은 사건 사고 소식들은 안 그래도 불확실성으로 가득 찬 세상을 더 무섭게 느끼도록 떠민다. (대체 왜 우리가 먼 나라의 엽기적 강력범죄 소식까지 포털 사이트 메인 화면에서 만나야 하는지 모르겠지만, 어쨌든 지금 세상은 그렇고, 그런 게 눈에 보이면 나도 모르게 자꾸 눌러본다. 사람의 뇌는 불안한 정보, 부정적 사안에 더 끌리는 특성이 있기 때문이다.) SNS의 모두가 나보다 잘났다. 왜 저 사람들에게 있는 것이 내게는 없을까. (대학 졸업 후 10년 넘게 만난 적이 없는 친구 자녀의 영어 실력이 얼마나 뛰어난지 알 필요가 없다는 걸 머리로는 알지만, 어쨌든 지금 세상은 그렇고, 나도 계속 보면서 감탄하게 된다. 그리고 내 아이를 이대로 두어도 되는지 싶어 걱정이 자라난다.)

뇌에 폭격처럼 쏟아지는 과잉 정보 속에서 안전감을 느끼기란 요원한 일이고, 타개책으로 떠오르는 것은 또 노력밖에 없다. 노력이란 단어에 질린 마음이 즉각 도피하기에는 핸드폰 속 온라인 세상만한 곳이 없다. 그렇게 스크롤을 하염없이 내리며, 알고리즘이 자동으로 추천하는 영상들로 애써 죄책감을 잊으며 시간을 보낸다. 좀처럼 바뀌지 않는 현실에 지친 사람들에게 이 시간은 지나치게 달콤하고 중독적이다. 그렇게 통제력을 잃은 내 마음은 한 번 더 무너진다.

자기 안전감이 흔들리는 만큼 마지막 남은 한 축의 중요성이 더 주목받아야 할 테지만, 가장 뒷전으로 밀리고 있는 것이 현실이다. 마지막 한 축은 바로 '인생을 내 뜻대로 살아가고 있다는 느낌'인 '자기 조절감'이다. 전심전력으로 노력하여 성취하는 것을 강조해온 우리 사회의 시각에서는 이 개념이 달갑지 않았을 것이다. 공부 열심히 하는 학생과 일 열심히 하는 직장인을 만드는 과정의 걸림돌처럼 보였을 수도 있다. 페르소나로 가득 찬 우리 사회는 '자기 효능감'만을 중시해 왔고, 마음속 자기가 강한 목소리를 내며 삶의 주도권을 가져가는 사람들을 괴짜 취급해왔다. '어디 학생이 공부 말고 다른 짓을 하려고 해?', '워라밸이란 성공할 생각이 없는 사람들이나 신경 쓰는 것' 같은 말들이 '자기 조절감'을 인정하지 않는 대표적 예다. 어릴 때부터 성인이 될 때까지 끝나지 않는 이런 말들이 우리의 자기 조절감을 없앤다. 물론 공부도, 일도 중요하다. 너무나 중요하다. 하지만 내 마음속 다른 목소리들 역시 놓치고 살기엔, 매우 중요하다. 내 인생을 내가 원하는 대로 살고 싶다는 것은 지극히 당연한 본능이지 않은가? 저명한 정신분석학자이자 사회심리학자인 에리히 프롬은 "우리가 무기력으로 고통받는 이유는 남들이 바라는 삶을 살기 때문"이라고 단언했다. 우리가 사는 이 시대는 에리히 프롬이 활동하던 그때와 차원이 다르다. 남들의 삶을 실시간으로 보여주는 이 세상 속에서, 타인의 욕망을 욕망하는 우리들은 내 고유의 삶을 만들어가기 더 어렵다. 아니, 꿈꾸지도 못한다. 그러니 살아 있다는 느낌을 받지 못한 채 무기력한 삶을 되풀이한다.

※※※

'페르소나'와 '자기 효능감'만을 강조하는 이 사회 속에서 '자기 조절감'을 박탈당한, '자기'의 목소리를 듣지 못하는 사람들을 진료실에서 정말 자주 만난다. 성공하지 못한 자는 가치 없고 사랑받지 못한다는 말에 매여 오로지 '일'에만 몰두하는 마음들. 부모가 내게 투자한 만큼 성과물을 내야 한다는, 마치 거액의 빚에 쫓기는 채무자처럼 살아가는 마음들. 그렇기에 열심히 살아도 공허할 수밖에 없는 마음들. 그런 마음들을 만나면 나는 일만 하려고 태어난 것은 아니지 않느냐, '해야 하는 것'으로만 가득 찬 삶에 '하고 싶은 것'도 제발 조금만 끼워 넣어보자고 말한다. 안타까운 마음에 진심을 담아 전하는 이 제안이 잘 통하진 않는다. 대개는 이런 답이 돌아온다.

"저는 일이 정말로 좋아서 하는 건데요. 그래도 문제인 걸까요?" (원고 집필 과정이 여기서 멈춰 있을 때 이 이야기를 똑같이 한 분이 있어서 진료실 모니터를 돌려 보여드렸다. "정말 많이 듣는다니까요?")

당연히 일이 좋아서 열심히 하는 것일 수 있다. 그런 경우도 분명 있다. 하지만 그래서 행복하면 다행인데 무가치함과 공허함을 느낀다면, 그것은 어딘가 균형이 깨져 있다는 뜻이다. 페르소나에 뒤덮인 자아의 목소리에 속고 있는 것일지도 모른다. 실제로는 불안에 쫓기는 마음을 자신의 소망이라 포장하고 있었는지도 모른다.

"처음에는 선생님의 말에 뭔가 강하게 한 대 머리를 맞은 것 같았어요. 그게 문제였구나 하는 생각이 들었고요. 그런데 또 곰곰이 생각해보니까 저한테는 해당이 안 되는 얘기인 것 같아요. 저는 열심히 살지 않았거든요. 게으르고 무기력하게 보낸 시간도 길고요. 제가 정말 해야 하는 것만 열심히 하면서 살아왔다면 지금의 저보다 더 괜찮은 사람이 되어 있지 않을까요? 그러니 지금부터라도 해야 할 일들을 더 열심히 하는 수밖에 없다는 결론을 내렸어요."

평생 살아온 가정과 사회가 만든 틀에서 벗어나는 일은 쉽지 않다. 지금까지 글을 읽으며 너무 순진한 이야기라고, 넌 살만한 위치에 올라섰으니 하는 배부른 말이라 느끼는 이들도 많을 것이다. 결국 이 글은 가혹한 세상 속 공허한 외침일지도 모른다. 이 세상은 끝없이 바쁘게 돌아가며 더 바쁘게 살아야 한다고 계속 소리치고 있으니까. 내 진료실은 대기업과 관공서 건물이 즐비한 곳에 자리 잡고 있다. '바쁘게, 더 바쁘게'라는 가혹한 집단의식의 본거지라 할 수

김지용

있다. 주변 반경 100미터 안에 카페가 대체 몇 개나 있는지 셀 수도 없다. 계속 생기고 또 생긴다. 경쟁자들이 이렇게나 많은데 운영이 될까? 같은 개인 사업자로서 괜한 걱정을 해보지만, 역시나 괜한 걱정이다. 카페마다 수많은 사람들이 줄을 서서 끝없이 카페인을 들이켠다. 해야 할 일들을 더 열심히 해내기 위해. 그리고 이 비싼 땅에 이렇게 크게 있어도 되나 걱정이 들던 서점은 사라져버렸다.

하지만 이 틀에서 벗어나야 한다. 노력하지 말고, 공부하지 말고, 일하지 말라는 것이 아니다. 그저 일상에 '내가 원하는 것'을 할 수 있는 시간을 슬쩍 끼워 넣어주길 바랄 뿐이다. 어린 시절 부모님의 반대로 그만두어야만 했던 그림, 삶이 바빠지며 오랫동안 쉬었던 테니스, 직장과 육아를 병행하느라 감히 엄두도 못 냈던 노래 수업, 조용한 낚시터에서 보내는 혼자만의 시간 같은 아주 소소한 활동이라도 괜찮다. 작더라도 내가 진짜 '하고 싶은 일'을 삶에 끼워 넣은 분들에게 나타나는 변화를 나는 끊임없이 목격한다. 일상에 '사소한' 변화를 주었을 뿐인데, 정신건강에는 놀랄 정도로 '큰' 변화를 일으키는 장면을 정말 많이 보았기에 증언할 수밖에 없다. 계속 죽고 싶다는 이야기를 반복하던 사람이 요즘 처음으로 사는 재미가 있다며 웃기도 하고, 어떻게 해도 늘어나기만 하던 항우울제와 항불안제의 용량이 저절로 줄어든다. 치료를 시작한 지 얼마 안 된 분이 이제 병원에 오지 않고 잘 지낼 수 있을 것 같다며 금세 치료가 종결된다. 잘 해내야 한다는 압박감에 종일 침대에 누워 자책하고 모든 것을 미루던 사람이 비로소 움직이기 시작한다. 잘못 끼워져 있던 태엽시계 부품이 제자리를 찾은 것처럼, 간단한 변화 하나로 극심했던 마음의 불균형이 교정되며 삶이 다시 돌아가는 것이다.

진료실에서 목격해온 이런 변화가 더 많은 사람에게도 일어나길 바라는 마음에 글을 쓰기로 마음먹었다. 항상 스스로를 몰아붙이고, 마음 편히 쉬지 못하고, 빈 시간이 생길 때 죄책감을 느끼는 수많은 사람들이 삶에 공허함을 느끼는 시간보다, 충만함과 몰입감을 느끼는 순간들이 늘어나길 바라면서 말이다. 그런데 이렇게 매일같이 몰아붙이는 사회 속에서 평생 살아온 방식을 바꾸는 일이 가능할까? 오랫동안 페르소나에 종속되어 온 우리의 자아는 학습된 무기력을 느끼고 있지만, 나의 주체는 자아가 아닌 '자기'이기에 가능하다. 자기의 힘은 모든 사람의 마음속에 생생히 살아 있다. 죽고 싶은 마음으로 가득 차 있다 느끼면서도 병원에 계속 찾아오는 마음속에도, 해야 할 일들이 가득한 와중에 이 책을 집어 들고 죄책감을 이겨내며 여기까지 읽고 있는 사람의 마음속에도 그 힘은 분명 살아 있다. 페르소나 속에 감춰진 자신의 본모습을 찾는 노력이 바로 '자기실현'이며, 이 책을 선택한 것은 그 첫 단계다.

알아챔만으로 변화가 완성되지는 않는다. 알아챔은 시작점이다. 알아챘으나 무엇을 하고 싶은지, 무엇부터 시작해야 할지 모르겠다는 이들이 많다. 가보지 않았고 생각해 본 적도 없던 길이니까. 그래서 나 혼자만의 글로 끝내지 않았다. '페르소나'와 '자기'의 균형을 맞추려 애쓰며 자기실현의 길을 가고 있는 사람들에게 그들의 삶을 열어 보여주길 요청했다. 노력과 성취, 실패 그리고 균형 잡기를 위한 새로운 과정에 놓여 있는 사람들, 인생의 두 번째 챕터를 펼치고 걷기 시작한 사람들의 이야기가 여기 있다. 이 이야기들이 당신의 마음속 '자기'에 닿기를, 부디 그 외로운 목소리에 힘을 전해주기를 기대한다.

2

마음의 염증을
흘려보내는 법

강다솜

21년 초겨울, MBC로부터 아나운서들에게 정신건강을 주제로 강연을 해달라는 제안을 받았다. 무슨 이야기를 해야 할지 고민한 끝에 결국 정신과 의사로서 내가 가장 많이 보고 듣고 느낀 사실을 그대로 전달해보기로 했다.

정신과 진료실에서는 생각이 많은 분들을 자주 만난다. 그분들의 생각을 마법처럼 줄여드릴 수는 없으나, 한 가지 깨달은 것이 있다. 현대 사회에서 살아가는 일은 어쩔 수 없는 스트레스를 동반하고 부정적 생각의 비중이 더 커질 수밖에 없으니, 자기만의 방식으로 생각을 줄여야 한다는 것이었다. 그 방식이란 게 대체 뭘까? 생각은 마음대로 조절되지 않는다. 따라서 의식적으로 생각을 끊어주는 도구가 필요하다. 자기만의 도구를 삶의 루틴으로 장착하고 있는 분들이 회복도 빠르고 이후로도 잘 지내는 모습을 정말 많이 목격했다. 강연에서 나는 이 이야기들을 솔직하게 전했다.

강연이 끝난 후 이전에 라디오 프로그램 게스트로 출연하며 인연을 맺은 강다솜 아나운서와 오랜만에 안부 인사도 할 겸 카페에서 만나 짧게 대화를 나누기로 했다. 강 아나운서는 자리에 앉자마자 환하게 웃는 얼굴로 말했다. "선생님! 아까 강연 때 말하신 거, 생각을 끊어주는 도구 있잖아요. 저한테는 그게 사진이에요!"

몇 년 전 보았던 강 아나운서의 모습이 자연스럽게 떠올랐다. 〈잠 못 드는 이유, 강다솜입니다〉에 코너 하나를 맡게 되어 정기적으로 강 아나운서를 보게 되었다. 살면서 아나운서와 대화를 나눈 것도 처음이었고 방송국의 모든 것이 어색했기에 당시의 나로서는 쭈뼛쭈뼛 앉아 있다 대본에 적힌 할 말만 하는 것이 최선이었다. 애초에 그리 외향적인 성격이 아니기도 했다. 그런데 강다솜 아나운서 역시 별로 말이 없었다. '피곤한가? 이 프로그램 외에 다른 일들도 많고 틀린 말 한 번 하면 안 되는 압박감도 있을 테니 아나운서란 지치는 직업이겠구나' 정도로만 생각했다. 그런데 어느 날부터 눈에 띄게 달라진 모습을 보게 되었다. 그 변화를 이끈 계기는 당시 내게도 확실히 보였는데, 다름 아닌 '사진기'였다. 다른 제작진들에게 사진기에 관해 물어보거나 설명하는 표정, 그것을 들고 어디를 갈지 설레는 모습 등이 마치 신난 아이 같았다. 피곤에 지친 듯한 얼굴로 지내던 예전 모습과 대비되어 꽤 인상 깊은 장면으로 남았기에, 몇 년이 지나 이야기를 나누는 이 자리에서도 선명하게 떠올랐다.

강 아나운서는 말을 이었다. "제가 그걸 찾기 위해서 엄청 많이 노력했거든요. 이것저것 다 시도해봤어요. 여러 번 시행착오를 한 끝에 지금은 사진에 정착했고요. 언제까지 사진일지 모르지만, 저는 정말 사진 덕을 많이 봤어요. 그래서 오늘 강연 내용에 너무 공감했고요." 결국 사진에 정착하기까지 자신만의 도구를 찾아 헤매고 도전을 반복한 강 아나운서의 분투기는 너무 재미있고 인상 깊었다. 대화를 마치고 돌아오는 길에 오늘 나눈 이야기를 주제로 책을 써보면 어떨까 하는 생각이 불현듯 떠오를 만큼.

진료실에서 계속해서 만나는, 일과 공부 말고 도대체 뭘 해야 할지 모르겠다는 많은 이들에게 강다솜 아나운서의 경험담을 전해주고 싶었다. 이 책은 그렇게 시작되었다.

매일 뺨을 맞는
기분

왜 그런 사람 있지 않은가. 나무 같은 사람. '내가 있을 곳은 여기야'라고 결정지은 후엔 단호하고 힘차게 뿌리를 내려 지나가는 가벼운 바람에 가지 정도는 넉넉히 내어주는 사람. 자신이 결정한 일에 흔들림 없는 듬직한 나무 같은 사람 말이다.

어렸을 때부터 그런 이들을 동경했다. 흔들리지 않는 자기 주관을 가진, 상대방의 말을 경청하지만 자신의 기준에 맞게 거를 건 거르고 취할 것은 취하는 사람이 되고 싶었다.

직업인으로서 사회에 첫발을 내디딜 무렵, 그 동경의 마음은 더 강렬해졌다. 그 전에는 학생이었으니까, 아직 설익었으니까 쉬이 흔들릴 수 있다고 나름의 핑곗거리가 있었지만 이제는 달라지고 싶었다. 달라져야 할 것 같았다. 내 선택을 내가 지지해주고 싶었다. 그러나 그 마음이 무색하게 나는 끝없이 의문을 품었다. '이곳이 내가 있을 곳이 맞을까, 난 여기에 맞는 사람일까?' 고민하고 또 고민하는 시간을 보냈다. 어찌됐든 이제는 뿌리를 내려야 한다고 판단을 내렸을 땐, 부족한 믿음 탓에 슬쩍 불어온 바람에도, 흩날리는 빗방울에도 휘청거렸다.

14년 전 유난히 추웠던 겨울날. 초록색 모직 코트에 갈색 가죽 가방을 매고, 비즈가 사선으로 박힌 검정 새틴 구두를 신은 내가 MBC 사옥 앞에 서 있었다. 오래 기다려온 첫 출근 날이었다. 설렘과 두려움으로 심장이 쿵쿵쿵쿵 빠르게 뛰었다. 그런데 첫 출근 후 며칠이나 지났을까. 마음을 간지럽히던 설렘은 온데간데없었고, 두려움만 남아 있었다.

지금은 방송국의 분위기가 많이 달라졌지만 내가 입사했을 때, 갓 입사한 신입사원, 특히 신입 아나운서는 많은 이들에게 관심의 대상이었다. 그리고 그 관심만큼 수많은 조언이 이어졌다. 당연히 나도 여러 조언을 듣곤 했는데, 문제는 그 말들이 대부분 참 모질고 날카롭고 아팠다는 것이다. 특히 '아끼는 후배니까 얘기해주는 거다'라는 그럴싸한 말로 포장한 폭언에 여러 번 마음이 무너지곤 했다. 예를 들면 이런 말들이다.

"다솜이 네가 솔직히 미인상은 아니잖아? 화면에서 호감도를 높이려면 너만의 매력을 찾아야지. 근데 넌 뭐가 장점이냐?"

"쇼핑 좀 해. 스타일이 촌스럽다. 너무 걱정 마. 촌기는 금방 빠져."

"나 아까 너 뉴스에서 화내는 줄 알았잖아. 화장이 문제야? 아니면 네 표정이 문제야?"

"지난번에 너랑 같이 일한 피디가 얘기하더라. 네가 너무 못해서 편집으로 살리느라 고생했다고. 내가 좀 봐달라고 했다. 잘 하자?"

"회사 생활이라는 것은 말이야. 그렇게 행동하면 안 되는 거야. 너를 두고 다른 사람들이 뭐라고 하는 줄 알아? 나니까 얘기해주는 거야."

바쁜 선배들이 굳이 시간을 내서 얘기해줄 정도면 정말 나를 위한 것이겠지, 그렇기에 더 귀담아들어야 하는 거겠지 생각했다. 그러나 조금씩 변주될 뿐 매일 반복되는 '조언'은 상처 난 마음에 소금을 뿌리듯 또다시 상처를 내고 있었다. 속상하고 서러운 마음을 누군가에게 쏟아내고 싶었지만 그러지 못했다. 내가 들었던 말들을 다시 내 입으로 뱉어 얘기하면, 나 자신이 그렇게 모자란 사람임을 정말로 인

마음이 약할 때 흘려보내는 말

정해버리는 것 같았다. 또 나를 아껴서 해준 말이라는데 다른 이에게 미주알고주알 얘기하면 선배를 뒷담화하거나 일러바치는 모양새가 될 수 있기에 입을 꾹 다물었다. 그 선배가 아나운서인 경우엔 소문이 빠르게 퍼질 테니 더 말을 아꼈다. 내 속은 계속 곪아갔다.

특히 한 선배는 내 상처가 깊어지는 데 결정타를 날렸다. 그는 툭하면 녹음 중에 내 말을 끊었다. 그리고 물었다.

"다솜은 정말 그렇게 생각해? 그럼 다솜이 생각이 얕다는 걸 지금 이 방송을 듣는 모두에게 알리는 꼴밖에 안 돼."

"방금 이야기는 센스도, 재미도 없는데? 다시 해볼래? 아니면 그냥 편집할까?"

이런 말들을 다른 제작진이 모두 있는 데서 들어야만 했다. 모욕적이었다. 꼭 그렇게 모두 앞에서 망신을 줘야 했을까. 비교도 끝이 없었다.

"A 아나운서랑 다솜이랑 차이가 뭔지 알아? A는 X를 갖고 있는데 다솜은 없다는 거야. 그럼 내가 왜 널 선택해서 함께 일해야 할까?"

"B라는 연예인은 말이야. 연륜에서 오는 솔직함과 소탈함이 있어. 난 그런 모습이 참 좋더라. 그런 건 아무래도 경험이 얘기해주는 거겠지. 온실 속의 화초처럼 자란 다솜은 모르겠지만."

그만 듣고 싶었다. 도망치고 싶었지만 그럴 수 없으니 입증해내야 했다. 내가 매력이 있는 사람이고 이 프로그램을 진행할 만한 가치가 있는 사람이란 걸. 하지만 시간이 지날수록 나는 점점 움츠러들었고 멘트는 방향을 잃어버렸다.

마음을 할퀴는 말들도 버티기 힘들었지만 해주는 조언들이 서로 상충될 때는 더 힘들었다. 답이 딱 떨어지는 수학과 달리 방송은 정해진 답이 없었다. 눈썹을 일자로 그리라는 사람, 눈썹에 산이 좀 있으면 좋겠다는 사람. 톤을 높여라, 낮춰라. 목소리가 너무 밝다, 어둡다. 웃어라, 덜 웃어라. 바지가 어울린다, 치마가 어울린다. 쨍한 색만 입어라, 파스텔톤이 너에겐 딱이다 등등 대체 어느 장단에 맞춰야 할지 종잡을 수 없었다. 지나가는 식으로 툭툭 던지는 말들이었지만 나에겐 참 버거웠다. 사람들이 조언을 던진 이유가 관심과 애정이었다고 하더라도 나는 그 모든 말이 힘들었다.

조언들을 토대로 노력하고 싶었지만 어떻게 노력해야 할지 방향도 잡지 못한 나는 그저 괴롭기만 했다. 그럼에도 그 말들을 열심히 들었다. 그것도 귀 기울여서. 인정받고 싶었고, 잘하고 싶었다. 오래 바라던 꿈이었고, 간절히 기다리던 시간이었으니까.

나는 법대를 나와 방송국에 입사했다. 사법고시를 선택한 대다수의 동기들과 다른 길을 가기로 한 만큼, 보란 듯이 해내서 내 선택이 틀리지 않았음을 증명해내고 싶었다. 그런데 내 성격 중 예상치 못한 부분이 걸림돌로 작용했다. 바로 '다른 사람의 말을 성실하게 잘 듣는 것'이 그것이었다. 사실 입사하기 전까지 학생으로 살아온 나에게 요구되는 것은 간단했다. 공부를 열심히 하면 됐다. 그에 내한 평가도 객관적이고 일정한 기준에 따라 이루어졌다. 시험에는 명확한 답이 있으니까.

어릴 때부터 모범생으로 살아오며 하라는 대로 열심히 공부했고, 시험을 잘 보는 편이었다. 그리고 그 결과에 따라오는 칭찬과 인정에 익숙했다. 하지만 회사 생활은 달랐다. 요구되는 것들이 너무나도 다양했고 그때그때 달랐으며, 노력을 평가하는 기준이란 것도 일정하다거나 객관적이지 않았다. 그래서 그렇게 힘들었을까. 나에게 정말로 도움이 되는 조언이 무엇인지 구분하지도 못하면서 그 모든 요구 사항에 나를 끼워 맞추려 했다. 어느 것 하나도 놓치고 싶지 않았다. 다른 이들의 이야기엔 귀가 늘 쫑긋하고 서 있었으면서 정작 내 속 이야기는 외면했다.

내가 나에게 어떻게 보이고 싶은지, 나는 어떤 사람이고 싶은지, 어떤 아나운서가 되고 싶은지에 관해서는 고민하지 않았다. 매일매일 여기저기서 뺨을 맞는 기분이라 그럴 정신이 없기도 했지만, 잘 보이고 싶은 마음에, 잘 해내고 싶은 마음에 무리한 것이다.

결국엔 방송의 길도 잃고 나도 잃었다.

김지용   가면을 쓰고 사는 것은 원래 힘든 일이지만, 아나운서는
그 누구보다도 더 무겁고 단단한 가면을 강요받지 않을까
생각했어요. 아나운서라고 하면 떠오르는 고정된 이미지
가 있잖아요? 단정하고 차분하고 똑똑한 이미지요. 그런
데 이야기를 듣고 보니 아예 어떤 모습의 가면을 써야 할
지 혼란스러웠던 점이 더 큰 스트레스였겠네요. 그렇게
정답이 없는 영역일 거라곤 생각지 못했어요.

강다솜   입사 후 저에게만 유독 피드백이 쏟아진 것은 아니에요.
함께 입사한 동기들도 같은 일을 겪었죠. 그런데 다른 이
들의 말을 크게 신경 안 쓰고, 자신에게 필요한 말들만 취
사선택하면서 스트레스 안 받는 사람들도 분명 있거든요.
눈치 많이 보고, 그 피드백들을 전부 다 챙겨야 한다고 생
각했던 제가 더 취약해지기 쉬운 환경이었던 거죠. 생각
해보면 전 어릴 때부터 이런 점 때문에 힘들었어요. 매사
에 모든 관계에서 작은 것에도 상처받고 눈치보며 계속
맞춰줘야 한다는 압박감에 시달렸죠. 이 많은 생각들에
흔들리느라 피곤했고요. 그래서 주위의 말에 흔들리지 않
는 나무 같은 사람을 동경했고, 저도 언젠가 그렇게 되기
를 항상 꿈꿔왔어요.

"정말 나랑
안 맞아"

"아나운서님 MBTI 제가 맞춰 볼게요! 일단 E로 시작하는 건 확실할 거고요."

"저 I예요."

"예? 말도 안돼요. 아나운서님은 완전 E죠!"

"먹고 살려고 E인척 하고 있어요. 허허허."

MBTI가 유행하면서 이런 일을 자주 경험하고 있다. 방송국에서 나는, 가족들과 가까운 친구들에게는 낯설지만 기특한 '사회생활 하는 강다솜'으로 산다. 잘 웃고, 잘 들어주고 처음 만난 사람과도 곧잘 이야기하고 함께 점심 먹자는 제안도 먼저 하는 편이다.

하지만 사실 나는 극단의 I형, 내향형 인간이다. MBTI 분석에 따르면 I형 인간은 사람을 만나면 이야기도 잘 하고 분위기도 곧잘 맞추지만, 그러기 위해 에너지를 엄청 쓴다고 한다. 이런 사람의 에너지가 충전되는 때는 누군가를 만나지 않고 혼자 시간을 보낼 때다. 그래서 확신의 E형으로 보이는 사람도 알고 보면 I형인 경우가 많다고 한다. 복잡한 사람의 성격을 MBTI 결과 하나로 다 설명하는 것은 절대 불가능하겠지만, 이 부분만큼은 정확히 날 표현한다. 내게는 혼자인 시간이 꼭 필요하다. 혼자 있을 때, 그제야 비로소 지쳐 있던 마음이 회복되고 텅 비워진 마음의 곳간이 서서히 채워진다. 그런 시간을 가져야 다른 이들에게 내어줄 마음의 여유가 다시 생긴다.

MBTI가 좀 더 빨리 유행했다면 덜 헤맸을까. 요즘은 MBTI 덕분에 "난 사실 I야"라고만 이야기해도 사람들이 어느 정도 이해해주고, 인정해주는 편이다(사회 분위기가 예전보다 각자의 다름을 받아들이고 인정해주는 방향으로 바뀐 영향도 있을 것이다). 덕분에 나 스스로도 다른 이에게 나의 그런 모습을 내놓고 얘기할 수 있는 용기가 생겼다. '난 그저 MBTI의 여러 유형 중 하나일 뿐이니까'라는 생각은 내 마음을 한결 편안하게 만들어줬다.

이전에는 스스로를 자주 자책했다. 내향적인 모습은 바람직하지 못한 것이고, 외향적으로 밝게 생활해야 한다고 생각했다. 사회가 요구하는 친절하고 활발한, 다른 이들과 관계가 좋은 그런 사람이 되기 위해 애썼다.

나의 이런 성향은 대학에 입학하고 난 뒤 극에 달했다. 대학에 가면 더 넓은 세상에서 더 많은 사람들을 만나 다양한 활동을 해야 한다는 주변의 말들에 나를 맞추려고 노력했다. 물론 고등학생 때까지 공부에 집중하며 마음껏 놀지 못했던 만큼, 새로운 곳에서는 신나게 놀고 싶기도 했다. 하지만 그저 즐길 수만은 없었다. 일정표가 꽉꽉 차 있지 않으면 불안했기 때문이다. 이후에 몰려오는 피로감에 지치더라도 강박적으로 모임과 약속을 잡았다. 시간이 갈수록 사람들을 계속 만나고 신경 써야 하는 것이 피곤해졌지만 이미 벌여놓은 동아리 활동 등은 줄이기가 어려웠다. 그래서 수강신청을 인기 없는 과목들 위주로 신청했다. 사람들을 피할 시간이 필요했다. 조금이라도 덜 마주치기 위한 선택이었다.

하지만 회사에서는 그마저도 할 수 없었다. 직장인은 내 마음대로 시간표를 짤 수가 없으니까. 특히 방송은 협업이기에 I 성향인 내게 회사 생활은 에너지를 뺏기는 시간의 연속이었다. 방송 화면에 보이는 사람은 출연자뿐이지만 카메라 뒤에는 수많은 제작진이 있다. 그들과 합을 맞춰야 한다. 서로 끊임없이 피드백하고 듣고 맞춰 나가는 것이 내 일이다. 혼자 정할 수 있는 것은 아무것도 없고, 무엇이든 의견을 조율해서 정해야 한다. 방송 내용부터 의상 콘셉트, 피팅 시간, 녹화 스케줄 등 하나도 빠짐없이 모두 상의가 필요하다.

지금도 회사에 출근하면 혼자인 시간이 없는 편이지만, 입사 초기에는 더 없었다. 연차가 낮았기에 일정이 비어 사무실에 잠시 앉아 있을 참이면 선배가 다가와 조언을 했고 혼자 마음을 추스를 시간이 조금도 없었다. 화장실에 가거나 이동하는 시간 빼고는 계속 누군가와 함께 일해야 했다.

누군가와 계속 같이 일하는 것은 주어진 환경 상 어쩔 수 없다고 해도, 내가 그들과의 관계에서 어떤 태도를 취할 것인지는 선택 가능한 것 아닌가 생각할 수 있다. 그러나 그게 말처럼 쉽지 않았다.

입사 초기에 한 선배에게 이런 말을 들었다. "아나운서는 프로그램의 중심이 되는 사람이다." 이어 선배의 말은 대략 이렇게 요약된다. "MC가 어떻게 하느냐에 따라 녹화 분위기가 달라진다. 제작진이 아나운서를 생각보다 어려워하기 때문에 더 살갑게 인사하고 친분도 쌓아라. 그렇게 형성된 관계 속에서 가볍게 던지는 농담이나 실없는 소리가 경직

된 녹화 분위기를 풀어주고 방송에도 영향을 미친다. 인터뷰 프로그램의 경우에는 더 그렇다. 친근한 MC일 때 더 수월하게 이야기를 끌어낼 수 있다."

또 어떤 선배는 나와 나의 동기를 앉혀두고 이런 이야기를 했다. "내가 너를 프로그램에 꽂아 넣을 순 없어도 못 들어가게 할 순 있어. 이 바닥은 평판이 중요해." 안 그래도 아나운서는 도도해 보이기 때문에 잘못된 인상을 심어줄 수 있으니 항상 겸손한 자세로 임하고, 실력도 중요하지만 같이 일하고 싶은 사람이 되어야 한다는 말도 덧붙였다.

그 선배의 발언은 두려웠고, 막 시작하는 처지에 찍히고 싶지 않았다. 실제로 녹화 현장에서 내가 어떻게 하느냐에 따라 분위기가 많이 달라지긴 했다. 그래서 결국 어쩔 수 없이 울며 겨자 먹기로 회사에 있는 내내 많이 웃고 많이 끄덕이고 많이 말했다. 그렇게 하기 위해서는 내 안의 모든 에너지를 끌어다 써야 했다. 외향인의 가면을 벗고 잠깐이라도 내 모습으로 있을, 숨 쉴 틈이 없었다. 그렇게 다른 사람들과 끝없이 교류하며 에너지 레벨이 뚝뚝 떨어져 갔지만, 말 그대로 이를 악물고 버텼다. 이렇게 하루 이틀이 아니라 평생을 살아가야 한다고 생각한 어느 날, 숨이 탁 막혀왔다. 마음 같아선 도망가고 싶었지만 그럴 수 없었다. 또다시 취업 준비의 세계로 뛰어들기엔 입사까지 공들인 모든 시간과 노력이 너무나도 아까웠다.

내가 사법고시를 보지 않고 아나운서를 하겠다고 했을 때 아빠는 반대하셨다. 심지어 내가 MBC 3차 시험을 앞두고 있었을 때도 어느 대기업에서 공채가 떴는데 일단 한번 써보기나 하라며 나에게 입사지원서를 내미셨을 정도다. 대학 동기 중에는 아나운서 준비를 은근히 무시하는 친구들도 있었다. 종일 공부를 마치고 도서관이 끝날 시간이 돼 열람실 앞에서 동기 몇 명을 만났을 때였다. 공부하기가 힘들다는 이야기가 오가서 나도 한마디 보탰는데, 잊을 수 없는 말이 날아왔다. "다솜이 공부는 그렇게까지 힘들지는 않잖아." 학원에서도 나는 촉망받는 학생이 아니었다. 내가 SBS 최종에 올라갔을 때 원장 선생님이 "네가 올라갔다고? A가 아니라?"라며 되물었던 기억이 아직 생생하다.

그래서 그랬나보다. 아무리 회사 생활이 힘들어도 도망칠 수 없었다. 잘 해내는 것을 보여주고 싶었다. 매일 '안 맞아. 안 맞아. 정말 나랑 안 맞아'라고 중얼거리면서도 그냥 살아냈다. 그만두더라도, 최소 5년은 넘겨야 실패자로 남지 않을 것 같았다. 버티면 나아질 거라며, '처음이니까 이런 걸 거야'라고 나를 달래며 꾸역꾸역 미소를 장착하고 애써 밝은 목소리를 냈다.

　그렇게 5년만 버티자고 했던 일을 14년째 하고 있다. 지금은 세월이 선물한 익숙함과 나름의 연륜과 여유 덕에 회사에서 누가 봐도 확신의 E로 잘 살아가고 있다. 물론 예전만큼은 아니지만 지금도 회사에 다녀오면 얼마간의 숨 고르기 시간이 필요하다.

　초년병 시절에는 회사를 다녀오면 숨이 잘 안 쉬어져서 크게 심호흡을 몇 번이나 해야 했다. 집 나간 마음이 길을 찾아 돌아오기 바빴다. 때로는 그 마음이 돌아오는 데 시간이 너무 오래 걸려서 텅 빈 눈으로 멍하니 옷도 갈아입지 않고 새벽까지 침대에 걸터앉아 있기도 했다. 차라리 교통사고라도 나서 다음 날 회사에 가고 싶지 않다는 생각도 자주 들었다. 현실적으로는 방법이 없다고 생각해, 그렇게 어리석은 방법이라도 좋으니 회사와 단절되고 싶다고 바라고 또 바랐다.

입사한 해에
휴가 간 첫 신입

"이야, 네가 처음이다. 입사한 해에 휴가 가는 신입은⋯⋯."

내가 휴가를 떠난다고 하자 한 선배는 절반은 '대단하다'는 눈으로, 나머지 절반은 '얜 뭐지?' 하는 눈으로 말을 꺼냈다. 눈치가 안 보이는 것은 아니었다. 하지만 당시 나는 이미 한계에 다다른 상황이었다. 매일 출근할 때면 무거운 것이 가슴을 짓누르는 느낌에 뭐라도 토해내고 싶은 심정이었고 회사에 있을 땐 괜히 숨이 막히는 것 같아 하루에도 몇 번씩 심호흡을 했다. 일은 많고 능력은 모자라 버거웠으며, 사회생활은 방향을 잃어 그저 허덕이던 시절이었다.

내가 언제까지 감당할 수 있을까 무서웠다. 그저 도망치고 싶었다. 나와 연결된 모든 것을 끊고 싶었다. 그렇게 주변의 이야기와 눈초리에도 귀를 닫고 눈 딱 감고, 스위스로

5일을 떠났다. 몸담고 있던 프로그램 제작진 한 팀 한 팀에게 양해를 구하고 스케줄을 조율하고 또다시 조율해서 가까스로 얻어낸 5일의 자유였다. '겨우 5일인데 스위스에 가기엔 비행기 시간도, 돈도 너무 아깝지 않냐. 그냥 가까운 곳으로 가라'는 이야기도 많이 들었지만, 멀어지고 싶었다. 최대한 회사에서 멀리 떠나고 싶었다. 최소 13시간 정도는 비행기를 타고 떠나줘야 마음이 놓일 것 같았다.

비행기가 구름 위로 오르고 온 세상이 파란색과 하얀색으로만 물들었던 그 순간이 여전히 또렷하게 기억난다. 믿어지지 않았다. 정말 5일 동안 자유라고? 회사에 안 간다고? 어리둥절했다. 몽트뢰의 레만 호수 앞 레스토랑에서 토마토 파스타를 한 입 먹고 나서야 '어라, 정말 떠나왔네' 싶었다.

오랜만에 5일간을 마음 편하게 보냈다. 뉴스도 보지 않았고, SNS 어플도 열지 않았다. 화장도 하지 않고 옷도 마음대로 입었다. 이곳에는 내 모습에 뭐라고 하는 사람도, 내가 신경 써야 하는 사람도 없었다. 게다가 혼자 떠난 여행이었기에 억지로 웃으며 대화할 필요도, 혹여 실수를 하진 않았는지 살펴볼 필요도 없었다. 또 핸드폰이 울리는 것이 두렵지 않았다. '지금 난 스위스에 있는데 뭐 어떡할 거야'라

마음의 먼지를 훌훌 털어내다

84

는 생각이 들었다. 제대로 벗어났다는 생각에 발걸음도 가벼워졌는지 걸음도 성큼성큼 내디뎠다.

여행 계획을 짜기도 지쳐 있던 나에게 스위스는 완벽한 선택이었다. 그저 경치를 즐기면 됐으니까. 이탈리아나 프랑스 같은 나라들은 공부를 하고 가야 더 많이, 깊이, 풍성하게 즐길 수 있다. 또 보지 않고 오면 너무 아까운 유적지나 관광지가 많다. 스위스는 그렇지 않다. 특별히 가야 할 곳을 꼽는다면 융프라우 정도일 텐데 그마저도 여력이 없다면 꼭 가지 않아도 된다. 어딜 가도 충분히 예쁘고 어딜 가도 멋지니까. 굳이 애써 어떤 곳을 가지 않고 그냥 걷고, 보고, 깨끗한 공기를 마시면 충분한 곳이다.

덕분에 나는 여행 일정 내내 푹 자고 여유 있게 일어나 느릿느릿 풍경을 즐겼다. 반드시 해내야 할 일이 없다는 것. 하루 종일 아무 말도 하지 않아도 된다는 것. 아침에 몇 시에 일어날지, 오후엔 뭘 할지 멋대로 스케줄을 짤 수 있다는 것. 해방감에 가만히 있어도 자꾸만 웃음이 새어 나왔다. 때로는 아기자기하고 때로는 장엄한 스위스의 아름다운 풍광을 보며 나를 괴롭히던 생각들에서 멀어졌다. 내쉬는 숨 한 번에 그동안 턱 끝까지 차올랐던 불편함이, 또 한 번 내쉬는 숨에 불안함과 괴로움이 서서히 내 안에서 빠져나가는 듯했다.

사실 비행기 티켓을 끊으며 이런 기대를 살짝 했었다. '휴
가 동안 마음이 단단해져서 중심을 잡고 돌아온다면 일상
이 조금은 편안해지지 않을까.' 그러나 그건 착각이었다. 당
시 내 상태의 심각성을 인지하지 못했던 것일 테지. 겨우 숨
만 좀 돌린 것 같았는데 휴가가 끝나버렸다. 그게 무엇이든
새로운 깨달음을 얻고 앞으로 잘 해보겠다 다짐하며 마음
을 재정비하길 바랐지만 그러기엔 내가 너무 지쳐 있었다.
그래도 나름 만족했다. '숨이라도 돌린 게 어디냐, 이렇게 쉬
어본 게 어디냐'는 생각이 들었다.

돌아오는 날, 아쉬운 마음을 다독이며 짐을 챙기는데 아
무리 찾아도 여권이 보이지 않았다. '혹시 그때 거기에 두고
왔나? 아차!' 싶은 마음도 잠시, 기쁨이 차올랐다. '하루 정도
더 있을 수 있겠네? 돌아가지 않아도 되겠네?' 하는 생각에
나도 모르게 깡충깡충 뛰었다(진짜 말 그대로 점프를 몇 번이
나 했다. 뛰고 나서 살짝 당황했다). 나의 소중한 개인정보가 담
긴, 무려 여권을 잃어버렸는데 전혀 신경 쓰이지 않았다. 중
요한 것은 내가 하루 더 스위스에 머물 수 있다는 사실이었
다. 임시 여권을 발급받으러 대사관으로 향하는 길은 콧노
래가 절로 나올 정도로 즐거웠다. "야호!" 소리가 나올 만큼

마음이 요동을 올라보내는 때

그저 기뻤다. 아직도 그때 흥얼거린 노래가 생생하게 기억이 나는 걸 보면 그 감정이 정말 강렬했나 보다.

회사에서는 다솜이가 돌아오기 싫어서 여권을 잃어버렸다는 우스갯소리가 돌았다. 그래서 한동안 마주치는 사람마다 "다솜이 안 돌아오고 싶어서 여권을 스위스 길거리에 버렸다며?" 하는 이야기를 들어야 했다. 일부러 잃어버린 것은 아니었다(정말로!). 하지만 아마도 내 무의식이 그렇게 해서라도 돌아오는 시점을 늦춘 것은 아닐까 생각한다. 역시 사람은 한계에 다다르면 뭐라도 하게 되나 보다. 이성이 막아서면 무의식이 움직여서라도.

김지용   저도 여권을 일부러 잃어버린 것은 아니란 말에 동의합니다. 무의식의 힘을 보여주는 전형적인 장면 아닐까 싶어요. 그런데 보면 볼수록 제멋대로인 구석이 좀 있는 것 같아요.(웃음) 눈치 많이 보는 성격의 신입이 그냥 내던지듯 스위스로 떠나버린 것도 그렇고요.

강다솜   역설적으로 그만큼 참고 살아왔기 때문인 것 같기도 해요. 어릴 때부터 항상 눈치를 보는 편이었어요. 하고 싶은 일도, 꿈도 다양했지만 부모님, 선생님 등 다른 사람들이 소질이 없는 것 같다고 얘기한다거나 그쪽 분야는 미래가 밝지 않은 것 같다고 한다거나 너와 어울리지 않는다고 하면 아쉬웠지만 '안 되겠다, 어쩔 수 없다'며 단념했거든요. 그리고 그런 바람과 열망들을 마음 한쪽 구석에 치워놨었어요. 하지만 자기 목소리를 내면서 눈치 안 보고 하고 싶은 걸 하는 사람들, 제가 좋아하는 그런 사람들처럼 살고 싶다는 마음은 항상 있었죠. '하고 싶어, 하고 싶어' 하면서도 참던 것들이 '더 이상 못 참겠어!'라며 확 터지면서 그렇게 질러버릴 수 있었던 것 아닐까 싶어요. 나름의 생존 방법인가 봐요.(웃음)

김지용   저도 마찬가지고 제 주변만 봐도 의대를 같이 졸업한 친구들 대다수가 그저 당연하게 의사를 하고 있거든요. 대부분은 눈앞에 놓인 길로 아무런 의심 없이 걸어가잖아요? 다른 길 가면 이상하게 보고요. 법대에서 사법고시가 아닌 아나운서를 선택한 것 역시도 어쩌면 눈앞에 놓인 길로 걸어가다가 '안 되겠다, 어쩔 수 없다'며 단념하고 참 았던 마음이 터져버린 것 아닌가 싶어요. 그런데 왜 하필 아나운서였어요?

강다솜   법대 공부에 적응해보려고, 재미를 찾아보려고 노력은 했 는데 도저히 안 되겠더라고요. 평생 이걸 한다고 생각하 니 견딜 수가 없어서 도망쳤죠. 그 후 외무고시도 잠깐 기 웃거렸다가 역시 아니란 걸 깨달았고요. 그러다 결국 제가 하고 싶은 걸 지른 거죠. 라디오 디제이가 하고 싶었어요. 같은 일상이라도 라디오가 더해지면, 특히 나의 신청곡이 틀어지거나 사연이 읽히면 영화 속 한 장면처럼 생생하게 특별한 추억으로 오래 마음에 남더라고요. 또 저는 눈치 를 많이 보는 편이라 누군가와 같이 있으면 빨리 지치고 힘들어지는데, 그렇다고 혼자만 있으면 좀 외롭죠. 그런 데 라디오를 들으면 혼자 있어도 혼자가 아닌 듯 포근한 느낌이 들었어요. 이런 순간들을 저도 다른 누군가에게 선물해주고 싶다고 생각했고요. 라디오 진행은 누가 하는 지 살펴보니까 가수들도 있고, 작가도 있었지만, 본업으 로 디제이를 하는 사람은 아나운서밖에 없더라고요.

강다솜
좀비 시절

〈실화탐사대〉 녹화 전, 제작진과 소소한 대화를 나누던 중이었다.

"아니, 거실 소파에서 주방 냉장고까지 갈 수가 없더래! 근데 그게 뭐 귀찮아서라거나 몸이 아파서가 아니라 우울증 때문이라네!"

누군가 우울증 치료를 받는 지인의 이야기를 꺼냈다. 모두 그게 무슨 말도 안 되는 얘기냐는 표정으로 갸웃거렸지만, 나는 고개가 절로 끄덕여졌다. 너무나도 이해가 갔다. 나도 그런 적이 있으니까. 그건 의지로 해결할 수 있는 문제가 아니었다. 게으름의 문제는 더더욱 아니었다. 정말로 손 하나 까딱할 수 없는 상태가, 가능하다. 그게 바로 우울이다.

불안하고 우울했던 시절, 나는 그 사실을 인지하지 못했다. 매일 힘에 겨웠지만 회사 생활을 하는 모두가 그 정도는 힘든 줄 알았다. 웃고 싶지 않았고 말하고 싶지도 않았다. 하지만 내 직업은 아나운서였다. 이미지 관리를 하지 않을 수 없다. 우울해 보이고 힘 빠져 보이는 사람에게 애써 만든 프로그램을 맡기고 싶어 하는 사람은 없다. 프로그램에 활기를 넣어주고 좋은 에너지를 불어넣을 사람을 찾기 마련이다.

내 선택이 옳았음을 증명하기 위해서, 칭찬받고 싶어서, 인정받고 싶어서, 결정적으로 도망칠 용기조차 없어서, 열심히 웃으며 가짜 긍정의 기운을 내뿜었지만, 항상 괴롭고 불편했다. 게다가 당시의 나는 회사와 일상을 분리하는 데 실패했다. 나도 문제였고, 회사도 문제였다. 요일과 시간을 가리지 않고 업무 연락이 왔고, 그걸 당연하게 여기던 시절이었다. 그럼에도 요령껏 쳐내며 내 삶을 지켜야 했건만, 방법을 몰랐던 나는 모범생처럼 살았던 습관대로 그들의 요구에 맞춰 행동했다. 퇴근 후에도, 휴일에도 언제 어떤 연락이 올지 몰라 항상 긴장 상태가 이어지다 보니 화가 많아졌다. 화를 품고 바라보는 세상은 절대 좋아 보이지 않았다. 나를 위하는 말도 비꼬는 것처럼 들렸다. 작은 것에도 화가 났다. 가장 최악인 부분은 '이렇게 힘든데 받아줄 수 있는 것 아냐?' 하고 화내는 나를 정당화했다는 것이다. 그러지 말았어야 했는데 가장 소중한 사람들, 편한 사람들에게 가면을 벗고 있는 그대로의 감정을 많이도 보여줬다. 그때는 내 기분을 풀어주기 위해, 혹은 괴로움에서 벗어날 방법을 함께 찾아보기 위해 말을 붙이는 가족이나 친구들에게 세상 귀찮은 표정으로 단답형으로 대답했다. 가까운 이들과 대화하는 걸 즐거워하고 그들의 이야기에 진심으로 공감하며 마음을 다해 자주 웃던 과거의 나는 사라지고 없었다.

마음만 문제가 아니었다. 몸도 무거워졌다. 친구들과 가족들은 당시의 나를 '좀비'로 기억한다(지금이야 '강다솜 좀비 시절'이라고 웃으며 얘기하지만, 정말 미안하다). 아침에 출근 준비를 하며 양치를 할 때면 힘이 모자란다는 느낌에 늘 어딘가 걸터앉아야 했다. 행동도 느려졌고, 어기적어기적 움직였다. 숨이 자주 가빴고 퇴근 후에는 방전이 되어버려 아무것도 할 수 없었다. 건강검진 결과는 모두 정상이었기에 나와 가족들 모두 피곤해서 그런 것이라고 여겼다. '밖에 햇살도 좋은데 일어나야 하는데……'라고 생각은 했지만 현실은 그저 누워 있는 것밖에 할 수 없었다. 친구들과 만나는 횟수도 점차 줄어들어 '0'에 수렴해갔고, 그냥 누워 있는 것 외에 모든 것이 버거웠다.

그 시기 나에게 위안을 주는 곳은 회사에서는 화장실, 집에서는 책상 밑이었다. 왜인지 모르지만 비좁은 공간에서 두 다리를 안고 얼굴을 파묻고 있으면 비로소 제대로 숨이 쉬어지는 듯했다. 그럼에도 내가 이상하다는 생각은 못 했다. 그냥 직장인이라면 이 정도는 겪는다고 생각했던 것 같다. 책상 밑에 있는 나를 본 엄마의 당황한 표정을 마주하기 전까지는 그냥 그러려니 했다. 그제야 생각이 들었다. '어쩌면 내가 지금 정상은 아닌지도 모르겠다. 모두가 이렇게 사는 것은 아닐지도 모르겠다.' "대체 왜 거기 쪼그려 앉아 있냐"고 묻는 엄마가 걱정할까 봐 엉뚱한 말로 둘러댄 것이 기억난다. 뭐 이렇게 앉아 있으면 다리가 저릿저릿해져서 옛날에 전기 놀이하는 기분이라 재미있다고 했었나. 피가 도는 느낌이 든다고 했었나. 아무튼 말도 안 되는 소리였다.

그러던 어느 날 한 선배와 점심을 먹을 때였다. 이성적이고 냉철한 모습으로 유명한 선배의 입에서 의외의 질문이 나왔다.

"다솜이는 집에 가면 뭘 하니?"

찰나였지만 수많은 생각이 오갔다. 솔직히 이야기해야 할까, 아니면 이 점심시간을 활기차게 이어갈 거짓말을 해야 할까. 당시의 나는 회사를 그만두어야 하나 고민 중이었기에 더

강다솜

이상 쓰고 있기 버거웠던 가면을 벗고 있는 그대로 말했다.

"음…… 그냥 누워 있어요. 저는."

선배가 되물었다.

"그냥 누워 있어? 아무것도 안 하고?"

퇴근을 하면 무엇을 할 힘이 남아 있지 않다고, 입사를 하고 나서 성격이 많이 변했다고, 터놓고 이야기했다. 내 말에 숨은 행간을 읽었던 걸까? 표정에 내 마음이 드러났던 걸까? 선배는 '그래 멍 때리는 거 좋지', '퇴근하면 원래 늘어져야지' 식의 가벼운 말로 넘어가지 않았다. 선배는 날 진심으로 걱정했다. 건강검진을 아주 꼼꼼히 받아보라고 권유도 하고 혹시 힘든 일이 있느냐고도 물었다. 그리고 그날 점심 식사 이후에도 이따금 나에게 괜찮은지 안부를 물어왔다. 좀처럼 접하기 힘든 진심과 다정함이었다.

그 무렵 오랜 친구 A도 변한 나를 더 이상 두고 볼 수는 없겠다고 생각했는지 진지하게 물어왔다.

"무슨 말 못 할 일이 생긴 건 아니니? 아무리 세상에 때가 타고 사회에 물든다고 하더라도 어떻게 이렇게까지 사람이 건조해질 수 있는지 의아해. 길가에 꽃만 봐도 좋아하던 너인데 정말 괜찮아?"

"별일은 무슨, 그냥 피곤해서 그래."

대충 얼버무려 답했지만 나도 대체 내가 왜 이렇게 됐는지 영문을 몰랐다. 그저 계속 뭔가에 쫓기고 혼나고 억압당하는 기분이었다.

그렇게 내 마음이 아무렇게나 널브러져 있는 상태임은 얼핏 인지하고 있었지만, 몸에는 완전히 무관심했다. 멀쩡하다 생각했는데 오산이었다. 당시 난 자주 배가 아팠다. 회사에서도 집에서도 식사를 매우 불규칙하게 했기에 그 때문이라고 생각했다. 배가 고파서 그렇거나, 배가 너무 불러서 그렇거나, 그도 아니면 그냥 피곤해서, 스트레스 때문이겠거니 하고 넘겼다. 그런데 어느 순간부터는 운전을 하다 잠시 갓길에 세워야 할 정도로 고통이 점점 심해졌다. 겨우 나간 친구들과 약속 자리에서도 만난 지 10분 만에 안 되겠다며 집에 돌아온 적도 있었다. 결국 아픔을 참을 수 없는 지경이 되어서야 병원에 갔고, 결과는 처참했다. 위궤양이었다. 궤양의 크기도 꽤 컸다. 진료실에서 토끼눈을 한 의사 선생님께 대체 왜 지금 온 거냐, 많이 아팠을 텐데 어째서 지금 온 거냐, 아프지 않았냐는 말을 들었다. 몸이 그 지경이 될 때까지 방치하고 있었던 것이다. 그렇게 몸이 격렬한 신호를 보내고 나서야 '이렇게 나 자신을 내버려두면 안 되겠다'는 생각이 어렴풋이 찾아왔다.

김지용 　말하신 그대로 직장인이라면 누구나 감정을 감추고 가면을 쓰고 살아야겠지만, 이 페르소나라는 가면이 지나치게 커지면 우울증을 겪을 위험이 올라가요. 그 가면 속에 감춰진 진짜 나와의 거리가 멀어질수록 더 그렇죠. 그래서 많은 이들의 부러움을 사고 마냥 좋은 삶을 살 것만 같은 연예인들이 우울증에 취약해요. 겪어보지 않아서 잘은 모르겠지만, 아마도 공중파 방송국 아나운서의 가면 무게도 엄청날 것 같아요.

강다솜 　항상 좋은 모습을 보여야만 한다는 압박감이 크죠. 지금은 나름의 타협점을 찾아냈지만, 잘하고 싶다는 마음이 앞서던 시기에는 여러모로 더 어려웠어요. 내게 피드백을 해주는 사람들이 모두 나보다 경험이 많은 선배들이니, 그 내용들 전부를 귀 기울여 새겨들어야만 한다고 생각했죠. 다 가치 있는 말들일 테니까. 그런데 앞에서도 얘기했지만, 그 말들끼리도 상충되곤 했는데, 그걸 다 반영한 가면을 만들어낸다는 것은 불가능한 일이었어요. 안 그래도 누구에게나 어려울 일을, 기존의 제 성격이 더 어렵게 만들어버린 거죠. 어떤 가면을 어떻게 만들어 써야 할지만 눈치 보고 고민하면서 스트레스 받다 보니, 막상 나 자신을 하나도 챙기지 못했고요. 우울증이 온 게 당연한 상황이었던 것이 지금은 뻔히 보이는데, 그때는 왜 몰랐는지 모르겠어요.

김지용 이유는 아마 여럿 있었겠지만, 흔히 말하는 모범생의 삶을 살아온 사람들 중에 스스로의 우울증을 잘 못 알아채는 경우가 많아요. 어떤 모습으로 살아야 하는지, 남들에게 어떻게 보여야 하는지 더 신경 쓰느라 정작 중요한 본인의 감정 상태는 잘 인식하지 못해요. 혹은 알아채더라도 받아들이지 못하고 숨기는 데만 급급하죠. 그렇게 감정이 억압되다 보니 그 대신 무기력이나 심한 피로감, 통증 같은 신체적 증상들이 두드러지게 되고요. 남들을 많이 신경 쓰며 살아가는 우리나라에서는 우울증 중에서도 '가면 우울증' 증세가 유독 더 많아요. 우울증까지도 가면을 쓰고 숨겨야 한다니, 너무 안타깝고 숨 막히지 않아요? 다솜 아나운서도 정말 많이 힘들었겠어요.

"나만의 꽃밭을
만들고 싶어"

　그렇게 몸에 힘이 다 빠진 채로 시간은 잘도 흘러갔다. 회사에선 여차저차 사람들과 어울리고 일도 했지만, 개인적인 생활은 말 그대로 내팽개쳐놓은, 그래서 엉망으로 망가져 있던 시간이었다. 회사 생각은 나에게 찰싹 붙어 떨어지지 않는 무언가였다. 분명 집에 왔는데도 계속 회사에 있는 것 같았다. 그래서 집에 왔는데도 집에 가고 싶었다.

　회사 동료와의 대화, 불편했던 상황, 그것들을 곱씹으며 하게 되는 후회, 걱정, 고민이 쉼 없이 내 머릿속에서 빙글빙글 돌아갔다. 그렇게 1년쯤, 아니 2년쯤 보냈을까. 솔직히 말하면 그 시절은 안개에 쌓인 듯 뿌옇게 남아 있다. 그래도 그날은 제법 또렷하게 기억난다. 해가 긴 여름이었고, 전날 야근해서 더 피곤한 토요일이었다. 여느 때처럼 오후 1시쯤 눈을 떴고 그대로 누워 있었다. 그리고 생각했다.

'오늘도 누워 있다 보면 저녁 8시쯤 되겠지, 티브이 채널을 이리저리 돌리다 보면 또 새벽 1시겠네. 집에 있는데도 집에 가고 싶다.'

그러다 문득 머릿속에 이런 질문이 떠올랐다.

'이대로 정말 괜찮은 걸까?'

쉼을 즐기는 이들도 많다. 열정직으로 일하고 쉴 때는 그 무엇도 하지 않고 늘어지게 잠을 자며 별다른 취미 활동도 하지 않는, 소위 멍 때리는 것을 즐기는 이들 말이다. 하지만 나의 '아무것도 하지 않음'은 선택이 아니었다. 물이 가득 차 있는 수조에 빠져 입만 겨우 밖으로 내민 채 간신히 숨만 쉬는 것 같았다. 그 아무것도 하지 않는 상태에 몸이 갇혀 있는 기분이었다. 벗어나고 싶었다.

사실 알고 있었다. 이 생활에 염증을 느끼고 있다는 것을. 다만 몸이 무겁고 마음이 처지니 모른 척 외면하고 있었을 뿐이었다. '이제 그만 힘을 내볼까?' 하고 발을 내디딜라치면, 내 안의 지친 목소리가 '뭐 하는 짓이야? 회사에서도 충분하지 않았어? 그냥 좀 내버려둬'라고 아우성치는 바람에 퇴근 후에 무언가를 한다는 것은, 특히 계획을 세워 무언가 새로운 일을 시도하는 것은 불가능에 가까웠다.

그래도 회사 일 외의 무언가가 필요했다. 회사 집 회사 집 회사 집 회사 집 회사 집. 지겨웠다. 설레는 마음으로 나들이도 가고, 일이 아닌 무언가에 몰입도 해보고, 배를 채우기 위해서가 아니라 입을 즐겁게 하는 것이 목적인 식사도 하며, 삶을 즐기고 싶었다. 처음엔 회사에서 너무 많은 에너지를 쓰고 온 나 자신을 쉬게 하려는 목적으로 누워 있었지만, 이젠 그냥 주말이면 나의 정체성이 '누워 있는 사람'이 된 것 같았다. 이건 휴식이 아니라 그저 나를 옥죄는 일일 뿐이었다.

'나랑 비슷한 상황에 처한 다른 사람들은 어떻게, 무슨 힘으로 잘 살아가는 걸까?'

가만히 둘러보았다. 내가 좋아하는 사람들, 내가 꿈꾸는 나무처럼 중심을 잡고 살아가는 사람들이 눈에 들어왔다. 그들은 무엇에 의지하고 있을까? 그저 타고난 성격 외에도, 삶에 다른 부분이 있지 않을까?

천천히 살펴보니 보였다. 그들에게는 모두 자기만의 꽃밭이 있었다. 친한 라디오 작가 언니는 퇴근 후 플라멩코를 추고 나면 직장에서 있었던 일 생각이 싹 날아간다고 말했다. 나는 하루 종일, 심지어 주말에 집에 누워 있는데도 회사 생각이 끊이지 않는데, 너무 부러웠다. 메이크업을 해주는 친구는 네일아트를, 다른 친구는 현대무용을, 어떤 선배는 농구를, 어떤 동생은 아이돌 덕질을 자신만의 꽃밭으로 삼고 있었다. 그들은 시간을 내어 잠시 일상에서 한발 물러나 그 꽃밭을 가꿨다. 그렇게 직장과 일상을 분리하고 있는 듯했다. 꼭 생산성 있거나 쓸모 있어 보이는 일이 아니더라도 자기만의 꽃밭을 공들여 가꾸는 그 활동이 자신을 아껴주고 충전하는 시간이라는 것을, 그들을 지켜보며 깨달았다.

나의 꽃밭은 무엇일까. 조금도 감을 잡을 수 없었다. 뭔가 새로 배워봐야 할까? 일단 영어 공부가 떠올랐다. 나중에 출장을 나가거나 인터뷰를 할 때 유용할 듯했다. 아니면 역사나 지리 공부를 해볼까? 평소 그 부분이 약하다고 생각했기에 뉴스를 진행할 때 자신이 없었다. 하지만 공부는 에너지가 많이 소모되는 일이었다. 그럴 여력이 조금도 남아 있지 않았다. 최소한의 에너지로 할 수 있는 것을 찾아야 했다. 그런데 공부를 빼니 머릿속에 떠오르는 것이 없었다.

'쓸모없어도 된다. 일단 내가 좋아하는 시간을 나에게 선물해주자'라고 마음을 먹었다. 나도 나만의 꽃밭에서 마음속에 묵은 찌꺼기를 내보내 꽃밭의 거름으로 주면서 오롯이 내 소유의 정원을 가꾸고 싶었다. 아주 작은 것부터 시작해보기로 했다.

김지용 '나만의 꽃밭' 너무 좋은 표현인 것 같아요! 앞으로 상담할 때 자주 써먹어야겠네요. 진료실에서 제가 '나만의 무언가를 찾아보고 만들어보자'고 말씀드릴 때 자주 듣게 되는 대답이 다솜 아나운서 이야기에 몽땅 들어 있는 게 인상 깊었어요. 여력이 없어서 아무것도 못 하겠다는 대답과 공부 말고는 떠오르지 않는다는 말, 이 두 가지요.

분명히 멍 때리고 쉬는 게 중요한 건 맞아요. 마음이 평온할 땐 이득이 됩니다. 창조적인 아이디어가 떠오르기도 하고요. 문제는 우울과 불안으로 지쳐 있는 뇌는 쉬는 것도 잘 못 한다는 사실이에요. 생각이 끊이지 않아 뇌가 더 지치는 시간이 될 뿐이죠. 그래서 아주 간단한 방법으로라도 움직이는 편이 훨씬 낫습니다. 무언가 몰입할 만한 것을 찾게된다면 더할 나위 없고요. 무언가에 푹 빠져서 시간 가는지 모르는 몰입 상태에 빠졌을 때, 우리는 가장 큰 생동감을 느껴요. 말 그대로 살아 있다는 느낌, 내가 내 인생을 산다는 느낌이 드는데 그게 우울을 이겨내는 힘이 됩니다.

그런데 쉬는 것도 잘 못하는 상태의 내가 공부를 한다고요? 자주 듣는 그 대답을 들을 때마다 너무 안타까워요. 그래서 공부가 아닌, 나만의 꽃밭을 결국 찾아낸 다솜 아나운서의 이야기를 그분들에게도 꼭 들려주고 싶어요.

예상치 못한

설렘

아주 작게, 가볍게 시작할 수 있는 일이 뭘까. 누워만 있던 내가 시도할 수 있는 것. 굳이 일어나지 않아도 되는 것. 그럼에도 이 답답함 속에서 벗어나 어딘가로 날 데려가주고 나에게 위로와 희망을 건네는 것.

가장 먼저 떠오른 건 '책'이었다. 어려서부터 책 읽기를 좋아했다. 공간을 가득 채우는 고소한 종이 냄새와 조용하지만 어쩐지 온기가 가득한 서점이나 도서관을 참 좋아했다. '도서관에 가면 할 말이 많은 작가들이 각자 자신의 이야기를 들려주기 위해 기다리고 있다'는 이야기를 들었을 때, 다들 무슨 얘기를 그리 하고 싶을까 궁금했고 설렜고 벅찼다. 책장에 꽂힌 수많은 책을 바라볼 때면 자기 이야기를 들려주려는 작가들의 웅성거리는 소리가 들리는 듯했고,

그 감각은 언제나 짜릿했다. 그렇게 책을 좋아했건만, 책이 있는 공간에 다녀온 지도 꽤 오랜 시간이 지나 있었다. '당장 오늘 퇴근길에 들르자!'라고 생각했지만, 처참히 실패했다. 서점이 회사 코앞인데도 가질 못했다. 하루 동안 이리저리 치이고 나니 에너지 레벨이 제로로 떨어졌고, 그렇게 가까운 곳에 갈 엄두도 내지 못하고 곧장 집으로 퇴근해 내 방 침대 이불 속으로 숨어들었다. 그리고 한참을 멍하니 누워 있었다. 처절한 열패감이 느껴졌다. 아니 이것도 못한다고? 하지만 이내 내 상태를 인정했다. '좀 더 소극적인 방법을 찾아보자. 그래, 책방에 가지 않는다고 책을 읽을 수 없는 건 아니지.' 온라인 서점 어플을 켜고 책을 고르기 시작했다. 눈에 띄는 책 몇 권의 리뷰를 읽다가, 핸드폰을 덮었다. 책 본문도 아니고 리뷰를 읽었을 뿐인데, 더 이상 읽을 수 없었다. 예전엔 분명 책 리뷰만 봐도 설레서 가슴이 콩닥거렸는데, 이젠 그조차 부담스러워서 숨이 턱 막혔다. 그 빼곡한 글씨들이 버거웠다. 종일 대본과 뉴스를 읽었으니 텍스트에서 벗어나고 싶었던 걸까. 그래도 어릴 때부터 누가 나에게 취미가 뭐냐고 물으면 독서라고 답했는데, 포기할 수 없었다. '그래, 핸드폰으로 읽어서 그런 걸 거야. 종이로 읽으면 좀 다를걸. 일단 베스트셀러로 무난하게 시작해보자.'

내용이 무겁지 않고 글씨도 빽빽하지 않은 책을 골라 주문했다. 중간 중간 귀여운 삽화도 곁들여 있으니 무난히 읽을 수 있을 것 같았다. 책은 총알처럼 왔지만, 그 책을 펼치는 데까지는 한참이 걸렸다. 이상하게 책을 읽어보겠다는 마음조차 먹어지지 않았다. 겨우 책을 펼쳐 읽기 시작했을 땐 집중하지 못했다. 책의 저자가 안내하는 세계로 초대장은 받았지만, 선뜻 발을 내딛지 못하고 문 앞에서 맴돌기만 하는 꼴이었다. 결국 인정하기로 했다. '그래, 내겐 지금 책을 읽을 정도의 집중력은 없다.' 다시 원점이었다. 그럼 대체 뭘 한담. 그렇게 계속 침대를 벗어나지 못한 채 누워 있었다.

그런 나 자신이 싫었다. 싫었지만 별 방법이 없었다. 그렇게 일하고 누워 있고 다시 일하고 누워 있던 어느 날, 진행하던 라디오 프로그램에서 어느 영화에 관해 이야기하게 되었다. 대본을 소화하고 제대로 진행을 하려면 영화를 보는 것은 필수였다. 그러고 보니 영화를 본 지도 오래였다. 물론 직업이 라디오 디제이고 앵커이니 트렌드는 알아야 했기에, 직접 보진 않았어도 인터넷 검색으로 당시 인기 있는 영화들의 줄거리와 명대사, 관람객이나 평론가들의 평가 등을 알고 있었다. 허나 그저 알고만 있었을 뿐, 무기력 탓에 시청으로 이어가진 못했다. 그런데 그 영화는 정말

봐야만 했다. 보지 않는 것은 직무유기였다. 오랜만의 영화관 나들이가 설레기보단 몸과 마음이 피곤해 귀찮고 피하고 싶은 마음이 더 큰 상태였다. 결국 어기적어기적 영화관에 가서 그 영화를 보았다. 그런데 전혀 예상치 못한 설렘이 날 기다리고 있었다. 영화 시작 전 전원 버튼을 눌러 전화를 잠시 꺼두는데 가슴이 두근거렸다. 누군가에게 전화가 오더라도 '아, 영화 보고 있었어요'라고 말하면 이해받을 수 있을 테니 안심이 되었다. 얼마만에 '연락'에서 해방된 것인지. 게다가 깜깜하고 조용한 공간은 오로지 영화에만 집중하게 만들었다. 원래의 내 세계와 단절된 어딘가로 짧은 여행을 떠나온 것 같았다. 무엇에도 방해받지 않는 나만의 시간이 정말 좋았다. 게다가 얻어가는 것까지 있었다. 이전에 배철수 선배님이 해주셨던 말이 떠올랐다. '사람들이 많이 보는 건 일부러 챙겨봐라. 그래야 할 이야기가 생기지 않냐.' 인터넷 검색으로 영화의 내용을 아는 것과 실제로 보는 것 사이에는 큰 차이가 있었다. 책과 같았다. 책도 줄거리를 훑는 것과 한 장 한 장 넘겨가며 공들여 읽는 것이 전혀 다른 경험을 안겨주는 것처럼, 영화도 마찬가지였다. 책은 작가가 이야기를 건넨다면, 영화는 감독과 배우가 이야기를 건네는 것이었다. 영화를 다 보고 나니 좋은 대화를 나눴다는 생각에 뿌듯했다.

사실 보기 전에는 인터넷으로 필요한 정보는 다 얻을 수 있는데 굳이 시간을 들여서 볼 필요가 있나 생각했는데, 충분히 그럴 가치가 있었다. 그러고 보니 보통 "주말에 뭐했어?" 하고 물으면 "이러이러한 영화 봤어"라는 대답을 자주 들을 수 있었다. 그렇다면 영화를 본다는 것은 다른 이들에게도 하루를 대표할 수 있는 특별한 활동인 것인가. 최소한의 에너지를 소비하면서 그럴 듯한 무언가를 해낼 수 있다니, 작은 성취감이 필요했던 나에게 매우 적합한 활동이라는 생각이 들었다. 게다가 영화는 책보다 집중력이 덜 요구되니 해볼 만한 것 같았다. 그렇게 나의 영화 생활이 시작됐다.

김지용　밖에 나가기 어려울 정도로 힘들고 지쳐 있을 때 영화나 드라마를 보는 것이 더 심한 무기력에서 벗어나게 도와주는 한 가지 방법이 되는 것 같아요. 사실 예전에는 좀 안 좋은 시각으로 봤었거든요. 밖으로 나갈 기회를 막아서 우울과 불안에 더 사로잡히게 만든다는 생각이 있었죠. 그런데 꼭 그런 것만은 아니더라고요. 많은 분이 여러모로 효과가 있다고 공통적으로 증언하시는 걸 보면요. 일단 나를 괴롭히던 생각에서 벗어날 수 있죠. 현실로부터 도망치는 것 아니냐고 비난하는 사람도 있겠지만, 퇴근 후에 직장이나 일 생각을 계속하는 것보다는 훨씬 나은 것 같거든요. 일이든 다른 어떤 요소에 의해서든 그동안 받은 스트레스로부터 벗어나는 시간이 있어야 하니까요. 추가로 그보다 더 큰 효과가 하나 숨어 있습니다. 영화나 드라마는 특정 시점만 다루는 게 아니라 작품 속 인물의 일상적 삶이나 인생의 긴 흐름을 보여주잖아요. 주인공에게 힘든 시간이 온다고 해서 그대로 끝나지 않죠. 압도적으로 힘들 때는 앞으로의 삶도 절망적일 것이라 느껴지지만, 그 느낌대로만 삶이 흘러가지는 않는다는 사실을 영화나 드라마가 계속 알려줘요. 다솜 아나운서도 영화 속 인물들의 희로애락을 지켜보며 작품 속에 숨겨진 삶에 대한 다양한 시각들을 계속 전달받지 않았을까요? 감독과 배우가 건네는 이야기들이 일종의 상담 치료가 되었을 것이란 생각이 드네요.

영화 300편이
내게 준 것

영화를 보기로 결정은 했지만 당시의 내게 영화관에 갈 힘은 없었다. 특히 집과 회사가 같은 동네에 있었기에 근처 영화관으로 가면 회사 사람들을 맞닥뜨릴 수밖에 없었다. 퇴근 후 회사 사람을 마주하는 것은 가장 피하고 싶은 일이 었다. 결국 집에서 영화를 보기로 했다. 방 안에서 아이패드 로 볼 수도 있었지만 어쩐지 큰 화면으로 보고 싶어 거실을 근거지로 삼았다. 영화관이 주는 압도적인 느낌까지 받진 못하겠지만 그래도 작은 패드의 화면으로는 성이 안 차는 기분이었다. 영화관처럼 거실 불을 끄고, 핸드폰도 껐다.

하지만 당시 나는 가족과 함께 살고 있었다. 거실은 가족 모두의 공간이었다. 처음엔 그 점이 별로 상관없었다. 어차 피 그 시절, 집중력이 부족했기에 완벽히 몰입할 수 없어서 가족들이 왔다 갔다 해도 그러려니 했다. 그런데 시간이 지날수록 방해받지 않고 싶다는 생각이 들었다. 이리저리 머리를 굴리다 주로 밤 열 시에서 열한 시쯤 가족들이 각자의 방으로 들어갔을 때, 나만의 영화관이 문을 열었다.

어떤 영화부터 볼까 고민하다 일단 〈대부〉, 〈바람과 함께 사라지다〉처럼 유명한 고전이지만, 이전에 본 적 없는 영화들부터 시작했다. 초반엔 별 감흥이 없었다. 대부분 '음, 그렇구나'가 내 감상의 전부였다. 그래도 계속 영화를 봤던 이유는, 영화를 보고 나면 나 자신이 어쩐지 기특해서였다. 오늘은 무언가를 하나 했다는 뿌듯함이 있었다(그저 소파에 누워서 TV를 본 것뿐인데도!). 그때의 나에겐 '영화 한 편을 다 보았다'라는 작은 성취감이면 충분했다.

그렇게 한 편, 두 편 보다 보니 점점 내 취향이 보였다. 그리고 취향을 알아가다 보니 나에 대해서도 조금씩 더 알게 됐다. 기본적으로 나는 긴장감을 참지 못하는 사람이었다. 스포일러를 모른 채 마주하는 반전이 더 짜릿하다는 걸 알지만, 거기까지 가는 과정에서 겪어야 하는 긴장감과 조마조마함을 견딜 수 없는 사람이었다. 공포 영화는 말할 것도 없었다. 귀신보다 사람이 더 무섭다고 믿지만, 그 믿음과 관계없이 공포 영화가 뿜어내는 분위기, 그 기괴한 영상과 소리가 내 몸의 모든 털들을 바짝 서게 했다. 게다가 온몸에 힘을 잔뜩 주게 되어 보고 나면 탈진하거나 아프기까지 했다. 자연스레 공포와 스릴러 장르는 리스트에서 제외했다.

내가 선호한 장르는 시대극과 판타지였다. 장르를 좁혀 몇 편의 영화를 더 보고 나니 영화를 보는 다른 눈이 떠졌다. 바로 영화를 볼 때 내가 무엇을 선호하는지, 어디에 집중하는지 알게 된 것이다. 난 미감을 자극하는 영화를 좋아하는 사람이었다. 특히 색감이 예쁜 영화는 솜사탕처럼 내 마음을 홀렸다. 이야기 전개에 구멍이 많아도 화면에 비친 색 조합이 조화롭고 독특하면, 그저 바라보는 것만으로도 일종의 충족감을 느꼈다. 그리고 색이 풍성하게 쓰인 영화는 마음 졸이지 않고 가벼운 마음으로 즐길 수 있는 경우가 많았다.

그 다음 순위는 촘촘히 설계된 이야기로 사람을 빨아들이는 영화였다. 특히 폭풍우처럼 몰아치는 이야기와 구조에 빠져 완전히 몰입한 날에는 현실에서 벗어나 아주 먼 곳으로 여행을 다녀온 듯한 기분이 들었다.

어느 순간부터는 마음에 드는 영화를 보고 나면 인터넷으로 관련 정보를 검색하게 되었다. 주로 감독이나 주연 배우의 인터뷰를 찾아봤다. 각 장면마다 그 사람이 의도한 부분과 의도하지 않은 부분을 알 수 있었고, 뒤늦은 깨달음은 흥미로웠다. 왜 그 장면은 유독 푸른빛을 띠었는지, 왜 그 장면은 롱테이크로 찍었는지. 혹은 왜 그 장면에서는 소리를 짧고 굵게 내질렀는지, 왜 그 장면에서는 초록색 코트를 입었는지 같은 것들. 나중에는 감독이나 배우의 의도를 추측하고 찾는 재미가 있어 영화 생활이 더 즐거워졌다. 좋아하는 감독이 생겼고 그 감독의 필모그래피를 따라가면서 보기도 했다.

그렇게 300편쯤 영화를 보았을까. 웬만한 영화는, 특히 내 취향에 맞는 영화는 얼추 다 본 듯했다. 신기하게도 왠지 힘이 생긴 것 같았다. 조금은 움직일 만한 힘이 충전됐다고 해야 할까. 휴대전화로 따지면 저전력 모드를 벗어난 정도였지만, 그래도 반가운 변화였다. 이제 영화를 보는 것 말고 다른 무언가를 시도해볼 수 있을 것 같았다. 영화를 한 편 보려면 적어도 두세 시간이 걸리니까, 이번에는 시간이 조금 덜 드는 취미를 새로 찾아봐야겠다는 생각이 들었다. 나에 대한 희망이, 믿음이 움트고 있었다.

사실 초반에 본 영화들은 집중력이 부족한 상황에서 멍한 눈으로 시청했기에 기억이 나지 않는 것들도 많다. 아마 지금 다시 보면 완전히 새로운 영화처럼 느껴질 수도 있다.

그래도 끝까지 포기하지 않고 그 시간을 묵묵히 건너온 결과, 나에게는 작은 힘이 생길 수 있었다. 다시 돌아봐도 다행이고 고마운 일이다. 지금도 영화는 그래서 나에게 묘한 위안을 안겨준다.

김지용　2년 만에 영화 300편을 본다는 게, 보통 일은 아니잖아요? 그렇게 좀비처럼 늘어진 상태에서 무언가를 꾸준히 한다는 건 더 쉽지 않았을 텐데, 참 신기해요. 게다가 화면을 바라보는 일은 낮은 수준이긴 하지만 몰입이 필요한 활동이거든요. 장기간 꾸준한 몰입 활동을 유지할 수 있던 원동력은 무엇이었을까요?

강다솜　영화는 그냥 단순히 화면을 바라보는 일만은 아니라고 생각해요. 제가 봤던 영화들 하나하나가 엄청나게 공들인, 말 그대로 작품들이죠. 그 안에 숨겨져 있을 의미를 찾아보기 시작하면 끝이 없더라고요. 저 장면은 어떻게 찍었을까? 저 화면에서 커피 잔 하나를 줌인하는 것은 어떤 의미를 담은 걸까? 저 색을 쓴 이유는? 저 음악은? 스스로 던지는 이런 질문들이 작품에 더 몰입할 수 있도록 해줬어요. 영화가 끝나고 난 후 내가 생각한 것들이 맞는지 찾아보기도 하고, 감독님 인터뷰도 찾아보는 과정들이 재미있기도 했고요.

김지용　영화 300편을 채우고 나서는 뭔가 힘이 생겨서 다른 것들을 찾아보게 됐잖아요? 그 힘의 정체가 무엇인 것 같던가요?

강다솜　다른 것을 찾을 수밖에 없었어요. 왜냐하면 제가 좋아하는 장르의 영화 목록이 끝나버렸거든요.(웃음) 제 취향이 너무 편협한 탓이지만요. 자연스럽게 다른 꽃밭이 필요하다 느껴졌어요. 그동안 영화 300편이라는 나만의 작은 꽃밭을 통해서 이만큼 삶이 회복되었으니까, 다른 게 더 있으면 어떨까 하는 생각이 저절로 들더라고요. 2년 동안 꾸준히 한 가지 활동을 해왔다는 성취감이 다른 도전을 시작할 수 있게 만들어줬어요. '나도 이만큼 할 수 있구나. 이런 사람이었구나' 하고요.

김지용 영화를 보는 그 시간이 다솜 아나운서의 무너진 자존감을 회복시켰겠다는 생각이 들어요. 자존감의 세 가지 축 모두에서 말이죠. 방금 말한 성취감이 자기 효능감을, 긴장감 없는 예쁜 세상 속에서 보낸 시간이 자기 안전감을, 아무리 세상이 힘들어도 내 뜻대로 나만의 꽃밭을 지키고 가꿀 수 있다는 느낌이 자기 조절감을 키웠을 것 같아요.

아등바등의
역사

영화 보기 이후 나는 회사에 매여 있는 내 생각을 끊어줄 새로운 도구를 찾기 위해 꽤 진심으로 노력했다. 가장 먼저 시도해본 것은 그림이었다. 심리 치료 중 미술 치료도 있는 만큼, 그림은 마음에 안정을 가져다주고 생각의 전환에도 도움이 될 것 같았다. 또 틈날 때 언제든 그릴 수 있고, 생산적인 일이란 생각에 더 끌렸다.

어릴 때 색연필로 그림을 그릴 때마다 기분이 좋아졌던 것이 떠올랐다. 나는 색연필 그림이 주는 특유의 질감을 좋아했다. 그래서 일단 익숙한 색연필로 그림 그리기에 도전해보기로 했다. 마음도 순수해질 것 같고 치유받는 느낌도 선사해줄 것 같았다. 하지만 생각과 달리 색연필과 스케치북을 마련하고도 손이 잘 가지 않았다. 이후 유화에 도전해볼까 싶었으나 막상 마주한 하얀 캔버스는 날 압도하는 느낌이었고 막막했고 조금은 두려웠다. 도구가 문제인가 싶어 아크릴 물감도 사보고 색이 예쁜 마커도 사보지만 여전히 그림 그리기를 시작하기가 쉽지 않았다.

내 안의 두려움이 좀처럼 사그라들 기미가 보이지 않았지만, 그림이 나에게 도움이 될 거란 믿음이 강했던 터라 컬러링북과 스크래치북에도 도전해보았다. 마침 컬러링북에 푹 빠져 있던 친구에게 추천을 받게 되었는데, 친구의 완성작을 보니 얼른 칠해보고 싶다는 마음이 들었다. 확실히 컬러링북에는 하얀 캔버스가 주는 막막함과 불편함은 없었다. 그래서 좀 더 가벼운 마음으로 어디 한번 해볼까 했는데, 정말 '한 번'으로 끝나버렸다. 그려진 그림에 색을 입히는 것과 숨겨진 그림을 발견하는 것은, 나에겐 둘 다 즐겁지도 매력적이지도 않았다.

춤 학원과 노래 학원도 다녀봤다. 레슨을 받는 동안에는 무척 즐거웠지만, 춤과 노래는 반드시 연습이 필요한 활동이었다. 연습하지 않고 수업에만 참여하는 건 뱅글뱅글 제자리에서 원을 그리며 도는 것과 다를 바 없었다. 안타깝게도 연습할 시간과 에너지까지는 당시의 내게 없었다. 학원에 갈 마음을 먹는 것만도 사실 벅찼다. 게다가 그저 즐겁게

만 다니기에는 수강료도 만만치 않았다. 발전하지 않는 내 모습에 흥미는 줄었고, 열심히 하지 않는다는 생각에 선생님 눈치까지 보게 되니 부담이 쌓였다. 결국 새로운 경험을 해본 것에 만족하고 다른 방법을 찾아 나섰다.

이외에도 나 스스로를 일상에서 잠깐 꺼내주기 위해, 여행을 떠났을 때 느낀 기분을 잠시라도 맛보기 위해 찾아본 방법들은 다음과 같다.

- 각 나라의 축제 및 관광지 검색하기

지하철이나 버스로 이동할 때, 회사 로비에서 점심 약속 상대를 기다릴 때 등 자투리 시간에, 특히 이어폰을 끼기 애매해서 영상 시청이 어려울 경우 유용하다. 지구는 둥글고, 우리나라는 춥디추운 겨울일 때도, 따뜻한 나라에서는 흥미로운 일들이 펼쳐지니 구경하는 재미가 쏠쏠하다. 찾아본 곳들을 다음 휴가지로 물망에 올리며 입꼬리가 스윽 올라가는 것은 덤이다.

- 전시회나 공연 보러 가기

일상에 특별함을 한 스푼 끼얹는 기분이다. 전시회나 공연에 가면 평소 보지 않던 것들을 보게 되고 듣지 않던 것들을 듣게 된다. 일상에서 쓰는 감각과 전혀 다른 감각을 쓰기에 확실히 재충전이 된다. 색다른 영감을 얻기도 하고, 고민하던 문제를 다른 관점으로 보게 해주기도 한다. 공연이나 전시를 보고 나면 나는 늘 소진하기만 하던 내 안의 연료를 채우는 기분을 느낀다. 또 땀과 눈물의 시간이 담긴 소중한 결과물에 경외감을 느끼기도 하고, 나도 이들처럼 해보고 싶다는 용기를 얻기도 한다. 하지만 추울 때나 더울 때, 몸이 피곤할 때 찾아가기가 불편하다는 점, 공연장까지 오가는 시간과 즐기는 시간을 다 합치면 소요 시간이 길다는 점, 훌륭하다고 평가받는 전시회나 공연의 경우 대개 꽤 비싼 값을 치러야 한다는 점 등이 단점이다. 특히 메이저 공연은 매달 즐기기엔 부담스럽다. 그래서 상대적으로 가격 부담이 적은 대학로 공연과 소규모 전시회에 더 많은 시간을 쏟았다. 무료 전시회도 찾아보면 이곳저곳에 많다.

- 1000피스 퍼즐 맞추기와 레고 조립하기

엉켜 있는 실타래를 푸는 쾌감이 든다. 섞여 있는 블록과 퍼즐들의 자리를 찾아주고, 완성작을 볼 때의 그 뿌듯함이란 느껴본 사람만 알 것이다. 집에서 나가지 않아도 되고 시간 제약도 없기에 틈날 때마다 조금씩 조금씩 맞춰갈 수 있다. 또한 집중력을 요하는 작업이라서 잡생각을 끊어내기에 안성맞춤이다. 다만 퍼즐의 경우 이젤에 올려놓고 맞추는 것을 추천한다. 바

마음이 약해질 때마다 되뇌는

120

닥에서 맞추다가 목에 담이 올 뻔했다.

• 떡볶이 맛집 도장 깨기

주말에 이따금 남편과 함께하는 취미 생활이다. 우리 부부는
유독 떡볶이를 좋아한다. 밀떡, 쌀떡 차별하지 않고 사랑한다.
주말에 맛있기로 유명한 떡볶이 집을 차례로 찾아다니며 나들
이를 다녀오곤 한다. 그저 떡볶이 맛집을 다녀온 것뿐인데도
여행을 다녀온 기분이 든다. 우리가 실제로 여행을 떠났을 때
하는 행위와 비슷해서일까. 그리고 이 취미의 큰 장점은, 배달
앱이 있기에 두 사람의 체력이 바닥난 주말에도 새로운 맛집에
도전해볼 수 있다는 점이다! 동네 떡볶이 집을 하나하나, 배달
시켜 먹는 재미가 쏠쏠하다.

• 나 자신에게 집중하는 시간 갖기

마치 다른 사람이 내게 해주듯, 나를 아껴주는 시간을 갖는다.
낮 동안에는 철저히 누군가의 엄마로 살았기 때문에 아기가 잠
든 후에는 전혀 다른 분위기를 즐기기 위해 노력한다. 아기를
두고 어딜 갈 수 없으니 집에서 해결해야 하는데 가장 쉽게 공
간에 변주를 주는 방법은 바로 '조명'과 '향'이다. 이 두 가지만
바꿔도 기존의 공간과는 전혀 다른 분위기를 내뿜는다. 그 공

간에서 남에게 하듯 나를 대접해준다. 따뜻한 물로 꼼꼼히 샤워를 한 후, 좋아하는 바디로션을 시간과 공을 들여 충분히, 촉촉하게 발라준다. 낮 동안엔 주로 동요를 들었으니 이젠 내가 좋아하는 노래를 틀어놓는다. 이런 별것 아닌 듯한 일상 속 '자기 챙기기'는 생각보다 빠르고 강력하게 기분을 나아지게 한다. 집에서 할 수 있고 비용도 많이 들지 않는다. 여유 시간을 만끽하고 나에게 집중하며 스스로를 달래주는 느낌이라 무너지는 마음을 다잡고 위로해주기도 좋다. 아침에는 시간이 없기에 좋아하는 헤어 에센스를 바르고 출근하는 것으로 만족한다.

· 걷기

사실 나는 걷는 일을 즐기는 편은 아니었다. 그런데 임신을 하면서 걷기 생활이 시작됐다. 임신 기간 중 입덧도 심하고 몸 컨디션도 안 좋아서 새로운 생명을 품었다는 기쁨은 거의 누리지 못했다. 가만히 앉아 있어도, 누워 있어도, 그 무엇을 해도 속이 울렁거리고 머리도 아프고 배는 불편하니 우울하고 괴로웠다. 엎친 데 덮친 격으로 임신성 당뇨의 위험성이 있다며 병원에서 식후 걷기를 반드시 하라고 권했다. 그렇게 나를 위해, 그리고 아기를 위해 이를 악물고 나갔던 것이 걷기의 시작이었다. 추운 겨울이었는데, 그럼에도 꽁꽁 싸매고 나갔다. 종일 좁은 집

안에 있다 보니 지겹기도 한 참이었다. 막상 걷기 시작하니 그 동안 보지 못했던 새로운 풍경이 눈에 속속 들어왔다. 아무리 동네라고 해도, 구석구석 다 안다고 자부해도 차로 다니는 것과 걸어 다니는 것에는 차이가 있었다. 매번 새로운 걸 발견했다. 어떤 목적지에 도달하기 위해 걷는 것이 아니라 순수하게 걷기 위해 걸었다. 새로운 풍경을 발견하는 것은 덤이었기에 그 시간을 즐길 수 있었다. 또 몸을 움직이니 적당한 운동 효과도 낼 수 있어 확실히 기분을 바꾸는 데 도움이 됐다.

• 별똥별이나 은하수 사냥하기

별똥별(유성우)과 은하수를 보기란 쉬운 일이 아니다. 1월 사분의자리 유성우, 8월 페르세우스자리 유성우, 12월 쌍둥이자리 유성우를 3대 유성우라 칭한다. 별똥별을 보려면 8월을 제외하고는 대개 야외에서 극한의 추위를 견뎌야 하고, 주로 새벽에 떨어지니까 잠을 자지 않을 각오도 해야 한다. 또 언제 떨어질지 모르기 때문에 꽤나 집중하고 하늘을 계속 바라봐야 하는데, 바라볼수록 별똥별을 포착하고 싶다는 마음은 간절해져서 머릿속을 괴롭히던 잡생각이 모조리 사라지게 되는 놀라운 경험을 할 수 있다. 그러다 길게 꼬리를 늘어뜨리며 떨어지는 별똥별을 마침내 목격했을 때의 그 짜릿함은 말로 다 표현할 수 없다. 은하수의 경우, 잘 보이는 장소가 정해져 있는데 대부분 서울에서 멀다. 또 이런 저런 요소들의 영향도 많이 받는다. 구름이 너무 많거나, 달이 반달보다 크거나, 습도가 높거나, 비가 오면 보지 못한다. 많은 노력을 들여도 일 년에 몇 번밖에 볼 기회가 없지만, 그래서 더 특별하다. 은하수가 보일 땐 다른 별들도 잘 보이는데, 그렇게 쏟아지는 별빛 속으로 들어가 머물다 보면 잠깐 우주여행을 다녀온 듯한 느낌도 든다. 수억 년을 살아온 별 사이를 걷다 보면 거기서만 얻을 수 있는 위안도 있다. '다 지나간다. 별 일 아니야. 괜찮아.' 자주 경험하긴 어렵지만 도전해볼 만한 가치가 있다. 그 어떤 여행보다 기억에 남을 수도 있다.

- 자연 다큐멘터리 보기

사람이 등장하지 않는 자연 다큐멘터리를 좋아한다. 내 일상과 가장 멀리 떨어진 듯 보이는 탄자니아의 세렝게티 국립공원 치타의 삶이라든가, 서로를 돕는 혹등고래의 이야기라든가, 수억만 년을 버텨온 빙하의 이야기 같은 것들. 의외로 일상에서 가장 먼 곳에서 삶에 바로 적용할 수 있는 조언과 깨달음을 얻기도 한다. 특히 BBC 다큐멘터리 〈더 헌트〉가 인상 깊었는데, 그저 사자가 톰슨가젤을 잡아먹는 약육강식의 세계를 조명한 것이 아니라는 생각이 들어서다. 포식자든 피식자든, 자기 자신과 동족을 지키기 위한 능력을 기르기 위해 매일 생존이 걸린 싸움을 해야 하는 치열한 모습을 바라보며, 생명이 있는 모든 것은 자기 삶을 유지하기 위해 끝없이 노력하고 있다는 당연한 진리를 새삼 알게 됐다. '저들에 비해 나는 정말 쉽게 살고 있구나' 하는 반성도 많이 했다. 물론 인간 세계의 고단함에 지친 상황에서 자연이 주는 그 자체의 위안도 느꼈다. 비슷한 맥락에서 〈지구의 밤〉도 추천한다.

- 카메라로 사진 찍기와 보정하기

지금 내가 가장 마음을 쏟는 취미다. 쉽지만은 않다. 괜찮은 카메라를 마련하려면 비용이 꽤 들고, 사진을 찍으려면 추워도 더워도 나가야 한다. 그래야 주황빛의 강렬하고 아름다운 일출을, 차가운 공기가 파랗게 서려 있는 설경을, 한낮의 뜨거운 여름날의 햇살을 담을 수 있다. 그럼에도 불구하고 내가 딱 원하는 느낌을 담았을 때 얻는 쾌감과 뿌듯함은 다른 것에 비할 바 없이 크다. 현실적으로 출사를 한 달에 한 번 나가는 것도 어렵기 때문에, 여행 갔을 때 작정하고 무수히 많은 사진을 찍은 뒤일상으로 돌아와 보정하며 천천히 음미하는 편이다. 그마저도 어려울 땐 카페에 가서 디저트 사진을 공들여 찍는다.

김지용 다들 무엇을 시작해봐야 할지 고르기 엄청 어려워하시더라고요. 어떻게 이렇게 다양하게 찾아봤어요?

강다솜 일단 조금이라도 흥미로워 보이는 것은 다 찔러봤던 것 같아요. 혹은 티브이나 책에서 잡생각을 끊어주는 데 뭐가 좋다, 우울증에는 이런 행동이 좋다는 이야기를 접하면 리스트에 올려뒀고요. 다른 이들은 뭘 하면서 스트레스를 푸는지 열심히 물어보고 다니기도 했고요. 여러 가지 취미 관련 클래스가 있는 사이트에 가서 목록을 살펴보기도 했어요. 최근에는 프렌치 자수 클래스를 봤는데 전 손재주가 없어서 잘하지 못할 것을 알지만, 예쁜 그림에 친절한 설명을 듣고 있으니 마음이 편해지더라고요? 그래서 그냥 몇 개의 영상을 멍하니 보기도 했어요.(웃음)

김지용 한두 개 시도해보고 잘 안 되면 포기하는 모습에 저도 안타까울 때가 많거든요. 이렇게 끈질기게 찾아 나선 원동력은 뭐예요?

강다솜 글쎄요. 두 가지 이유가 있었던 것 같아요. 첫 번째는, 이렇게 많은 이들이 자신의 꽃밭을 갖고 있다면, 나에게도 있지 않을까 싶었어요. 없다고 생각했다면 저도 진작 포기했을 거예요. 그런데 있을 것 같은 거예요. 있는데 못 찾은 것이라 생각해서 가능했던 것 같아요. 그리고 영화 보기를 하면서, 그 꽃밭이라는 것이 거창할 필요가 없다는 것을 알았잖아요. 찾기만 하면 된다고 생각하니 좀 여유 있게 시도해봤던 것 같아요. 지금 내가 시도한 것이 나랑 잘 안 맞는다고 하더라도 언젠가 만나게 될 나의 꽃밭을 찾아가는 과정이라고 여겼죠.

또 이 무용해 보이는 경험들이 그냥 흘러가지 않고 내 안에 차곡차곡 쌓인다고 생각했어요. 무용하지 않다고 여긴 거죠. 이건 사실 직업 덕인 것 같아요. 제가 하는 일은 할 이야기가 많으면 많을수록 도움이 돼요. 여러 분야를 경험하면 할수록 세상을 보는 시야도 넓어지고 이해의 폭이 커질 테니까, 제가 건네는 이야기의 깊이가 달라질 수 있거든요. 그래서 계속 시도해볼 수 있었던 것 같아요.

꼭 누군가에게 이야기를 들려주지 않는다고 해도, '나만의 교양을 쌓을 수 있다'는 점은 충분히 자기만족을 안겨 줄 만한 요소이지 않을까 싶어요. 다양한 것을 경험하고, 여러 분야의 지식이나 지혜를 배우면서 매력적인 사람이 되어가는 과정 자체를 즐길 수 있는 거죠.

사진이라는
세계

신입 시절 첫 휴가로 간 스위스 여행은 나를 괴롭히던 잡
다한 생각들이 멈추는 기쁨, 세상과 단절되는 자유로움을
맛보게 해주었다. 돌아온 이후에도 나는 그 달콤함을 잊을
수 없었다. 그래서 그 후 틈나는 대로 여행을 떠났다. 어쩐
지 멀리 떠날수록 더 확실히 단절되는 느낌이었기에 여건
이 허락하는 한 최대한 해외를 선택했고, 그렇지 못할 땐 국
내 여행도 다녔다. 지금 돌이켜봐도 다소 무리한 선택들이
었다. 친구들은 번 돈을 다 여행으로 쓸 참이냐며 말리기도
했지만, 그러지 않으면 온갖 불편한 마음들을 끌어안고 침
대와 한 몸이 되어 지낼 것을 알기에 떠나지 않고는 참을 수
없었다.

여행을 떠나면 나를 힘들게 하던 많은 것들과 연결을 끊

을 수 있었다. 내 선택을 증명해야 한다는 압박, 자랑스러운 딸이고 싶다는 부담감, 모자라는 능력에 비해 성공하고 싶어 아등바등하는 노력, 그럼에도 부족한 내 모습을 탓하는 자책감, 나와 맞지 않았던 회사의 분위기, 이미 다 소진되어 더 이상 뭘 할 수 없게 된 체력의 한계 등에서 벗어날 수 있었다.

여행지에서 나는 회사에 부적응 중인 아나운서도, 부모에게 인정받고 싶어 애쓰는 딸도 아닌 그저 여행자였다. 여행자에겐 의무가 없다. 내 마음대로 할 일을 정할 수 있고, 언제든 일정을 바꿔도 상관없으며, 그 모든 것이 계획대로 풀리지 않는대도 다 여행의 묘미라고 여길 수 있다. 길을 잃어도, 지친 체력 때문에 늘어지게 늦잠을 자도 그것조차 여행의 일부다. 그러려고 여행을 떠나온 거니까. 여행은 그동안 끊임없이 해오던 스스로에 대한 평가를 멈추고, 남들의 평가에서도 잠시나마 벗어날 수 있게 해주었다. 게다가 해외에서는 그 나라의 문화와 시설에 익숙하지 않은 외국인이라는 이유로, 부족한 많은 것들이 쉽게 용인되기도 한다. 거기서 오는 안도감도 있다. 말을 모르고 글을 못 읽어도, 길을 헤매도 그저 그럴 수 있는 외국인이다. 어설픈 현지어 한마디에 칭찬까지 듣기도 한다. 돈 씀씀이도 평소보다 조금 더 유연해진다. 한국에서는 미슐랭 식당을 찾아가려면 큰맘 먹고 이것저것 따지게 되지만, 여행지에서는 '여기까지 왔는데 거긴 가봐야지?'라는 생각에 자신에게 쓰는 인심이 조금 더 넉넉해진다.

한 달에 한 번씩만, 아니 분기에 한 번씩만 여행을 떠나도 정말 잘 살 수 있을 것 같았다. 하지만 현실은 일 년에 한 번이 최선이었다. 비용도 비용이고 스케줄을 빼기가 어려웠다. 연차가 낮았을 때는 나를 대체할 역할을 선배에게 맡기는 것이 부담스러워서, 어느 정도 연차가 쌓였을 땐 휴가 간 사이에 다른 이에게 프로그램을 넘겨주게 되진 않을까 신경 쓰여서 쉬기 어려웠다. 또 휴가를 위해 수많은 이들에게 양해를 구하는 것이 벅차서, 일에 진심이 아니라는 이야기를 들을까 두려워서 등 이런 저런 이유로 휴가를 가기 조심스러웠다.

입사 7년차였나, 8년차쯤 너무 많은 일이 힘에 부쳐 쩔쩔매던 때가 생각난다. '휴가를 가면 뭐하나, 다녀오면 또다시 여기서 허덕일 텐데 무슨 의미가 있나'라고 생각할 정도로 마음은 닳고 닳은 번아웃 상태였다. 그럼에도 이대로는 안 되겠다 싶어, 휴가를 떠나기로 마음먹고 검색을 시작했다.

문득 첫 번째 휴가지인 스위스가 떠올랐다. 내가 쓴 마지

막 1원까지도 아깝지 않았던 매우 값진 휴가였다. 그때 그
기분을 다시 느끼고 싶어 당시 스위스에서 찍었던 사진들
을 찾아봤다. 소 여물통의 투명한 물에 비친 파란 하늘과 초
록빛 산. 뭉게구름이 피어오른 하늘을 뒤로 하고 들판을 가
로지르는 노란 기차. 굽이굽이 산등성이 너머를 배경으로
파란 배낭을 매고 걷고 있는 나. 세계에서 두 번째로 맛있다
던 달콤한 에끌레르*. 다시 스위스를 여행하는 기분이었다.
그날의 온도, 습도, 햇살, 바람 모든 것이 사진에 담겨 있었
다. 마치 타임캡슐을 열어보는 것 같았다. 다만 핸드폰으로
찍은 사진들이었기에 좀 더 선명하게 잘 담겼다면 좋았을
텐데 하는 아쉬움이 남았다. 여행지의 아름다운 장면들을
제대로 된 카메라로 잘 담아오고 싶다는 생각이 들었다.

　하지만 막상 어떤 카메라를 살까 알아보니, 공부할 것이
너무 많았다. 엄두가 나지 않아 그냥 포기하려는데, 함께 일
하던 팀원들이 '그냥 일단 사면 뭐든 된다'고 밀어붙여 주었
다. 내가 방송국에서 일한다는 것을 그때 새삼 깨달았다. 주
변이 온통 영상과 사진을 다루는 사람들이라는 것을 깜박
하고 있었다. 마침 한 팀원이 새로운 카메라를 사기 위해 알

* 기다란 슈 페이스트리 반죽을 오븐에 구워낸 뒤 그 속에 크림을 채우고 퐁당 아이
싱을 바른 페이스트리로, 프랑스의 대표적인 디저트다.

아보는 중이었고, 나도 덩달아 그들의 대화에 끼면서 나의 첫 번째 카메라를 무엇으로 살지 함께 심도 있는 토론을 하게 되었다. 그렇게 '셔터 스피드'*가 뭔지 'IOS'**가 뭔지 아무것도 모르는 상태로 카메라 하나를 덜렁 들고 포르투갈로 떠났다.

포르투갈 여행은 역시나, 정말 좋았다. 여행을 갈지 말지 고민한 시간이 아까울 만큼. 포르투갈은 전반적으로 색감이 무척 예뻐 담고 싶은 풍경이나 장면이 많았다. 특히 일출이 압권이어서 매일 일찍 일어나 보랏빛 하늘을 멍하니 바라보았다. 사진기를 들고 다닌다는 행위가 좀 더 작정하고 지금의 순간을 귀하게 여기며 소중하게 담는다는 느낌이 들어서, 한 걸음에 한 번씩 찰칵거렸던 것 같다. 사실 당시에는 카메라를 능숙하게 사용할 줄 몰랐기 때문에 사진이 대부분 흔들렸거나 너무 어둡게 혹은 너무 밝게 나왔다. 하지만 그만큼 끙끙대며 한 장 한 장 최대한 정성들여 찍었기에 지금도 그 사진들을 살펴볼 때마다 그날의 분위기가 생생하게 기억난다. 덕분에 포르투갈 사진들은 가끔 필요할

---

* '카메라의 셔터가 열리고 닫히는 시간'을 의미하며, 조리개, IOS와 함께 사진 노출의 3요소 중 하나로 꼽힌다. 카메라를 다루기 위해서 반드시 알아야 할 기초 중의 기초다.

** 사진 노출의 3요소 중 하나로 '빛에 대한 민감도'를 뜻한다.

때 조금씩 꺼내먹는 나만의 꿀단지가 되었다. 지칠 때 들여다보면 어느새 입꼬리를 올려주는 자양강장제 같은 것 말이다.

사진 보정에 관심을 갖게 된 것도 그즈음이었다. 찍어온 사진을 보니 화질은 선명했지만 내가 직접 눈으로 본 느낌과는 거리가 있었다. 예를 들어 그때 노을은 정말 강렬하게 붉고 하늘은 '보오랏빛'이었는데 사진에는 그냥 조금 붉고 슬쩍 보랏빛으로 담겨 있었다. 무척 아쉬웠다. 당시의 감상을 좀 더 생생하게 기록해두고, 그 느낌을 좀 더 오래오래 간직하고 싶어서 유튜브와 인스타그램을 보며 조금씩 보정을 공부하기 시작했다.

지금은 따로 사진 인스타그램 계정을 운영하고 있을 정도로 나는 사진 찍는 일을 좋아하고 사진에 꽤나 진심이다. 사진을 찍고 편집하는 것에 열중하다 보면 시간이 어떻게 흐르는지도 모를 때가 많다. 동트는 걸 보고서야 시간이 이렇게 되었다는 걸 깨닫고 잠자리에 들기도 한다. 그래서 이젠 편집을 시작할 때 알람을 설정해놓는다. 어쩌다 이렇게까지 사진을 좋아하게 됐을까.

우선 사진은 여행의 훌륭한 대체재가 되어주었다. 한 번 다녀온 여행에서 느낀 기분을 사골국물 우려내듯 계속해서 일깨워주는 최고의 도구였다. 그 자유와 편안함을 다시 복기하게 할 수 있는 사진에 나는 매료됐다. 그러나 단지 여행의 대체재였기 때문만은 아니었다. 여행을 다니지 못한 코로나 시절에도 나는 카메라를 놓지 않았다. 그땐 여행과 전혀 관계가 없는 인물 사진을 찍는 일에 빠졌었다. 카메라를 통한 '발견'이 너무나도 재밌었다.

카메라를 통하면 렌즈에 따라 같은 사물과 공간도 다르게 보였다. 뷰파인더에 눈을 대면 다른 세계에 들어간 것 같다는 생각이 든다. 특히 무언가 아름답다고 생각한 순간을 나만의 시선으로 포착해낼 때 느끼는 희열은 말로 표현하기 어렵다. 인물의 경우 찬찬히 바라보다 보면 그 사람 특유의 매력과 예쁨이 보일 때가 있는데, 그 순간을 정확히 담아내면 엄청난 쾌감이 느껴진다. 낚시를 하진 않지만, 월척을 낚는다는 것이 이런 기분일까 싶다. 이런 순간들은 집중해야 보인다. 공들여 바라볼 때 만날 수 있다. 물론 노을이나 장엄한 숲처럼 슥 봐도 멋진 풍경은 집중하지 않아도 아름다움을 느낄 수 있다. 그러나 햇빛에 반짝이는 유리잔이라든가, 오후의 햇살을 잔뜩 머금은 커튼이라든가, 바람에 나풀거리는 빨래 같은 것은 사진을 찍기 시작하며 집중한 결과 알게 된 아름다운 순간이다. 카메라만 있으면 여행지가 아니라 그 어디서라도 보물찾기처럼 내 취향의 아름다운 무언가를 발견하고 담을 수 있었다. 그리고 그 몰입의 순간은 내게 해방감을 선사했다.

앞서 말했듯 나는 사실 내향적인 사람인데, 외향적인 척 살아가고 있다. 그래서 어느 날은 정말 내 안의 모든 연료를 소비하고 소진한 상태로 마음이 텅 비어 있는 기분이 들 때가 있다. 그럴 때 사진은 언젠가 나에게 보내놓은 응원의 편지처럼, 날 채워주고 달래준다.

무용함이
우리를 구한다

하루하루 연명하며 살아간다고 느낄 때가 있었다. 일이 많을 땐 해도 해도 쌓이는 해야 할 것들에 허덕였고, 일이 없을 땐 그 고요함이 날 짓누르는 것 같아 숨 막혔다. 인생이 나에게 쥐여 주는 것들을 마지못해 받아들이고 어쩔 수 없음에 매몰돼 멍하니 아무것도 하지 못한 채 시간을 많이 보냈다.

인생은 선택의 연속이다. 큰 갈림길에서 어느 길을 선택하느냐에 따라 인생이 달라지기도 하지만, 매일매일 소소하게 선택을 이어간다. 그리고 우리는 마음을 건강하게 유지하도록 돌보는 일에 시간을 쓰기로 선택할 수도, 그렇지 않을 수도 있다. 나는 몸뿐만 아니라 마음도 건강해야 주어진 하루를 잘 꾸려갈 수 있다는 어쩌면 뻔한 진실을 깨닫기까지 오랜 시간이 걸렸다.

시선을 멀리 두고 다른 생각을 하고 일상과 전혀 상관없는 '딴짓'을 제대로 했을 때, 그래서 일상에서 상처받은 마음에 생긴 염증들과 묵은 감정들을 흘려보냈을 때, 완전히 흘려보내지 못했다면 적어도 잠시 내 마음의 방 저쪽 한 구석으로 밀어 넣고 잊을 때, 마음은 힘을 낼 수 있다. 그렇게 낸 '마음의 힘'이 의무와 책임으로 가득한 삶을 살아가게 하는 매우 중요한 원동력이 된다는 것을, 오래 걸려서야 알았다.

물론 앎과 삶이 일치하기란 쉽지 않다. 고백하건대, 얼마 전에도 위태로운 시간을 보냈다. 방법을 알더라도 현실이 너무 무겁고 버겁게 느껴질 때면, 나를 위한 작고 사소한 시간을 내는 일마저 사치로 여겨지고 쓸모없다 생각된다. 그렇게 자꾸만 외면하다 보면, 결국 괴로움에 파묻히고 만다.

1년 전쯤, 엄마가 되었다. 육아 휴직을 쓸까 고민했지만, 커리어가 끊기는 것이 두려웠고 육아만 했을 때 출산 전과 너무나도 달라진 삶에 혹여 박탈감을 느끼진 않을까 걱정됐다. 결국 출산 휴가 3개월만 쓰고 복직했다. 자신은 없었지만 어떻게든 되겠지 하는 마음이었다. 너무나 안일한 판단이었다. 어떻게든 잘 되지 않았다. 엉망진창이었다. 아기가 건네는 짜릿한 기쁨과 충만함에 행복해하다가도 아기와 늘 함께 있어주지 못한다는 죄책감, 전적으로 육아를 하지 않는 점이 아이 성장에 방해가 되지는 않을까 하는 불안함 등이 나를 잠식했다. 기분이 오르락내리락했다.

회복되지 않은 몸으로 일과 육아를 동시에 해야 하는 일의 어려움을 계산에 넣지 않은 것도 패착이었다. 출산 후의 몸 상태를 얕보았던 것이다. 체력의 한계가 이전보다 훨씬 빠르게 왔고, 버티기 힘들다는 생각이 자주 들었다. 아기에게 미안한 마음과 늘 어느 한 구석이 불편한 몸 때문에 애꿎은 남편과 엄마에게 자주 짜증을 냈다. 내가 가장 사랑하는 그리고 어느 누구보다 나를 아끼고 최선을 다해 함께 육아를 하고 있는 이들에게 고마움을 표현하기는커녕 날카로운 반응만 보여주는 내 모습이 싫고 미안해서 더 숨이 막혔다. 하루를 살아내는 데 초점을 맞추는 날들이었다. 그렇게 매일 헝겊을 기우는 느낌으로, 종이를 이어붙이는 느낌으로 겨우겨우 버텨냈다.

그나마 다행인 것은, 이런 경험이 처음이 아니라는 점이었다. 이전에도 나는 우울과 싸워본 적이 있지 않은가. 그때 얻은 소득 중 하나는 내 상태를 빨리 가늠할 능력이 생겼다는 것이다. 당시 내 상태는 폭발 직전, 무너지기 직전이었다. 정신과에 가야 한다는 생각이 들었다. 그런데 아무리 계산

해도 그럴 시간이 도저히 나지 않았다. 급한 대로 정신과 전문의들이 만든 상담 어플을 깔았다. 그런데 그 다음 날, 목이 아프더니 코로나 양성 판정을 받았다.

'코로나에 걸려서 다행이었다'는 사람이 이해가 안 갈 수도 있다. 그러나 그런 사람이 실제로 존재하는데, 그게 바로 나다. 심지어 코로나 때문에 상실된 후각이 6개월이 지난 아직도 회복이 덜 돼, 라면 냄새도 접시에 코를 박아야 제대로 맡을 수 있는데도, 그때 코로나에 걸리지 않았다면 어땠을지 상상만 해도 아찔하다. 역설적이게도 코로나에 걸리고 나서야 제대로 숨 쉴 수 있었다. 앞서 말했듯 자주 숨이 막히는 것 같아 힘들었는데 심리적인 요인도 있었지만 말 그대로 숨 쉴 틈 없이 바빴기 때문이기도 했다. 정말 한시도 쉬지 못하고, 계속 움직여야 했다. 퇴근 후에 아이를 돌보고 집안일을 할 때면 재빠르게 손과 발을 움직였다. 그래야 일을 다 정리하고 너무 늦게 자지 않을 수 있었다. 게다가 자려고 누워도 늘 신경은 아기에게 가 있었고, 언제든 뛰어갈 준비가 된 채로 긴장하고 있었다. 그런데 코로나에 걸리니 먼저 아기와 분리가 되었고, 몸이 너무 아파서 꼼짝없이 누워 있어야 했다. 그렇게 끙끙 앓으며 침대에 갇혀서 다른 요소에 방해받지 않고 오롯이 생각이란 것을 해볼 수 있었다.

그리고 천천히 나의 상황을 돌아보며 내려놓는 작업을 했다. 내려놓아야만 했다.

느려도 괜찮다고 내려놓기.

내가 하지 않아도 괜찮다고 내려놓기.

아기와 잠깐 떨어져 있어도 괜찮다고 내려놓기.

대세에 지장 없다면 내려놓기.

내려놓자고 수없이 다짐해야, 숨 쉴 틈을 찾을 수 있었다. 그렇게 아주 오랜만에 나를 위한 시간을, 내 핸드폰 사진 어플을 다시 열었다. 다시 조금씩 숨이 쉬어졌다.

여전히 우울의 파도가 밀려오면 두려워 도망치고 싶기도 하고, 때로는 그 파도에 그냥 파묻혀 한없이 수면 밑으로 가라앉고 싶어지기도 한다. 그래도 이제는 우울의 파도에 휩쓸려 가는 대신 서핑을 할 줄 알게 됐다. 내가 찾아낸 나의 꽃밭들이 서핑보드 혹은 구명조끼 역할을 해주기에, 망망대해에서 파도를 맨몸으로 부딪치지 않는 방법을 겨우 찾아냈다.

이렇게 나약한 마음의 소유자인 내가 최근 가장 유용하게 쓰고 있는 방법은 자투리 시간을 활용하는 일이다. 회사를 다니며 육아를 하다 보니 이전보다 더 개인 시간이 나지 않는다. 그럼에도 촘촘하게 짜인 스케줄 내에서 빈틈을 찾아본다. 그리고 그 짧은 시간 동안이나마 잠시 생각을 끊어주는 나만의 도구를 몇 가지 만들어 두었다. 다 아등바등의 역사 덕이다. 무언가를 깊게 파고 공부하진 못했지만, 덕분에 편하게 즐길 수 있는 것들이 많아졌다. 내게 한 시간이 주어진다면 좋아하는 드라마 한 편을 볼 수 있지만, 그런 기회는 잘 주어지지 않는다. 주어진 시간이 10분이라면 주차된 차 안에서 음악을 크게 듣는다. 집에 10분 일찍 들어가는 것보다 내 마음을 위한 투자가 더 중요하다고 느끼기에 자주 활용하는 방법이다. 기분에 따라 그때그때 다른 음악을 선택하는 재미도 있는데, 최근엔 뉴욕의 어느 재즈 바를 상상하면서 고전 중의 고전인 루이 암스트롱과 엘라 피츠제럴드의 〈치크 투 치크〉를 듣는다. 재밌게 본 영화의 OST도 좋다. 생각보다 효과적이다. 이때 반드시 휴대전화는 하지 않고 눈을 감고 음악에 집중하는 것이 중요하다. 10분보다 더 짧은 순간이 주어질 때는 휴대전화로 하는 사진 편집을 게임처럼 즐긴다.

정말 시간이 나지 않고 내가 좋아하는 것이 무엇인지도 모르겠다면, 잠들기 전 스킨케어에 집중해보는 일도 추천하고 싶다. 예전에 한창 우울감이 절정일 때, 나는 지쳤다는 이유로 세수도 대충하고 얼굴에 아무것도 바르지 않고 침대에 몸을 던지곤 했다. 그런데 그렇게 조금 더 빨리 침대에 눕는다고 기력이 더 충전되거나 마음 편히 자는 것도 아니었다. 오히려 그런 모습에 짜증만 났다. 헤어밴드를 하고 세수를 말끔히 해보자. 너무 지쳤을 땐 이마저도 쉽지 않은 일이라는 걸 안다. 하지만 어차피 하루의 마지막 일과, 나무늘보처럼 천천히 해도 누구도 뭐라 할 사람 없다. 따뜻한 물로 종일 고생한 나의 손과 얼굴을 닦아내면 예상보다 훨씬 큰 개운함을 느끼게 되어 깜짝 놀라게 될 것이다. 그렇게 보송보송해진 피부에 토너와 로션을 꼼꼼하게 발라주면 낮 동안 있었던 일들이 말끔히 잊히고 금세 기분이 나아지기도 한다.

지금까지 내가 말한 것들 모두 별 볼 일 없어 보일 수 있다. 사실 정말 별거 없다. 그런데 이런 보잘 것 없어 보이는 일들이 내 일상을 받쳐주는 든든한 기둥이 된다는 걸 나는 너무 늦게 알았다. 이 책을 읽는 사람들은 나보다 더 빨리 알고, 찾았으면 좋겠다. 사소한 것이라도 당신에게 안정을 주는, 좋아하는 무언가를 꼭 알아챘으면 좋겠다. 그게 나의 세수 후 로션 바르기처럼 매일 하는 것이라 특별할 것 없어 보여도, 그저 내게 효과가 있으면 그것으로 충분하다. 다른 사람이 아닌 내가 그 시간을 좋아하면 된다. 이렇게 하루에 한

번쯤 날 아껴주려 시도한 시간들이 쌓이다 보면 나는 나를 아낄 줄 아는 사람이 된다. 그 시간들은 분명 자꾸만 흔들리는 내 마음을 받쳐주는 단단한 지지대가 되어줄 것이다.

이런 시간들이 그저 무용한 것이라고 느껴진다면, 당신은 지나치게 애쓰는 삶을 살고 있는 중일지도 모르겠다. 마음과 몸이 갈려 나가는 것도 모른 채 살고 있을 수도 있다. 최선을 다하는 열정적인 삶을 비하하려는 말은 절대 아니다. 나도 분명 마음을 다해 노력했을 때 그 결과도 더 반짝반짝 빛난다고 생각한다. 다만 나를 살펴가며 해야 한다. 한계까지 밀어붙여 그 한계를 극복하며 성장하기도 하지만, 때로는 아예 부러져버리기도 한다.

내 상태를 돌아보고 챙기는 그 일, 나 역시 그것을 쓸모없는 일이라 여겼었다. 그러다 마음이 부러져 그 고생을 해놓고서는, 아직도 가끔 그렇게 생각한다. '내가 지금 뭐 하고 있는 거지? 정말 무용하다. 내 커리어에 이게 대체 무슨 도움이 되는 걸까. 취미로 돈도 버는 세상인데 나는 돈을 쓰고만 있지 않은가. 시간과 노력이 아깝다.' 이 생각이 습관처럼 찾아올 때 다시 마음을 잡아본다. 그리고 내게 상기시킨다. '이 무용함이 내겐 필요하다.' 무용함은 내 일상을 안정적으로 꾸려나가기 위한 수단이다. 쓸모없어 보이지만 사실은 날 지탱해주는 지지대이다. 그런 시간과 활동들이 반대로 유용한 일들을 할 수 있게 하는 힘이 되어주기에, 이 무용함은 내 인생에 필수적이다. 내 지난 삶을 통해 깨달은 사실들을 잊지 않고 되새기려 노력한다.

마치 이제는 흔들리지 않는 나무가 된 것 마냥 글을 썼지만, 나는 아직도 흔들린다. 다른 이들의 말과 시선을 여전히 신경 쓴다. 그리고 그에 맞추려고 애쓸 때도 많다. 하지만 조금씩 달라지고 있다. 마침 내년이면 마흔이다. 불혹, 갈팡질팡 흔들리지 않는다는 나이. 40년쯤 살았으니 이제는 나를 몰아붙이는 내면의 목소리에, 타인의 눈에 어떻게 보일까 하는 생각에 덜 흔들릴 때도 되었다고 또 한 번 다짐한다. 게다가 나는 엄마가 되었다. 아이가 든든히 기댈 수 있도록, 흔들리더라도 휘청거리지 않는 나무가 되고 싶다. 그런 내 변화한 모습이 아이에게 좋은 영향을 끼치길, 그래서 자신의 기준을 분명히 갖고 성장하길 바란다. 또 세상이 너무 버겁게 괴로울 때 순간순간 위로받고 도망칠 구석이 있게끔, 좋아하는 것이 많은 아이로 자라나면 좋겠다. 다양한 것들을 즐길수록 기쁨과 몰입을 경험하는 순간들이 많아지고, 그것들이 숨이 너무 차오르는 인생의 어느 날에 숨구멍이 되어줄 테니까. 그렇게 크고 작은 상처와 좌절들을 이겨낼 자신만의 다양한 방법이 있는 사람이길 바란다. 나보다는 조금 더 수월하게 삶의 풍랑을 헤쳐 나갈 수 있길, 그리고 그 방법 중 하나가 엄마와 함께 먹는 떡볶이라면 그것도 좋겠다.

김지용의 생각

진료실에서는 안타까움을 자주 느낀다. 나를 갈대처럼 뒤흔드는 주변의 말들, 그로 인해 너무 많아진 생각, 그 생각들에 지쳐 무기력에 빠진, 오로지 견디기만 하는 시간을 보내며 삶의 의미를 잃어버린 사람들을 만날 때 그렇다. 약물 치료와 상담 치료를 병행해도 그들이 처한 환경이 바뀌지는 않는다. 그러니 바뀌지 않는 것들 외에, 내가 바꿀 수 있는 것들로 시선을 돌려야 한다. 찬물이 콸콸 쏟아져 내 마음을 얼어붙게 만드는 수도꼭지가 잘 잠기지 않으니, 그 한계를 인정하고 대신 따뜻한 물이 졸졸 나오는 다른 쪽 수도꼭지를 트는 데 주의를 돌려보자 말한다. 그 설득에 힘을 더 싣기 위해 무용해 보이는 것들로 조금 더 살만해진 강다솜 아나운서의 이야기를 소개했다. 여전히 우리의 삶은 힘들겠지만 그렇게 자신만의 꽃밭을 가꾸는 순간이, 겨우 트인 숨구멍과 빈틈이 우리를 구한다.

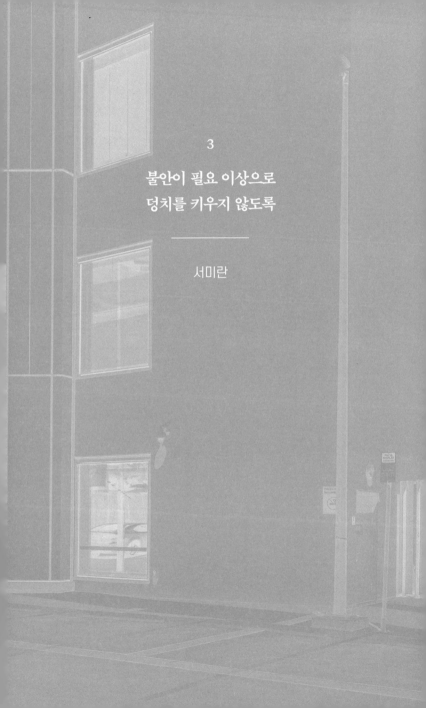

3

불안이 필요 이상으로
덩치를 키우지 않도록

서미란

7년 전, MBC 라디오 〈잠 못 드는 이유 강다솜입니다〉에 출연해 달라는 제안을 받았다. 라디오 프로그램의 코너 하나를 담당하는 고정 게스트가 된다는 사실에 그저 설렜을 뿐, 거기서 만난 사람들과 맺은 인연이 지금까지 이어지게 될 줄은 상상도 하지 못했다. 개편 때마다 자신의 의지와 상관없이 담당 프로그램을 옮겨야 하는 라디오 피디 특성 때문에 서미란 피디와의 인연도 짧게 끝나는 줄로만 알았던 것이다. 그런데 이후 서미란 피디가 만든 북팟캐스트 〈서담서담〉의 멤버로 함께 하게 되며 내 삶에 큰 변화가 생겼다. 꾸준한 독서 덕에 첫 책《어쩌다 정신과 의사》도 쓸 수 있었고, 이번 책 역시 마찬가지 이유로 끝까지 써내려갈 수 있었다.

그간 200여 권의 책을 함께 읽고 대화를 나누며 서미란 피디에 대해 궁금한 점들이 많아졌다. 나는 미처 다다르지 못한 깊은 사고와 다른 방식의 해석들도 신기했지만, 무엇보다 인상적인 것은 '단호함'이었다. 자신의 생각을 말할 때 서미란 피디에게는 언제나 단호함이 실려 있었다. 나는 그 단호함에 끌렸다. 돌이켜보면 어릴 적부터 내게 단호함이 없어 아쉬웠고, 그런 단호한 모습을 바랐던 것 같다.

살면서 단호하게 말하는 사람은 많이 만나왔지만 대부분 비어 있는 속을 가리기 위한 강한 척일 뿐, 그 안에 배우고 싶은 무언가를 지닌 이는 잘 없었다. 서미란 피디의 단호함은, 그런 속 빈 강정 같은 모습과는 결이 달랐다. 말로만 끝나는 힘이 아니었다. 그 힘이 반영된 삶을 사는 모습을 지난 몇 년간 곁에서 봐왔다. 맡은 프로그램의 연출에 머무르지 않고, 자신이 원하는 삶을 직접 만들어가는 사람. 단호함과 동시에 유연함, 거기에 깊이까지 지닌 사람에게 묻고 싶었다. 무엇이 이 사람의 단단한 마음을 만들었을까. 이 사람은 책으로 내가 전하고 싶어 하는 메시지에 관해 어떤 색다른 시각을 보여줄까. 무엇보다도 내가 듣고 싶었다.

장래희망이
'건강'인 아이

'건강하게만 자랐으면 좋겠어요.'

어렸을 때 티브이를 보면 종종 이런 말이 등장하곤 했다. 아이에게 바라는 것이 건강밖에 없다니, 정말 소박하고 자상한 마음을 가진 어른들 같았다. 아마도 정말 그랬을 것이다. '공부도 잘했으면 좋겠고, 이왕이면 예쁘고 잘생겼으면 좋겠고, 돈도 많이 벌고, 부러워할 직업도 가졌으면 좋겠다' 같은 수많은 바람을 물리치고 단 하나 건강을 택하다니, 이보다 소박하고 자상할 수 없다. 그런데 우리 부모님도 그런 바람을 가진 분들이었고, 나는 오직 건강만을 바라는 그 마음이 자주 힘들었다. 지금 와서 생각해보니 부모님께서도 나를 키우는 과정이 참 쉽지 않으셨겠다 싶지만 말이다.

나는 선천성 골형성부전증이라는 희귀난치병을 가지

고 태어났다. 태어나던 병원에서부터 의사가 아이를 키우는 과정이 어려울 거라고 알려줬지만 젊은 부부는 어떤 일이 닥칠지 잘 몰랐던 것 같다. 그러다 걸음마를 뗄 무렵부터 수없이 골절이 이어졌고, 초등학교에 입학한 뒤에는 아예 학교를 갈 수 없을 정도가 되었다. 골절 후 회복하는 기간이 남들보다 세 배쯤 길기도 했고, 좀 나아서 이제 걸을 수 있나 싶을 때 다시 골절되는 일이 반복됐기 때문이다. 발끝부터 가슴까지 전신에 깁스를 하고 기약 없이 누워 있는 날이 많았다. 그때는 티브이나 라디오가 내 친구였다. 아이가 보고 들어서는 안 되는 내용도 많았을 텐데, 내게 허락된 거의 유일한 바깥세상이었기에 다른 대안은 없었다. 종일 누워서 바라보던 벽지와 천장의 무늬도 선명히 기억난다. 아홉 살부터 열세 살까지, 아이들이 활발하게 바깥에서 뛰놀며 세상을 배울 그 시간을 그렇게 집에 누워서, 또는 엎드려서 보냈다. '나중에 걷게 되면 이렇게 걸어야지' 하면서 손가락으로 걷는 모습 흉내도 내보고, 남아도는 시간 동안 머릿속에 하염없이 떠오르는 생각들을 일기장에 줄줄이 적기도 했다. 누군가는 안쓰럽게 들을 이야기지만 당시의 나는 크게 슬프지도 힘들지도 않았다. 너무 어렸거나 눈에 보이는 비교 대상이 없어서였을까.

하지만 가족들은 나처럼 마음이 편할 수는 없었을 것이다. 평범한 아이에게는 아무것도 아닐 수 있는 일에도 뼈가 부러졌기 때문에 우리 가족은 사소한 것에도 계속 신경을 쓸 수밖에 없었다. 바닥에 혹시 물이 있지 않은지, 누군가 내 곁에서 장난을 치지는 않는지 항상 주의 깊게 살펴야 했다. 실제로 바닥에 누군가 흘린 물 때문에, 그냥 지나가듯 장난친 친구의 손길 때문에 다치기도 했으니까. 중간에 조금 회복이 되면 부모님 등에 업혀서 학교에 가기도 했지만, 고작 며칠에서 몇 주 정도였고 친구들 얼굴도 제대로 모른 채로 학년이 바뀌었다. 가끔은 잠깐 학교에 다닐 때 사귄 친구들, 이웃 또래 아이들이 집에 찾아와서 같이 놀기도 했는데, 거기엔 어느 정도 혼자 있는 나에 대한 부모님의 마음 씀이 작용했을 것이다. 그래도 이렇게 지내다 보면 언젠간 나아서 졸업식엔 갈 수 있을 거라 생각했지만 결국 그러지 못했다.

그 몇 년의 시간 동안 나는 거울을 본 적이 없었다. 일부러 안 본 것이 아니라, 누운 상태에서 눈높이가 거울에 닿지 못했기 때문이었다. 몇 년 만에 일어나 앉아, 혹은 서서 집안의 거울로 나를 봤을 때 너무 많이 변한 나 자신에게 굉장히 크게 놀랐던 기억이 생생하다. 나뿐 아니라 세상이 변해 있었다. 동굴에 있다가 진짜 세상에 나오게 될 때의 기분이 이럴까. 누워서 보던 세계는 모든 것이 거대했다. 의자도, 식탁도, 사람들도. 일어서서 세상을 바라보니 눈높이에서 그리 멀지 않아 손을 뻗어볼 정도의 용기가 생겼다. 그렇게 부상과 회복을 반복하며 결국은 일어섰기에 겨우 중학교에 진학하게 되었고, 느리지만 차츰 건강을 회복한 덕에 중고등학교는 무사히 다니며 졸업할 수 있었다.

여기까지 얘기하면 보통 안도하며 너무 다행이라고들 말한다. 다행인 것이 맞다. 더욱이, 내가 갖고 태어난 병의 중증도가 사람마다 조금씩 다른데도 그 이유가 아직 밝혀져 있지 않다는 걸 생각하면, 그저 다행이라는 것 외에는 달리 표현할 말이 없다. 하지만 삶은 거기에서 완결되지 않았다. 학교를 다니게 되니 친구를 만나게 되었고 영화관에도 가고 싶었고 같이 쇼핑몰에도 가고 싶었고 동아리도 들고 싶었고 수학여행도 가고 싶었다. 아픈 아이인데도 그랬던 것이 아니라 아프다고 해서 특별히 그러지 말아야 할 이유가 없다고 생각했다. 하지만 내겐 당연했던 이런 일들이 내 부모님께는 아마 어려웠을 것이다.

이 글을 읽으실지 모르니 이 얘기부터 먼저 해야겠다. 부모님이 소박하고 자상한 마음으로 '건강하게만 자라다오'

해주신 덕분에 나는 성적이나 진학에 대한 압박감 없이 자랄 수 있었다. 무슨 시험이든 끝나고 나면 잘 쳤든 못 쳤든 무조건 홀가분했다. 망한 성적표를 받아도 별 상관이 없었다. 무슨 걱정이 있을까, 학교만 건강하게 다니라고 하시는데! 정말 부모님께 감사드릴 일이다. 그런데 말입니다. (엄마 눈 감아.) 세상은 넓고 하고 싶은 일은 많았다. 성적이 나쁘게 나와도 개의치 않으셨던 부모님은 성적이 잘 나와도 개의치 않으셨다. 경시대회 같은 이벤트는 오히려 걱정거리가 되었다. 어쩌다 팀을 이뤄 과학경시대회에 나가서 상을 받는 바람에 팀원 모두가 일본에서 열리는 과학 행사에 참가할 자격을 얻게 되었는데, 나만 부모님의 반대에 부딪혀 갈 수가 없었다. 행사 내용보다는 나를 잠시 일본으로 보낸다는 것 자체가 부모님께는 너무 위험해 보였던 것이다. 진학하고 싶은 고등학교가 생겼지만 집 앞에 있는 고등학교를 두고 그곳에 보낼 수는 없다고 반대하셨다. 어느 날에는 학교에서 진로 탐색이라는 이름으로 장래희망을 적어오라고 했다. 어린이 시절 공주나 슈퍼 주인이 되고 싶다던 친구들도 그때는 진지한 얼굴이 되었다. 장래희망을 적는 곳은 두 칸으로 되어 있었다. 하나는 나의 희망, 하나는 부모님의 희망을 적는 칸이었다. 이다음에 어떤 사람이 될지, 어떤 직업을 가진 사람이 되고 싶은지 생각하는 그 수업이 재밌기도 하고 처음 받아보는 질문이 낯설기도 해서 부푼 마음으로 부모님께 내게 바라는 것을 여쭤보았다. 하지만 답은 나를 맥 빠지게 했다. "장래희망? 그냥 건강하게 잘 자라는 거지!" 부모님에게 할당된 공간에 뭐라고 써야 할지 난감했다. '장래희망: 건강한 사람'이라고 쓸 수도 없는 노릇이었다. 더 난감했던 건 스스로도 장래희망을 생각해본 적 없다는 점이었다. 그맘때 아이들에게 커서 뭐가 되고 싶으냐는 질문이 어려울 수는 있지만, 가정에서 적은 장래희망이 '건강'인 아이는 나밖에 없었다.

이 정도는 중학생 때까지의 귀여운 에피소드라고 해야 할까. 하지만 고등학생이 되어 10대를 마무리할 때까지, 아니 그 이후에도 그저 건강하기만을 바라는 마음이 내게 압박감으로 작용했음을 부인할 수 없다. 음악 공부도 하고 싶었고, 고향을 떠나 더 큰 도시에서 학교를 다녀보고도 싶었다. 혼자 살아보고 싶기도 했고, 새로운 사람도 많이 만나보고 싶었다. 멀고 먼 나라로 여행을 가보고 싶었고, 부모님의 바람대로 책상 앞에 가만히 앉아 있는 것과는 전혀 다른 재미있는 직업도 가지고 싶었다.

내 삶이 아직 진행 중이긴 해도, 결론부터 말하자면 사실 하고 싶은 건 다 하고 살았다. 100퍼센트는 아닐지 모르지만 떠올릴 수 있는 굵직한 일들은 모두 내가 결정했다. 그 과정을 겪으며 가족들의 반대를 무릅써야 했고, 때로 상처도 주고받았다. 선택의 결과가 모두 좋았던 것도 아니다. 당연한 일이다. 하지만 내가 한 선택이었기 때문에 적어도 누군가를 원망하지는 않을 수 있었다. 어린 나에게 족쇄처럼 느껴졌던 '건강하기만 하라'던 그 말들은 어떻게든 나를 보호하려 했던 마음이었다고 지금은 온전히 이해할 수 있다. 그것으로 충분하지 않나 싶다. 내가 나로 살 수 있었으니까.

김지용 보통 너무 많은 것들을 요구하는 페르소나에서 오는 압박
감으로 지친 분들만 뵈어 왔기 때문에, 서 피디님의 이번
이야기에서 색다른 충격을 받았어요. 건강하기만 바라는
마음 역시 압박과 족쇄가 될 수 있군요. 그리고 그걸 부숴
나가는 과정에서도 힘이 생기는 거겠죠? 책을 함께 쓰자
고 제안할 때 처음에 말씀드렸지만, 저는 피디님의 그 단
호함, 말과 삶에 실려 있는 힘이 인상적이었습니다. 직장
에서 요구하는 역할에 머물지 않고 스스로 원해서 무언가
를 새로 만들어나가는 원동력도 궁금했고요. 아무래도 남
들과 많이 달랐던 어린 시절에 무언가 단서가 숨어 있는
걸까요?

서미란 사실 그렇게 단호하게 이야기했는지는 몰랐는데요. 속에
는 훨씬 더 뜨거운, 마그마 같은 단호함이 있는데 나름 방
송에서 허용되는 언어로 표현하느라 신경 쓰고 있습니
다.(웃음) 제가 단호하게 의견을 얘기하는 사람이 아니었
다면 지금쯤 어떻게 살고 있을까요? 아마 부모님 품에서
평생 벗어나지 못했을지도 몰라요. 타고난 성격의 영향
도 있는 것 같아요. 스스로 결정하는 걸 좋아하고요. 초원
에 살았다면 종일 벌판에 나가서 친구들이랑 뛰어놀았을
성격인데 어릴 때부터 아픈 바람에 답답함을 많이 느꼈어

불안이 필요 이상으로 덩치를 키우지 않도록

요. '아무것도 하지 않아도 된다'는 마음도 사랑인 걸 이제
는 알지만, 하고 싶은 것 많고 새로운 세상으로 나가고 싶
어 하는 사람 입장에서는 답답하게 느껴지기도 했죠. 이
렇게 자꾸 바깥이 궁금해지는 마음은 외로움에서 비롯됐
을 거예요. 격하게 외로웠던 만큼 강하게 연결되고 싶은
거죠. 어릴 때, 나갔다가 들어온 동생의 땀 냄새에 밖에서
얼마나 신나게 놀았을까 상상했던 일이 기억나요. 이 벽
바깥에서 무슨 일이 일어나고, 어떤 사람들이 있을지가
늘 궁금했어요.

스무 살의
가출 사건

스스로 돌아눕지도 못하고 고정된 자세로 집에 누워만 있던 시간이 길었던 만큼, 내면에는 마음대로 돌아다니고 싶은 열망이 엄청나게 쌓였었나 보다. 그 덕인지 그 후로는 꽤나 '내 마음대로' 살았다. 그중에서도 가장 굵직한 사건이라면 스무 살의 가출 사건이 아닌가 싶다. 말이 가출이지 그저 타지의 대학에 합격해 그곳으로 이사를 가게 된 것뿐인데, 어째서 독립도 아닌 가출이냐고 묻는다면 오래 전 그해 겨울의 이야기를 해야 할 것 같다.

고등학생 때 나는 별로 눈에 띄지 않는 학생이었다. 이렇다 할 성취도 없었고, 큰 말썽도 부리지 않았다. 음악을 전공하고 싶다고 바람이 들었던 시기가 있었지만 고3이 되기 전에 마음을 다잡았다. 속이야 어땠든 겉으로 보기에는 고요하고 무난한 생활을 했었는데, 어느 날 삶 전체가 흔들릴 만한 큰일이 일어나버렸다. 수능 시험을 쳤는데 그해 수능이 소위 '물수능'이었던 거다. 만점자가 수두룩해서 변별력이 떨어진다는 기사가 쏟아졌고, 공부 잘하던 아이들은 바로 재수를 준비했다. 그런데 한편에서는 갑작스럽게 점수가 잘 나와서 당황한 아이들이 있었는데, 그중 하나가 나였다. 순전히 운만은 아니었겠지만 어쨌든 평소에 생각한 진학 계획은 아무 소용이 없어져버렸고, 모든 걸 처음부터 다시 찾아보게 됐다.

그때 알게 되고, 결심도 했다. '아, 이제 고향을 떠나게 되겠구나. 쉽진 않겠지만 잘 살아봐야지.' 부모님을 떠나 다른 지역에 가서 산다는 걸 전혀 생각해본 적 없는 건 아니지만 이렇게 빨리 그 시기를 맞을 줄은 몰랐다. 나만큼이나 부모님도 당황하셨다. 아니 당황을 넘어 크게 반대하셨다. 처음에는 멀지 않은 곳에도 좋은 학교들이 있으니 다시 생각해보자고 나를 설득하는 정도였다가 나중에는 절대로 보낼 수 없다는 상황까지 갔다. 그런데 시간이 많지 않았다. 수능 점수만으로 지원 가능한 특차 마감일이 며칠 남지 않은 상황이었다. 사실 그 며칠을 어떻게 보냈는지 정확하게 기억이 나지 않는데 결국 부모님을 설득하는 데 실패했다는 것만 생생하다.

그 상태로 몰래 원서를 냈다. 그리고 몇 주 뒤에 합격을 확인했다. 설마 합격했다는데 못 보내겠다고 하실까? 그랬다. 절대로 나를 서울에 보낼 수 없다고 하셨다. 생각보다 높은 벽이었다. 깨질까 부서질까 걱정하고 돌보면서 키운 딸을 보낼 준비가 아직 안 됐다고 하셨다. 준비가 아직 안 된 게 아니라 앞으로도 준비를 안 하실 모양이었다. 합격 사실을 알게 된 날부터 입학하는 그날까지 말로 하기 힘든 괴로운 시간을 보냈다. 시험에서 좋은 결과를 얻어 원하는 학교에 입학하게 된 건 참 기쁜 일인데, 우리 가족에게는 오히려 고통이었다. 축하받지 못하는 것이 어린 마음에 원망스럽기도 했다. 상황이 만만치 않구나 싶었다. 하지만 내 결심도 만만치 않았다. 버티다 보니 질책 섞인 질문을 받게 되었고, 나는 이때다 싶어 준비한 대답을 꺼내 놨다.

"너, 그래서! 그렇게 가서 대체 어디서 산단 말이야? 서울 가면 등록금 못 내준다!"
"기숙사 합격했습니다. 장학금 받았으니 등록금 걱정도 하지 마세요. 알아서 잘 먹고 잘 살겠습니다. 아버지 어머니. (씨익)"

치밀하게 준비했다. 보통 치밀하게 준비하고 마음 굳게 먹지 않고서는 사랑이라는 이름의 그 단단한 손길을 뿌리칠 자신이 없었다. 믿을 수 없게도 부모님은 기차를 타는 그날까지 꼭 가야겠냐고 붙잡으셨다.

그렇게 나는 끝까지 부모님을 설득하지 못한 채로 그냥집을 떠나는 '가출'을 해버리면서 대학 생활을 시작했다. 전화로 오가는 안부에는 늘 잘 먹고 잘 자고 잘 있다는 특별할 것 없는 이야기가 채워졌고 나중에는 통화도 점점 뜸해졌다. 신나는 대학 생활, 설레는 20대의 이야기가 이제 막 펼쳐질 참이었다. 그리고 실제로 신나고 설레는 20대를 보냈다. 반면에 내가 20대일 때, 부모님은 어떤 시간을 보내셨는지 잘 기억이 나지 않는다.

시간이 많이 흐른 뒤에 들은 얘기로는, 나를 서울로 보내고 나서 많이 힘드셨단다. 엄마는 갑자기 눈물이 나는 날도 많았다고 한다. 그 얘기를 들었을 때 딱 한 번, 그때 서울로 가지 않았으면 어땠을까 하는 생각이 들었다. 하지만 아마도, 그때 떠나지 않은 나는 다음번 기회가 왔을 때 떠났을 것이다. 그때도 부모님은 정말 가야겠냐고 붙잡으셨을 테고, 나는 또 매정하게 뿌리치고 돌아섰을 것이다. 그 매정함 안에는 한 인간으로 스스로 살아가기 위한 큰 결심이 담겨

있었다고, 그 결심을 할 수 있었던 건 부모님이 잘 돌보고
키워주셨기 때문이라고 지금은 이야기할 수 있다.

김지용   그래도 내가 아는 안전한 세상에 머무르고 싶은 마음과 바
       깥세상을 경험하고 싶은 마음이 부딪혔을 텐데, 어린 나이
       에 그렇게 강하게 밀고 나가는 게 두렵지는 않았어요?

서미란   앞서 말한 것처럼 고립된 환경에서 만들어졌던 열망이 있
       었죠. 과거에 아팠다는 이야기를 하면 다들 제가 온실 속
       화초로 컸을 거라고들 생각하세요. 그런데 온실은 맞지
       만, 그래도 문이 열린 온실이었어요. 학교에 못 가던 어린
       시절에도 피아노를 좋아하는 저를 업고서 피아노 학원에
       데려가셨던 어머니 모습이 선해요. 그 와중에도 하고 싶
       은 것 하라고 도와주셨고, 온몸이 깁스로 덮여 무거운 저
       를 이불째 복도로 겨우 끌고 나와 바깥을 보여 주실 만큼
       세심하게 신경 쓰셨죠. 그런 경험들 속에 '어떤 상황이 되
       어도 건사할 수 있다'라는 믿음이 생겼어요. 또 부모님 두
       분 모두 사람들과 어울리는 것을 좋아하셔서 매일같이
       동네 손님들이 드나드는 열려 있는 집이었어요. 그 삶을
       지켜보면서 저 역시도 타인과 외부 세계를 경계의 시선
       이 아닌 신뢰의 마음으로 대하는 법을 배웠던 것 같아요.
       그래서인지 대학 때 제가 자취하던 집도 어린 시절 저희
       집 같았죠. 수업 끝나고 집에 가보면 친구들이 자기 집처
       럼 들어와서 밥 먹고 누워 있고 그랬어요. 어린 시절 바라

본 집의 모습을 제 인생의 이상향처럼 남겨주셨다는 점에서 부모님께 감사한 마음이 큽니다. 바깥세상의 사람들을 믿고 나갈 수 있는 힘을 온실 속 화초에게 심어주셨으니까요.

아픈 걸 아프다고
말할 줄 아는 능력

'20대로 돌아가면 뭘 하고 싶나요?'

라디오 프로그램을 하다 보면 종종 만나는 질문이다. 주로 20대 청취자들이 삶의 방향을 정하는 데 크고 작은 힌트를 얻고 싶어서 하는 질문인데, 소개팅을 마음껏 하고 싶다거나 과 엠티를 더 많이 가서 밤새 술을 퍼마시겠다는 등 도움이 될지 알 수 없는 답변들이 오간다. 그 시절을 지나온 사람들에게 20대란 뭘 해도 귀엽고, 뭐든 다 할 수 있는 에너지와 가능성으로 가득 찬 시기로 기억되니까. 하지만 가끔은 '떠올리는 건 즐거워도, 돌아가고 싶지는 않다'는 솔직한 답변도 나온다. 내게도 20대는 그런 시간이다. 추억으로 가득 차서 들려줄 이야기가 많기는 해도 별로 돌아가고 싶지는 않다. 이유를 설명하려니 두 장면이 떠오른다.

첫 번째 장면은 스물셋, 강원도 오대산으로 향하는 승합차 안이다. 지인들 몇몇과 차를 렌트해서 하룻밤 강릉에서 묵고 오대산에 오르기 위해 막 출발한 참이었다. 하지만 나는 강릉까지만 동행하기로 해서 전혀 등산할 준비가 되어 있지 않았기 때문에 가는 길에 터미널에서 내려달라고 요청했지만, 친구들과 하하 호호 떠드는 사이 차는 어느새 오대산 초입에 도착해버렸다. 그렇게 등산에 전혀 어울리지 않는 차림으로 평소에 꿈도 꿔보지 않았던 강원도의 명산을 얼렁뚱땅 오르게 되었다. 게다가 때는 얼음과 눈으로 뒤덮인 12월이었다. 지금은 떠올리는 것만으로도 아찔하다. 어렸을 때부터 골절 가능성을 안고 모든 움직임에 조심하며 자랐기 때문에 '등산'은 언감생심 꿈도 꿔본 적 없었다. 도대체 그날의 나는 어떤 마음으로 12월의 산을 오를 생각을 했을까. 그맘때 또래들의 어떤 무모함과 힘과 용기 같은 것 때문이었을까. 아무튼 그렇게 오른 한겨울의 오대산은 평소 산을 오르는 사람들에게도 만만치 않은 코스였을 텐데, 내게는 그 이상의 극기 훈련이 될 수밖에 없었다. 다 왔다고 용기를 주려는 친구들의 말이 나중에는 미워죽겠는 지경에 이르렀다. 그래도 여차저차 노인봉 정상에는 도착했는데 내려가려니 겨울 산이 더 무섭게 느껴졌다. 어느덧

해 질 시간마저 가까워지고 있었다. 결국 나는, 중간부터 업혀 내려왔다. 그것도 한 사람이 감당할 수가 없어서 돌아가며 업혔다. 어떤 친구들은 업힌 내가 불편해할까 봐 산을 내려가며 노래까지 불러주었다. "이 차는 노래도 나온다"라는 실없는 소리도 하면서.

이 일은 두고두고 우리의 웃음벨이 되었다. 정상에서 찍은 사진도 나중에 보니 어찌나 뿌듯하던지 힘들었던 시간이 다 잊히는 것 같았다. 친구들에게 너무나 고마웠다. 혼자서는 절대로 할 수 없는 일을 결국 해내게 도와준 마음, 나 빼고 가는 것이 훨씬 편할 텐데도 끝까지 함께 가준 마음이 애틋했다. 그런데 등산 후 서울로 오는 차 안에서부터 여기저기 욱신거리기 시작하더니 3일은 아예 걸을 수가 없었고, 몇 주는 앓아누워야 했다. 누워서 통증을 참아내다가 그런 생각이 들었다. '아니, 왜 갔지? 왜 갔니? 조금만 올라가다가 내려오지, 정상까지는 왜 갔어?' 대답해줄 사람은 없었다. 이유는 결국 나에게 있었기 때문에.

두 번째 장면은 서울 대학로로 이어진다. 비 오는 어느 주말 혜화역 앞에서 친구를 만났다. 우리는 그날 연극을 보기로 되어 있었다. 꽤 많이 기대하고 기다리던 시간이었다. '썸'이라는 단어가 없던 시절, 우리는 뭐라 정의하기 어려운 관계를 이어가던 풋풋한 20대였다. 둘 다 서울이 낯선 곳이라 친구는 대학로를 미리 답사까지 했다고 했다. 그런데 하필 비가 내렸고, 예상보다 많이 걸어야 했다. 나는 비바람을 견디기에는 얇은 옷을 입고 있었고, 오래 걷기엔 불편한 신발을 신고 있었다. 이제 이 이야기가 어떻게 전개될지 대충 예상이 될 것이다. 불편한 신발은 내 뒤꿈치에 상처를 냈다. 비가 스며든 미끄러운 신발 밑창은 발바닥까지 아프게 만들었다. 옷까지 그러니 오한이 들면서 내 안색이 점점 안 좋아졌나 보다. 친구가 "괜찮아?"라는 질문을 몇 번이나 던졌지만 나는 기를 쓰고 괜찮다고 했다. 괜찮고 싶었고, 괜찮아야 했다. 과거로 돌아가고 싶지 않다고 했지만, 만약에 그때로 돌아간다면 그 친구에게 한마디 하고 싶다. "안 괜찮아! 그만 걷고 좀 앉자!"

당시의 나는 '못 하겠다'고 말하는 것을 못 했다. 못 올라가겠어, 못 걷겠어, 다리가 좀 아프네, 이런 종류의 말을 입으로 꺼내는 게 너무 힘들었다. 아마 두려웠던 것 같다. 약한 몸으로 유년기를 보내며 극진한 보호와 염려 속에서 자랐지만 이제 나는 성인이 되었고 꽤 잘 다닐 수 있게 건강해졌으니까. '아프다'는 말을 꺼내기만 해도 예전의 아픈 상태로 돌아갈 것 같아서 괜찮은 모습을 보여주고 싶었다. 그렇게 '아프다고 말할 필요가 없는 나'라는 어떤 허구의 인물을 만들어냈다. 누군지 모를 그 사람이 되려고, 그렇게 무모하게 준비도 없이 겨울 산을 오르고 발뒤꿈치에 피를 보면서도 괜찮다고 몇 킬로미터를 걸어 다녔다.

지금은 시간이 많이 흘러 아프다고 말할 줄 아는 사람이 되었다. 누군가에겐 쉬운 일이 자신에게만 유독 어려워서, 스스로의 부족함과 허술함을 감추느라 애쓰며 이삼십 대를 보내는 사람들이 적지 않다. 나처럼. 그런데 애써 감추려 하는 바로 그 부분이 '나는 누구인가?'라는 질문에 결정적인 힌트를 주는 것일 확률이 높다. 내 경우에 그건 '아프다'고 말할 줄 아는 능력이었다. 한 번도 당연하게 해낸 적이 없기 때문에 '능력'이라고 이름 붙이고 싶다.

김지용   '아픈 아이'라는 페르소나를 벗어 던지고 싶은 마음이 그
만큼 컸던 거겠죠? 나를 그 페르소나에 가두어 보호할 수
밖에 없었던 부모님을 벗어났을 때에는 그 마음이 엄청
간절했을 것 같아요. 그런데 지금 돌이켜보면 그 페르소
나 역시 나의 일부분이고 그 일부를 인정한다고 해서 내
나머지가 사라지는 것은 아닌데 말이에요.

서미란   그러게 말이에요. 그 나이 때가 우리를 가두고 마음대로
정의 내리는 어떤 틀에서 벗어나고 싶어 할 때잖아요. 아
무리 돌이켜봐도 2004년의 그 등산이 이해가 가지 않아
같이 갔던 친구 중 한 명에게 얼마 전 전화를 걸어 물어봤
더니 "글쎄, 그냥 갈 수 있을 것 같았는데?"라고 대답하더
라고요. 친구들은 '아픈 사람이 아닌 그냥 서미란'으로 날
대했고, 그런 친구들의 마음에 저도 그냥 스며들었달까요.

김지용   그런 일들을 겪으며, 마음에 어떤 변화가 생겼나요?

서미란   그 아픔, 신체적 어려움 역시 제 일부잖아요. 인정하기 싫
어도 그것도 저예요. 하지만 전부는 아니죠. 친구들이 그
부분만을 부각해 저를 대한 것이 아니라 그냥 있는 그대
로의 저를 봐주었듯, 내 아픈 부분을 인정한다고 해서 나
머지의 제가 사라지지 않는다는 걸 알게 되었어요.

약하지만 약하지 않습니다:

탄자니아 여행 이야기

나의 첫 해외 여행지는 아프리카의 탄자니아였다. 팀을 꾸려 봉사 활동을 하러 가는 프로그램이었는데 진작 가고 싶었으면서도 몇 년 동안 지켜만 보고 있었다. 아무래도 거친 환경에 처하거나 돌발 상황도 많을 것 같았고 행여 팀에 짐이 되면 어쩌나, 혼자 헤쳐나간다고 될 일도 아니다 싶었기 때문이다. 그런데 어느 날 친구들 몇몇이 그 프로그램으로 탄자니아에 가게 됐다며, 같이 가겠느냐는 연락을 해왔다. 속으로는 내심 설렜지만 이런저런 걱정이 된다고 털어놓았는데 친구는 '같이 가니까 도와주면 된다. 혹시 네가 지치면 기린에 태워서라도 데리고 다니겠다'고 했다. 지금 와서 생각해보니 확실히 말도 안 되는 얘기였지만(탄자니아에서 기린을 타고 다니는 사람은 못 봤다), 그때는 그 말이 이치에 맞는지 아닌지는 별로 중요하지 않았다. 제안해준 친구가 고마웠고 그렇게 용기를 내 탄자니아행을 준비했다.

대학 졸업 직후라, 아르바이트를 하며 경비를 모았고 출국 전에 이런저런 교육을 받으면서 취업 준비도 병행했다. 라디오 피디 시험도 막 보기 시작한 해였다. 혹시나 합격하면 기쁜 마음으로 탄자니아행을 포기하려 했는데 그런 일은 일어나지 않았다. 부모님께는 언제나 그랬듯 떠나기 직전에 말씀드렸다.(하하) 한 번의 '가출' 이후 꽤 시간이 흘러서 괜찮아 하시지 않을까 생각했지만 많이 놀라셨다. 왜 하필이면 아프리카 탄자니아냐고도 하셨다. 두 분의 생각 속 그곳은 너무도 멀고 험한 나라였다. 하지만 어쩌랴. 이미 비자가 나왔고, 예방 접종도 끝났고, 몸만 가면 되는 상황인 것을. 무엇보다, 아무리 반대를 해도 내가 결국 갈 것임을 경험으로 알고 계셨다. 그렇게 형식적인 '허락'의 절차까지 무사히 마무리하고 출국 길에 올랐다.

1월의 어느 날, 한겨울의 한국에서 출발해 뜨거운 탄자니아에 도착했다. 세 군데 지역을 돌며 봉사 활동을 하고 마지막 며칠만 관광으로 보내는 일정이었는데 대부분 캠핑 생활을 했다. 수도와 전기가 없는 곳에 텐트를 펼치고, 침낭 속에서 자는 생활이 시작됐다. 매일 주는 한 병의 생수를 아

별로이 필요 이상으로 덩치를 키우지 않도록

174

껴 마시고 그걸로 씻기도 해야 했다. 현지에서 쉽게 구할 수 있는 재료로만 식사를 했기 때문에 옥수수 가루로 만든 우갈리, 양배추 볶음, 콩 볶음 등을 주로 먹었다. 화려한 열대 과일이 곁들여져 꽤 괜찮은 식사였지만 가끔 한국의 짠맛, 단맛이 그리워서 눈물이 날 때쯤이면 팀에서 라면, 멸치볶음, 믹스 커피를 하나씩 풀어주었다. 여러 가지로 새로운 환경이었는데 불편함보다는 여행의 즐거움이 컸고, 팀에 짐이 되지 않겠다는 굳은 결심도 버티는 힘이 됐다. 하지만 사실 나는 출발 때부터 이미 짐이 되고 있었다. 비포장도로가 대부분이라 다들 한 달 치의 짐을 배낭으로 꾸려야 했는데 그 무게를 짊어지고 걷는 건 내게 불가능했기 때문이다. 그래서 여행용 캐리어를 가져가는 예외를 허용받았다. 대신 캐리어를 열심히 내 손으로 끌고 가리라 다짐했지만 이동 시간이 부족할 때는 어쩔 수 없이 다른 사람의 손을 빌려야 했다. "아, 제가 할······" 하는 사이에 이미 내 가방은 나를 앞서갔다. 결국 짐으로 짐이 되고 말았다.

그런데 시간이 갈수록 다른 사람이 내 가방을 대신 끌고 가는 일 같은 건 별일이 아닌 듯 느껴졌다. 50명쯤 되는 팀원들 모두가 저마다의 이유로 도움이 필요한 일이 생겼기 때문이다. 일찌감치 말라리아에 걸리는 바람에, 며칠째 화장실에서 별 '승산'이 없어서, 혹은 화장실까지 가는 길이 너무 무서워서, 불침번을 서기엔 그날 너무 피곤해서, 깊이 잠을 잘 수가 없어서 등 각자의 다양한 사정에는 다양한 도움이 필요했다. 생수를 좀 아껴 마셨다가 한 사람에게 몰아주면 머리를 감을 수 있는 기적이 일어난다는 걸 알아낸 사람, 유난히 커다란 아프리카의 벌레 앞에서 모두가 혼비백산할 때 용감하게 슬리퍼를 휘둘러 평화를 되찾아온 사람, 갑자기 내린 비에 급하게 텐트를 철수할 때 내 짐 네 짐 가리지 않고 빠르게 옮겨준 사람, 기운 없는 사람에게 자신의 귀한 멸치볶음을 양보한 사람까지 그곳에서는 모두가 누군가의 빈자리를 채우고 곁에 머물러주고 서로에게 관심을 가져야 했다. 그러지 않으면 한 달이라는 일정을 소화할 수가 없었고 목표한 일도 제대로 해낼 수가 없었다. 도움이 필요하지 않은 사람이 아무도 없었기 때문에 모두가 누군가의 도움이 되어야 했다.

그렇게 한 달을 무사히 보내고 까맣게 탄 얼굴로 귀국한 뒤, 나는 다시 취업 준비생으로 돌아왔다. 탄자니아에서 보낸 시간은 자기소개서 한 구석에 새로운 이야기로 당당히 자리 잡았다. 어쩌면 모험과 용기의 상징처럼 보이기도 하지만 사실은 사람들이 서로 다양한 도움을 주고받고, 낯선 사람들과 우정을 나누고, 아름다운 자연을 마음껏 누리다 돌아온 이야기였다. 면접장에서 나를 평가하는 사람들의 시선을 받는 일은 평생 맞서왔던 어떤 벽을 다시 마주하는 일이었다. '키가 작네요', '어릴 때 아픈 적이 있다고요', '걷는 건 괜찮은가요', '지금은 일상생활을 하는 데 무리가 없나요', '우리 일을 할 수 있을까요' 등 이어지는 질문은 언제나 꼼꼼하고 때로 집요했다. 약하고, 보호받아야 하며, 도움이 필요한 사람이라는 시선의 벽. 거기에 어떻게 대답을 해야 할지 어려워서 가끔은 길을 잃던 나에게 탄자니아 여행은 큰 힌트가 되어주었다. 나는 약하고, 보호받아야 하며, 도움이 필요한 사람이지만 동시에 강하기도 하고, 누군가에게 도움을 주고, 그를 지킬 수도 있는 사람이라는 것. 탄자니아와 그곳에서 함께한 사람들이 내게 가르쳐준 분명한 사실이었다.

김지용   도움이 필요하지 않은 사람은 없다는 말, 이 간단한 진리
를 우리는 계속 잊고 사는 것 같아요. 사실 우리 모두가 누
군가의 도움을 받으며 생활을 유지하고 있는데 말이에요.
오대산부터 탄자니아까지 이어진 모험이 스스로의 나약
함을 인정하고, 사람들과 관계 맺고 연결되는 것의 중요
성을 알게 하고, 최종적으로는 나 역시 이미 도움을 주고
있는 강한 사람이라는 깨달음을 얻게 만들었군요. 그 일
련의 과정에 좋은 사람들이 곁에 함께 했던 것 같아요.

서미란   제 삶 전체를 놓고 생각해보면 좋은 사람들을 정말 많이
만났어요. 그들과 관계를 맺고 연결되면서 얻은 자신감으
로 세상을 겁내지 않을 수 있었던 것 같고요. 중학교 입학
을 앞두고 어머니께서 친구를 좀 사귀라며 교회에 가보라
고 권유해주셨어요. 그때 교회 공동체에서 함께 한 다양
한 활동들은 몇 년간 집에서 혼자 생활하던 저에게 엄청
난 자양분이 되었죠. 악기도 배우고, 여러 가정에 들러 교
류하고, 봉사 활동도 다니며 많은 것을 느꼈어요. 서로 도
움과 위로를 주고받으면서 그동안의 외로운 시간을 뛰어
넘는 새로운 행복을 알아간 것 같아요. 좋은 동료들과 함
께 그저 일상을 살아가는 방법도 배웠고요. 그래서 더 자
유로워진 20대에는 모험할 수 있는 상황만 생기면 지체

불안이 필요 이상으로 덩치를 키우지 않도록

없이 뛰어들었던 것 같아요. 지금 돌이켜보면 다소 무리한 도전들 속에 아프고 고생하기도 했지만, 대신 그만큼 큰 깨달음을 얻을 수 있었어요. 제가 계속 고립된 채로 사람을 만날 수 없는 상황이었다면, 그렇게 만난 사람들과 크고 작은 도전을 함께하지 않았다면, 지금쯤 완전히 다른 삶을 살고 있지 않았을까요.

다섯 번의 낙방

그리고 합격

'라디오 피디 시험 볼 생각 없어? 너는 음악도 좋아하고 라디오도 좋아하잖아.' 시작은 친구가 툭 던진 한마디였다. 라디오 피디가 음악이나 라디오를 좋아한다고 해서 쉽게 할 수 있는 일이 아니라는 걸 어느 정도는 알고 있었지만, 그때는 뭐든 새로 시작해야만 하는 시기였다.

신문방송학과는 진로가 다양했다. 같은 과 친구들은 광고나 마케팅 분야에 관심이 많았는데, 영 내 길이 아닌 듯 느껴졌다. 그러다 막연하게 '보람을 느끼며 일하고 싶다'는 마음에 NGO에 들어가서 일해보면 어떨까 하는 생각이 들었다. 그렇게 여기저기 취업 설명회에 다니며 알아보고 준비하던 4학년 2학기의 어느 날, 길을 걷다 얕은 구덩이를 제대로 못 보고 넘어지는 바람에 골절상을 입고 말았다. 수술

붙이면 결요. 이상으로 언저를 키우지 않도록

없이 몇 개월 쉬면 낫는다고 하니 그나마 다행이었지만, 취업 준비는커녕 걷는 연습부터 다시 해야 했다. 기말고사 대신 누운 채 작성한 리포트를 제출하고, 겨우 졸업만 했다. 정말로 그냥 졸업만 해버리고 말았다.

친구들은 다들 자기 길을 찾아갔거나 찾아가는 중이었다. 아직 뭘 하고 싶은지도 모르는 사람은 나밖에 없는 것 같았다. 아니 모르는 채로도 다들 무언가를 하고 있었지만, 나는 그마저도 할 수가 없었다. 그러다 몸이 어느 정도 회복되어 외출이 가능해진 어느 날, 친구의 입에서 나온 그 '라디오 피디 시험'이라는 말이 왠지 너무 달콤하게 들렸다. 당장 입사하는 건 아니니까 해볼 수 있는 거 아닌가. 준비라도 해볼 수 있지 않나. 그 시험이 어떤 건지 알아보는 건 괜찮지 않나. 딱 그 정도의 마음으로 시작했다.

그런데 언론사 입사라는 게 알아보니 말만 '언론 고시'지 시험 준비 방법이 딱히 정해져 있는 것도 아니고, 어떻게 해야 합격한다고 아무도 장담하지 못하는 데다가, 매년 뽑는 인원이 극히 소수였다. 그래서 스터디 그룹에 들어가 그나마 준비가 가능한 필기시험 대비를 하며 서로 정보를 공유하는 게 일반적인 방법이었다. 나도 일단 그렇게 시작했다. 첫 1년 동안은 경험이 많은 사람들 틈에서 배우며 느슨한

백수 생활에 루틴을 만들어갔다. 그러면서 원서를 쓰고 시험을 봤지만 결과는 모두 불합격. 첫해에 합격하겠다는 패기는 없었지만 그래도 낙방은 쓴맛이었다. 다음 해에는 꼭 합격하리라는 오기 비슷한 자신감, 패기, 결심 같은 게 뒤죽박죽 생겨났다. 친구의 한마디에 떠밀리듯 시작한 가벼운 마음은 온데간데없이 사라지고 '꼭 해내리라' 다짐했다. 그러나 결과는 낙방. 이제 지망생 3년차가 되었다. 이제는 진짜 이거 아니면 안 된다고 생각했다. 하지만 또 낙방. 4년차가 되었다. 그리고…… (중략) 이 이야기를 있는 그대로 자세하게 쓰려다 참는다. 아마 너무 지루해서 읽어줄 수 없는 글이 될 테니까. 5년 걸렸다. 나름 즐기려 노력했고 웃는 날도 많았지만 부인할 수 없이 고통스러운 시간이었다.

왜 포기하지 않았냐고 묻는 사람이 간혹 있다. 긴 시간을 두고 돌아보면 결국 도전했고 합격했으니 포기하지 않은 것처럼 보이겠지만, 5년 동안 수도 없이 포기했고 후회도 했다. 되지도 못할 일에 괜한 도전을 해서 누군가는 '청춘'이라고 부르는 20대의 절반을 모두 바치고 있구나 싶을 때마다 후회했다. 채용 홈페이지에 올라온 '불합격'이라는 글자를 볼 때마다 바닥이 사라지는 기분을 느끼며 다시 내년을 기약해야 하는 순간이 오면 언제나 '이제 못 하겠다'고 생각했다. 더 많은 시간을 수험생, 지망생으로 보내는 사람들도 있겠지만, 그때 내가 스스로에게 준 기한은 3년이었다. 이후부터는 포기하는 마음으로 다른 회사에 입사 지원을 했다. 항공사에서도, 잡지사에서도 일했다. 그곳에서도 나름 최선을 다했고, 그러다 보면 새로운 삶을 발견할 수 있을 거라고 생각했다. 그렇게 살다가 우연히 방송국 채용 공고를 보게 된 날에는 '한 번 써보자' 하는 마음이 다시 찾아왔다. 그 마음이 일상의 무게를 이긴 날에는 입사 지원서를 냈고, 회사 일이 너무 바쁠 때는 그냥 잊기도 했다. 이것도 포기하지 않은 것이라고 할 수 있을까. 잘 모르겠다.

만 5년을 꽉 채우고 6년째가 된 어느 날, 퇴근길 지하철에서 본 입사 공고를 지나치지 못하고 지원서를 냈고, 지금라디오 피디로 14년째 일을 하고 있다. 이제는 일을 하며 겪은 에피소드들도 꽤 쌓였고 지망생 시절의 이야기를 할 일도 거의 없기는 하지만 그때 '왜'라는 질문 앞에서 느낀 막막한 감각만은 아직 생생하다. 1차 시험, 2차 시험 회를 거듭해도 늘 만나게 되는 '지원 동기'라고 부르는 그 질문. '왜 라디오 피디가 되려고 하는가, 왜 다른 사람이 아니라 너를 뽑아야 하나, 왜 도대체……' 3차에서 떨어지든 4차에서 떨어지든 다시 처음으로 돌아가 이 문제를 하도 생각했더니 나중에는 스스로도 궁금해졌다. 그러게, 나는 왜 이걸 하려고 하는 거지? 진짜 이거 아니면 안 되는 건가? 시험에 떨어지면 지난번에 제출했던 모든 답을 다시 점검하게 된다. 애써 찾아낸 답변들도 낙방의 고배를 마시게 한 원인일 수 있으니, 일단은 미련 없이 떠나보낸다. 그런데 참 신기하게도 그때 이렇게 고민하고 저렇게 고민했던 '왜'에 대한 답들이 지금까지도 이 일을 할 때 버틸 힘이 되어준다. 낙방한 시험에 제출했던 답변까지 모두 포함해서.

자기 자신을 들여다보는 과정은 참 지독하다. 답이 쉽게 찾아지지도 않는다. 깊숙한 곳에 있는 진짜 마음은, 남들이 정답이라 여길 법한 답변 뒤에 숨겨두기도 하고, 막상 찾아낸 답변이 그럴싸하지 않아서 꺼내놓기가 망설여지기도 한다. 하지만 어떤 일을 계속해나가고 크고 작은 어려움을 넘어가기 위해서는 '왜'라는 질문에 언젠가 솔직하게 대답을 해야 한다. 왜 이렇게까지 해야 하는지, 왜 버텨야 하는지, 왜 지금 여기에 있는지 같은 질문을 정면으로 응시해야 한다. 누군가를 설득하기 위함이 아니라 나 스스로 납득하기 위한 답을 찾아야 한다. 다시 돌아가 겪어낼 자신은 없는 긴 피디 지망생 시절이었지만 여러 번 낙방을 거듭하면서 결국 나만의 답을 얻어낸 셈이 되었다.

김지용   저도 궁금하네요. '왜'였어요? 친구의 말 한마디에 가볍게 시작한 일에 어째서 몇 년째 계속 매달렸어요? 누가 봐도 안정적인 직장을 얻기도 했었는데 말이죠.

서미란   괜찮은 회사들이었고, 저도 열심히 일했지만 결국 다 금방 그만두게 되었어요. 돌이켜보면 그곳들에서는 제가 정말 원하는 종류의 보람이나 기쁨을 얻지 못했던 것 같아요. 그런데 지금 이 피디라는 직업은 일하면서 제가 얻는 게 있으니까 14년째 지속하고 있는 걸 테고요. 그러면 그 차이는 무엇일지, 지금 내가 무엇을 얻고 있는지 생각해봤어요. 라디오는 그 어떤 매체보다도 제게 대화처럼 느껴져요. 일대일의 긴 대화요. 무엇이든지 다 짧게, 영상도 점점 더 짧게만 보는 시대에 누군가의 음성에 이렇게 매일, 길게 시간을 내어준다는 게 참 멋진 일인 것 같아요. 라디오 피디 지원 준비를 하는 동안 늘 이런 현장을 꿈꿨어요. 사람들과 긴 시간 동안 깊이 소통한다는 것, 감정을 나누는 대화를 할 수 있다는 것. 배려심 많은 어떤 친구가, 힘들어하는 저에게 '나 여기 있으니까 언제든 필요하면 연락해. 늘 대기 중이야' 하면서 든든하게 곁에 있어주는 느낌도 들고요. 많은 게 짧게 스쳐가고, 빨리 변하는 세상이잖아요.

'잘해야 한다'는
마음

'나는 왜 그렇게 원하던 피디가 됐는데 행복하지 않을까?'

내 얘기가 아니다. 아직 피디 지망생이던 시절, 스터디를 같이 하던 친구가 시사·교양 피디가 되고 몇 개월 후, 내 미니홈피 방명록에 이런 글을 남겼다. 뭐라고 댓글을 달았는지 정확히 기억나지 않지만 아마 욕 비슷한 걸 하지 않았을까. 아니면 시험에 낙방한 나를 보고 정신 차리라고 했거나. 원하는 걸 막상 가져보니 생각만큼 기쁘지 않았다는 스토리는 어떤 전래 동화에도 있었던 것 같고 드라마에서도 본 것 같은데, '있을 때 잘하자', '항상 감사하자' 하는 교훈들은 역시 우리의 실제 삶과는 좀 거리가 있다.

피디가 된 뒤에 나에게 처음 맡겨진 일은 라디오 편성부 업무, 그중에서도 '운행'이라는 일이었다. 누군가가 제작한 프로그램이 무사히 방송될 수 있도록 점검하고 연락하는 일종의 행정 업무다. 회사마다 약간 차이가 있지만, 라디오 피디들은 이렇게 프로그램 제작 외에도 기획이나 편성 등 다양한 업무에 배치되기도 한다. 그 시절 나의 하루는 어떤 프로그램의 생방, 녹음에 변화가 생겼다고 주조정실에 연락하고, 지역 MBC에 편성이 변경되었다고 연락하고, 기술 점검 예정이라 프로그램이 하루 쉰다고 제작 피디에게 연락하는 등 수많은 연락 업무로 채워졌다. 아주 사무치게 어려운 일은 아니었는데 왠지 울고 싶은 날이 하루 이틀 늘어 갔다. 업무를 파악하는 데는 시간이 오래 걸리지 않았다. 하지만 많은 사람을 상대하고, 연락하는 일은 해도 해도 어렵게 느껴졌다. 아무래도 신입이니 모르는 게 많았고, 당장 답을 할 수 있는 일보다는 찾아보고 물어봐야 알 수 있는 일이 많았다. 그런데 이건 지금에 와서 그 시절을 돌아보니 '그래서 힘들었구나' 하고 이해하는 것일 뿐, 당시에는 그런 스스로가 매일 답답하고 당황스러웠다. 성취감을 느낄 만한 순간은 극히 짧았고 자책과 후회의 시간은 길었다. 어느 날 밤엔가 전화가 왔다. 회사였다. 업무 특성상 갑작스런 연락을 받을 때가 종종 있긴 했는데, 그렇게 한밤중에 전화가 걸려온 건 처음이었다. 비몽사몽 통화를 끝내고 나니 정신이 들었다. 왜 굳이 나한테까지, 이 시간에 전화를 했을까. 그러고 보니 몇 주 전에도 이런 일이 있었는데. 아! 화를 내도 되는 상황이었구나. 그런데 왜 내가 '죄송합니다, 감사합니다' 했을까!

그래도 시간은 흐르고 흘러 라디오 운행 일을 마무리하고 조연출 생활을 시작하게 됐다. MBC 라디오에는 오랜 역사를 가진 프로그램들이 여럿 있는데, 그런 프로그램에 배정되어 현장을 함께하게 되니 배울 것도 많았고 진심으로 즐거웠다. 입사 후 2년이나 흐른 시점이라 드디어 현장으로 왔구나 싶어서 의욕도 충만했다. 물론 프로그램 안에서나 회사에서 여전히 만만치 않은 여러 가지 일들이 벌어졌지만, 굳게 버티고 서서 파도타기 하듯 넘어가자고 다짐했다. 시간이 갈수록 잘하는 일도 조금씩 생기고 그럴수록 더 잘하고 싶어지는 패턴이 꽤 안정적으로 느껴졌다.

그러던 어느 금요일 밤. 〈여성시대〉라는 프로그램의 조연출로 일하던 시절이었다. 퇴근하려고 엘리베이터를 기다리는데 〈나 혼자 산다〉가 사내 티브이로 방송되고 있었다. 밤 11시가 넘었다는 뜻이었다. 당시 내겐 소소한 바람이 있었는데, 불금이고 뭐고 퇴근해서 씻고 편안하게 〈나 혼자 산다〉를 보다가 잠드는 거였다. 안타깝게도 그 일을 실현할 수 있는 날은 거의 없었다. 그날도 언제나처럼 비슷한 금요일 밤이었다. 그런데 많이 피곤했던 걸까? 갑자기 격한 서러움이 올라왔다. '나혼산 집에서 보고 싶다! 소파 위에 누워서 보고 싶다! 소리도 들으면서 보고 싶다!' (사내 티브이는 늘 음소거 상태였다.) 울컥하는 서러움 뒤에는 이런 생각이 뒤따랐다. '그런데 이 많은 일들을 누가 하라고 했지? 오늘 꼭 해야 하는 일인가? 왜 일은 해도 해도 안 끝나는 거지? 나혼산 내일 다시보기로 봐도 되는데 왜 갑자기 서럽지?' 어떻게든 그 상황에서 빠져나가고 싶어서였을까. 하나씩 차근히 생각해보기 시작했다. 그리고 천천히 답이 나왔다.

정답: 이 많은 일들 대부분은 누가 시킨 게 아니며 사실 오늘 안 해도 되는 일이고, 어떤 일은 스스로 만들면서 하고 있으니 당연히 끝나지 않는 것이며, 그날그날 일을 끝낼 마음을 강하게 먹지 않는 이상 앞으로도 나혼산을 본방으로 보는 일은 없다. 땅땅땅.

이제 그만 인정해야 했다. 나도 그렇게 원하던 피디가 되었는데 행복하지 않았다. 이 글을 쓰는 지금은 그때로부터 10년이 훌쩍 지난 시점이다. 다시 한번 그때를 돌이켜본다. 나는 왜 필요 이상으로 죄송함을 느끼고, 화도 제때 내지 못하고, 스스로 일을 만들면서까지 힘들어했을까?

마침내 원하는 일을 만났어도 익숙해지고 능숙해지기 위해서는 당연히 시간이 필요했을 것이다. 잦은 이직 탓에 긴 막내 생활을 하느라 위축됨이 몸에 배어버렸고, 시험을 치르는 5년 동안에는 간절함도 커졌다. 그 때문에 누구라도 처음부터 잘할 수가 없는 일을 하면서 혼자 죄송해하고, 화낼 일에도 감사하다고 답한 게 아닐까 싶다. 빨리 잘하고 싶어서 혼자 쫓기고 쫓기다 지쳐버린 것이다. 그 시절 얘기를 나누다 이 책을 함께 쓴 김지용 선생님이 내게 이렇게 물어본 적 있다. 많이 힘들었으면 다른 선택지를 생각해볼 수도 있는데 왜 버티려 했냐고. 그 질문에 대한 내 답은 너무 간단했다. 그만두고 싶지 않을 정도로, 힘들어도 계속하고 싶을 정도로 좋아하는 일이었기 때문이다. '이렇게나 재능이 없다니! 다른 일을 알아봐야 되겠어!' 하는 강한 확신이 들지 않는 이상 해보는 데까지 해보고 싶었다.

지금은 '해보는 데까지 해보는' 일이 얼마나 무시무시한지(?) 알고 있지만 그때는 잘 몰랐다. 내 몸과 마음이 감당할 수 있는 선을 넘으면서까지 모든 것을 쏟아붓고 싶은 그런 마음뿐이었다. 그때를 돌아보면 여러 마음이 든다. 안쓰럽기도 하고 괴롭기도 한데, 한편으론 안심이 된다. '열심히 하

불안이 필요. 이상으로 덩치를 키우지 않도록

지 말고 잘하라'는 말에 상처를 받으면서도 무작정 열심을 믿었던 그 마음이 안쓰럽고, 그렇게 해도 잘 되지 않았던 일들과 갈 길을 몰랐던 나를 떠올리면 괴롭고, 하지만 그렇게 보낸 시간 덕분에 내게 맞는 방식을 찾아낼 수 있었음에 마음이 놓인다. 덕분에 좋아하는 일을 오래할 수 있는 길을 찾은 것 같다.

진료실에서 제가 많은 환자 분들에게 동일하게 드리는 말씀이 있어요. 공부든, 일이든, 운동이든, 대인관계든, 연애든 힘을 좀 빼야 잘 된다고요. 간절함이 만들어 낸 '잘해야 한다'는 마음이 오히려 성취를 막는 것을 정말 많이 봐왔거든요. 물론 머리로는 알지만 생각과 마음은 뜻대로 조절되지 않죠. 저는 이런 생각과 마음을 조절하기가 쉽지 않은 만큼, 이 한계를 인정하고 환경을 잘 설정하는 사람이 결국 좋은 결과물을 낸다고 생각해요. 운동선수라면 정해진 시간 동안 운동을 한 뒤에 반드시 휴식 시간을 취하도록 하고, 수험생의 경우 공부 외에 다른 활동하는 시간을 루틴으로 넣고 반드시 지키도록 하죠. 연인 관계로 힘들어하는 사람은 너무 연인과만 붙어있지 않아야, 부모님 문제로 힘들어하는 사람은 집 밖에서 보내는 시간을 더 늘려야 그 관계들이 호전될 수 있고요.

그런데 '적절한 힘 빼기'를 처음부터 잘하는 사람이 어디 있겠어요? 남들은 다 잘 사는 것처럼 보이는데 나만 부족하다 느끼기 쉽지만, 힘을 빼고 균형을 잘 잡는 일은 모두에게 어려운 문제예요. 그러니 여러 차례 시도해보고 실패를 경험 삼아 나만의 방식을 찾는 게 중요하겠지요. 제 눈에 그렇게 단단하고 자기 확신에 차 있는 모습만 있을 것

처럼 보이던 미란 피디님에게도 이렇게 죄송하다는 말로

가득 찬, 위축되어 있던 시기가 있었던 것처럼요.

"나는 화날 때
책을 읽어"

어쩌다 보니 일주일에 한 권씩 책을 읽고 있다. 읽는 것에서 끝나지 않고 방송에서 이야기까지 해야 한다. 아무래도 늘 조심스럽고 부담스러운 마음이 든다. 저자의 훌륭한 글을 잘못 해석하고 전달할까 봐, 책을 읽은 다른 독자들에게 행여 너무 뻔하고 얕게 느껴질까 봐 두렵다. 책이라는 세계는 정말 깊고도 넓어서 책 프로그램을 만든 지 5년이 넘었는데도 여전히 새롭고 부족함을 느낀다. 그런데 이렇게 느끼는 데는 사실 또 다른 이유가 있는데 '책을 읽는다'고 말할 만한 생활을 시작한 지가 얼마 되지 않았기 때문이다. 내 주변에 책을 좀 읽는 이들을 보면, 아주 오랜 시간 꾸준히 책을 읽어온 사람들인 경우가 대부분이다. 유년기는 물론이고 청소년기, 청년기를 지나 중년이 될 때까지 소설이든

불안이 꿈을 이상으로 덩치를 키우지 않도록

194

역사서든 에세이든 재미와 취향에 따라 책을 늘 가까이하며 산 사람이 많다. 독서 공백기가 있었다고는 하는데, 막상 물어보면 그다지 길지 않다. 나는 책을 많이 읽는 사람은 아니었다. 독서 공백기도, 말하기 부끄러울 정도로 길었다. 지금도 책을 천천히 읽는 편인데 예전에는 더 심해서 한 권을 붙잡으면 다 읽기까지 몇 달이 걸리기도 했다.

그런 내가 책을 본격적으로 읽기 시작한 건 2016년부터다. 나에게는 잊을 수 없는 해인데 그해 봄에 아빠가 세상을 떠나셨기 때문이다. 아빠는 2013년에 암을 발견하고 3년간 치료를 받으셨다. 사실 우리 가족은 그 3년을 정말 행복하게 보냈다. 부산에 계셨던 부모님은 치료를 위해, 그리고 함께 시간을 보내기 위해 내가 있는 곳으로 이사를 하셨다. 여느 가족들이 그렇듯 우리도 각자 사는 게 바빠서 가족이 함께 보낸 시간이 별로 없었다. 그러다 강제로 브레이크가 걸린 김에 쉬어가기로 한 것이다.

아파트 생활을 청산하고 처음으로 밭을 가꾸고 닭을 키우고 개를 기르는 주택 생활을 시작했다. 서울 근교여서 주말마다 몸에 좋고 맛있는 음식을 먹을 수 있는 식당을 검색해 여기저기 나들이하는 재미가 쏠쏠했다. 계절의 변화를 온몸으로 느끼면서 주변 산을 오르고, 직접 재배한 채소들로 요리를 했다. 초보 농사꾼들에겐 늘 에피소드가 넘쳤다. 뭣 모르고 뿌린 깨가 너무 무성하게 자라서 깨 숲을 만들었고, 긴가민가하며 땅콩을 심었다가 생각보다 너무 잘 자라서 탄성을 지르며 수확하던 날도 기억난다. 모든 게 다 이야깃거리였고 내일이 없는 것처럼 깔깔거리며 웃었다. 정말 우리에게 '내일'이라는 게 없을지도 모른다고 생각했으니까. 물론 화내고 울던 날도 있었다. '미란이만 안 아프면 된다'고 하던 우리 아빠가 아픈 게 말로 할 수 없이 속상했다. 하지만 내가 아파봐서 아는 건, 누구나 아플 수 있다는 사실이었다. 아픈 사람이 원하는 것을 해주는 게 가장 좋다는 것도 경험으로 알고 있었다. 아빠는 열심히 치료받으며 가족들과 일상의 즐거움을 누리고 싶어 하셨다. 그래서 그 외에는 아무것도 생각하지 않았다.

그럼에도 하루하루, 아쉬운 시간은 속절없이 흘렀다. 우리가 아무리 애틋한 마음으로 하루를 보냈다 하더라도, 병은 이겨낼 수 없는 무언가였다. 그렇게 어느 날 아빠의 삶이 멈추고 정말로 우리가 함께할 '내일'이 사라졌을 때 나는 나의 오늘이 어떠해야 하는지 갈피를 잡을 수가 없었다. 누군가의 다정한 위로마저 고통스럽게 느껴지는 새로운 세상이 시작됐다. 그러는 사이에도 시간이 흘렀고 출근은 해야 했다. 내 안에 슬픔과 절망이 그대로인데 그걸 표현하지 말아야 하는 시점이 왔다고 느꼈다. 부드러운 표정의 가면을 쓰기로 했다. 그러다 집에 오면 아무것도 먹지 않고 주말 내내 어두운 방 안에 누워만 있다가 월요일이 오면 벌떡 일어나서 다른 사람인 척 살았다.

그러던 어느 날, 해가 뜨는지 지는지 모르게 어둠이 가라앉은 방에서 책을 읽기 시작했다. 처음 펼친 책은 C. S. 루이스의 《헤아려 본 슬픔》이었다. 이미 문학계의 거장이었던 C. S. 루이스가 아내와 사별한 뒤 겪은 고통과 슬픔에 관해 솔직하게 쓴 에세이인데 지인의 추천으로 구입했다가 책장에 꽂혀만 있던 책이었다. 면도도 하기 싫다느니 사람들이 자기를 마주치면 당황하는 표정이 보여서 돌아간다느니, 정말 겪어보지 않으면 알 수 없는 구구절절한 마음이 가득했다. 딱 내 마음 같았다. 책을 읽으며, 아빠와 이별한 뒤 받아들이기 어려웠던 회사 일들이 겹쳐 슬픔과 화로 가득 차 있었던 내 마음이 보였다. 그때는 사람들과 무슨 이야기를 나누고 나면 늘 후회가 됐다. 너무 솔직하게 말했나, 저 사람은 이해하기 어려울 텐데, 듣고 싶지 않았을 텐데 싶어서 자책도 했다. 그렇다고 사소한 주제로 가벼운 대화를 주고받는 것도 어려웠다. 그럴 마음이 전혀 들지 않았기 때문이다.

이러지도 저러지도 못하는 그때의 내가 결국 찾아든 것이 책이었다. 그 안에 있는 사람들의 말이 좋았다. 여러 번 곱씹어 정제된, 가지런히 놓여 있는 그 말을 내가 필요한 만큼, 내게 가능한 속도로 꺼내어 들을 수 있었다. 책과 대화를 나눌 때는 더 솔직할지 말지 고민하지 않아도 괜찮았다. 한 문단만 읽고 책을 덮은 뒤 화내고 슬퍼하는 것을 반복했지만, 그래도 괜찮았다. 책은 나를 기다려줬다. 그렇게 한 권 읽어보니 지금 할 수 있는 게 아무것도 없지만 책은 읽을 수 있겠다는 생각이 들었다. 그때는 딱 그 정도의 힘만 남아 있었던 것 같다. 그렇게 다음 책을 읽고, 또 다음 책을 읽었다. 테리 이글턴의 《악》, 찰스 부코스키의 《죽음을 주머니에 넣고》, 파울 페르하에허의 《우리는 어떻게 괴물이 되어가는가》 등 당시 읽은 책들의 제목이 예사롭지 않은데 화가 나고 슬픔에 가득 찬 마음을 조금이나마 해소하고 싶은 몸부림이이 아니었을까 생각한다. 또한 내게 상처 준 사람들의 마음을 어떻게든 이해하고 싶었던 것도 같다.

외출할 여력이 없었기 때문에 책은 대부분 온라인 서점에서 구매했다. 내 소비 패턴을 학습한 알고리즘은 책만 검색하는 내게 자꾸 새로운 책을 알려주었다. 그렇게 한 명의 작가에게 빠지면 그의 다른 책도 찾아 읽었고, 밖에서 사람들을 만나면 자꾸 책 이야기를 하게 됐다. 책 말고는 다른 삶이 거의 없었기 때문인데, 이런 일상이 본의 아니게 나를 새로운 세계로 이끌어주었다. 사람들에게 지금 읽고 있는 책을 소개받기 시작한 것이다. 그전에는 지인 중 독서가들이 그렇게 많은지 몰랐다. 그렇게 책이 책으로 이어지고, 책이 이어준 사람들을 만나다가 책 프로그램까지 하게 됐다. 출발은 당시 연출하던 〈서인의 새벽다방〉이라는 프로그램의 '책 다방'이라는 코너였다. 일주일에 한 권의 책을 소개하는 코너를 1년 정도 했고, 이후에는 지금까지 제작하고 있는 팟캐스트 〈서담서담〉도 만들게 됐다.

지금껏 많은 책들이 독서의 기쁨을 느끼게 해주었지만 정작 그 출발점은 분명히 슬픔과 분노였다. 책은 감당할 수 없던 내 슬픔을 헤아려주고, 갈 곳 없는 분노가 어디서 왔는지를 알려주었다. 완전히 고립된 기분이 들 때도 창문 밖 너머의 세상을 천천히, 내가 받아들일 수 있는 속도로 알려주었다. 최악의 상황일 때조차 '괜찮아 보인다'는 말을 듣게 했던 가면을 언제 벗어버렸는지는 잘 기억나지 않지만, 아마도 책을 읽기 위해 내 방의 불을 켜기 시작했던 그 즈음이 아닐까 싶다.

조심하지 않고
마구마구 신나게

어느 날 회사에 있는데 가족 단톡방에 강아지 사진이 한 장 올라왔다. 우리 집 거실에서 깊은 잠에 빠져 있는 모르는 개의 사진이었다. 한 달 된 새끼 풍산개라고 했다. 한 달 됐다고 해도 대형견이라 이미 어른 팔뚝만 했다. 이름을 지어보라는 아빠의 제안에 동생이 던진 '봄이'라는 이름이 당첨됐다. 그때 그 솜사탕 같은 귀여운 모습에는 참 잘 어울리는 이름이라고 생각했는데, 아홉 살이 되어 30킬로그램이 나가는 지금은 누군가 개 이름이 뭐냐고 물어오면 왠지 잠깐 머쓱해진다. 내겐 여전히 사랑스러운 초대형 '봄날의 햇살' 같은 솜사탕이긴 하지만. 봄이는 그렇게 우리 가족이 되었다.

봄이를 키우면서 여러 가지를 알게 되었다. 어쩌면 당연한 사실이기도 한데 개도 나름의 성격을 타고난다는 것, 그리고 그것이 내가 알고 있는 '일반적인 개'의 성격과는 다를 수도 있다는 것이다. 추측과 관찰이 대부분이니 녀석의 속마음을 정확히는 알 수 없지만, 아무튼 많은 부분에서 '개는 보통 이렇다'고 생각했던 우리 가족의 예상이 많이 빗나갔다.

외출했다가 돌아오면 봄이도 처음엔 다른 개들처럼 신나게 반겨준다. 앞발을 들거나 뽀뽀를 퍼붓거나 하지는 않아도 격한 꼬리의 움직임과 표정으로 알 수 있다. 그런데 그런 반응이 한 3분 정도 갈까? 조금만 지나면 자기 자리를 찾아서 가버린다. 마치 '이만큼 반겨줬으면 됐지?' 하는 것 같다. 테라스에서 생활하는 봄이는 가끔 거실에 들어올 때가 있는데 방에는 절대 안 들어오고, 소파에도 올라오지 않는다. 어쩌다 거실에 같이 있게 돼도 멀찍이 떨어져 서로 바라보고 앉아 있을 뿐이다. 한번은 SNS에서 어떤 분이 커다란 진돗개와 한 침대에 누워 있는 영상을 보았는데, 그게 너무나 부러워서 거실 바닥에서라도 봄이랑 같이 널브러져 잠을 자보려고 시도한 적이 있다. 그러나 시도는 상처만 남기고 종료되었다. 물론 상처는 나의 몫이었다. 같이 누워 있는 나를 보고 어리둥절해하던 봄이가 앞발로 내 어깨를 밀어내더니 거실 한 구석으로 가버렸기 때문이다. 아마 많이 부담스러웠던 것 같다.

흥만 본 것 같아서 잠시 우리 개 자랑을 해볼까 싶다. 봄이는 새로운 사람을 너무나 좋아해서 정수기 점검 기사님, 택배 기사님도 다 반기고 길에서 산책하다 만난 사람, 카페에서 만난 사람과도 쉽게 친구가 된다. 잘 짖지도 않는다. 주택에 살 때는 까치나 길냥이들을 보고 짖기도 했는데, 최근 몇 년 동안은 짖는 소리를 들어본 기억이 없다. 길에서 만난 작은 강아지들이 마구 짖어대면 봄이는 모른 척 지나간다.

봄이는 참 잘 기다리기도 한다. 아무리 먹고 싶은 음식이 눈앞에 있어도 '안 돼', '기다려' 하면 비록 침을 한 방울 똑 떨어뜨리는 일이 있어도 앉아서 한없이 기다린다. 뭔가 우물우물 씹다가도 '안 돼' 한마디면 뱉어버린다. 사람 먹는 음식에 관심이 아예 없진 않아도, 달려들거나 자리를 비운 사이에 먹어 치우는 말썽을 피우는 일도 없다. 개들이 많이 하는 터그 놀이(입으로 뭔가를 물고 잡아당기며 하는 놀이)도 으르렁거리는 게 맞지 않는지 별로 좋아하지 않는다. 한 달 된 작은 솜사탕 시절이나 지금이나 한결같이 그렇다. 이 정도면 충분히 자랑이 되었을까? 그런데 이런 봄이의 의젓함은 우리 가족의 자랑인 동시에 걱정이기도 하다.

봄이는 기다린 뒤에 '먹어', '괜찮아'라고 해도 쉽사리 음식에 다가가지 않는다. 한참을 얘기하고 음식을 가리키고 밀어줘야 겨우 먹는다. 보상도 줘보고 웃으면서 타일러 보기도 했지만 여전히 매사에 신중하고 조심조심 행동한다. 타고난 의젓한 성품에 언젠가 '안 돼'를 배워버린 탓일까. 이러니 우리 가족은 되도록 봄이에게 '안 돼'라는 말을 쓰지 않는다. 봄이에겐 한번 안 되는 건 정말 안 되는 거여서 되돌리기가 너무나 어렵기 때문이다. 가끔은 그런 생각이 든다. '안 돼'가 아니라 '돼'를 가르칠 수 있으면 얼마나 좋을까. 먹어도 돼, 짖어도 돼, 뛰어도 돼, 뽀뽀해도 돼, 침 흘려도 돼, 발자국 찍어도 돼. 안겨도 돼, 좋아해도 돼, 봄이는 돼. 전부 다 돼. 산책을 다녀온 봄이 얼굴에 온통 초록색 풀물이 들어있을 때, 흥분을 주체하지 못해서 활짝 웃는 표정이 나올 때, 흙 발자국을 내 옷 여기저기 묻힐 때. 그럴 때 나는 조금 뭉클한 마음도 든다. 잠시라도 우리 개가 조심하지 않고 마구마구 신나는 하루를 보낸 것 같아서.

타고난 성정이든 살면서 배운 어떤 것이든, 나를 포함한 누구에게나 아마 그런 '의젓함'이라는 것이 있을 것이다. 그 덕에 가끔은 믿음직하다거나 성숙하다는 칭찬을 받기도 하고, 삶을 살아가는 데 많이 도움을 받기도 했을 것이다. 하지만 항상 의젓하고 언제나 성숙한 사람이란 세상에 있을

203

수 없다. 누구나 어떤 부분에서 약간은 부족하고 허술하며 나약하니까. 또한 그 나약한 모습을 절대 누구에게도 보이지 않겠다고 생각하면 삶은 너무나 고달파진다. 그러니 내 존재를 사랑하는 어떤 이의 마음을 한번 믿어보면 어떨까. 믿어야 마음껏 흙 발자국도 남기고 여기저기 뛰어다니며 활짝 웃을 수도 있을 테니까. 자주 아픈 탓에 조심스럽고 의 젓한 아이였던 내가 그 단단한 벽 바깥으로 한 걸음을 옮길 때 곁에 있던 이들의 얼굴을 떠올려본다. 조금이라도 덜 의 젓한 사람으로, 있는 그대로 내 모습으로 성장할 수 있었던 건 모두 그들과 함께한 시간 덕분이다. 우리 가족이 애타게 봄이의 '의젓하지 않은' 모습을 기다리듯, 모두에게 분명히 그런 사랑들이 있을 것이다.

김지용   '조심하지 않고 보낸 마구마구 신나는 하루.' 이 말이 정말 뭉클했어요. 어린 서미란이 가장 바랐을 하루 아닐까요. 너무 조심스럽고 의젓한 봄이를 보면서 과거가 투영되지 않을까 싶어요. 그만큼 더 간절하고 특별하게 봄이의 자유분방함을 바라는 것 같고요.

서미란   어릴 때 누구나 많이 듣겠지만, '조심해라'라는 말을 저는 특히 많이 들었어요. 그러니 너무나 조심스러운 봄이의 모습을 보면 마음이 더 복잡할 수밖에 없어요. 봄이에겐 안 된다고 한 적이 없는데도 기본적으로 타고난 성향이 뭔가를 안 하려는 것 같아요. 넓은 애견 동반 카페에 데려가도 한 5분 뛰어놀면 제 옆으로 와서 가만히 앉아 있으려하고요. 저랑 성향이 반대인 것 같아요. 그 성향에 관해서도 이리저리 생각을 해봤어요. 만약 내가 아프지 않았어도 이렇게 밖으로 뻗어나가려 했을까. 아니면 원래 이런 사람인 걸까.

김지용   그러게요. 저도 궁금했거든요. 지금 서 피디님이 지닌 활발하고 계속 도전하는 모습이 타고난 걸지, 아니면 온실 속에 갇혀 있던 기간에 축적된 열망이 만들어낸 것일지에 대해서요.

서미란   아마 타고나기도 만들어지기도 했겠지만, 기본적으로 타고난 성정이 그런 것 같아요. 부모님도 결국은 항상 제가 제 마음대로 하는 사람이란 걸 일찍 파악하고 인정하셨는지 언젠가부터는 쭉 제 선택들을 막지 않으셨죠. 절 가둔 것은 부모님이 아니라 건강 문제 그 자체였어요. 앞서도 말했지만 부모님께서는 최선을 다해 바깥세상을 향해 문을 열어 주셨죠. 그걸 보고 자랐던 저도 최선을 다해 봄이에게 온실의 문을 열어 주고 있는 것 같아요. 하지만 그럼에도 저는 저고, 봄이는 봄이니까 봄이의 모습을 있는 그대로 받아들이려 노력하고 있어요. 조금만 더 자유롭게 지냈으면 좋겠지만요.

나의
번아웃 이야기

삶이 여러모로 안정되어 간다고 느끼던 어느 날이었다. 주말에 집에서 쉬고 있는데 이상하게 불안했다. 뭐지? 뭔가 중요한 걸 깜빡했나? 커피를 너무 많이 마셨나? 열심히 생각해봤지만 아무것도 떠오르지 않았다. 곧 지나가리라 생각하고 불안이 가라앉기를 기다렸다. 그런데 가라앉기는커녕 못 먹고 못 자는 상태까지 가서 결국 병원을 찾게 됐고, 공황 및 불안 장애라는 진단을 받았다. 말로만 듣던 그것이 나에게도 찾아왔다.

막상 겪어보니 평소에 '불안하다'라고 표현했던 그 정도의 느낌이 아니었다. 누군가 불안 장애를 겪고 있다고 했을 때 내가 짐작할 수 있었던 정도가 아니었던 것이다. 이걸 어떻게 표현해야 할까? 잘 걸어가다 갑자기 바닥이 사라지는 기분? 매우 나쁜 소식을 듣고 심장이 철렁 내려앉는 기분? 커다란 얼음을 누군가 내 팔다리에 갖다 대는 느낌? 그리고 하나 더 보태자면 예전에 수없이 겪었던 골절의 아픔까지. 하늘이 무너진 듯했던 부모님의 표정과 몇 달간 누워서만 지내야 한다는 좌절감이 다시 재생되는 느낌이었다.

공황장애가 잔인한 건 그 느낌과 기분이 지속된다는 데 있었다. 안 죽을 걸 알면서도 죽을 것 같다고 했던 그 말의 의미가 완전히 이해됐다. 일단 급한 불을 끄는 게 중요했기 때문에 적당히 먹고 적당히 잘 수 있는 정도를 목표로 했다. 규칙적으로 약을 복용하면서도 비상약을 가지고 다녔다. 일도 그럭저럭하면서 그렇게 버텼다. 다행히 시간이 좀 흐르고 나니 증상이 잦아들었고, 그제야 궁금해졌다. 왜 갑자기 이렇게 된 거지? 이 큰 불안이 왜 갑자기 왔지?

앞서 말했듯 당시 내 삶은 안정되어 가고 있었다. 아빠가 세상을 떠난 뒤 찾아온 큰 상실감에도 어느 정도 적응해 '이렇게 살아가면 되겠구나' 생각했던 때였고, 좋아하던 프로그램을 만나 조금 신나있던 때였고, 평소 눈여겨보던 동네로 막 이사를 한 직후라 그곳에서의 생활이 기대되던 참이기도 했다. 헤어짐, 크고 작은 실패, 스스로에 대한 자괴감, 모른 척 덮어둔 우울감 등이 이제 막 나에게서 멀어지려는 시기였는데 도대체 왜 불안한 것인지 그때는 너무 궁금하고 이해가 가지 않았다. 그로부터 또 몇 년의 시간이 지난 지금, 이제는 당시의 '왜'라는 질문에 이렇게 대답하고 싶다.

"그러니까 불안했던 거야."

내가 30대가 된 지 얼마 지나지 않아 아빠가 암 진단을 받았고, 이후 가족들과 정말 밀도 높은 3년을 보냈다. 사랑, 기쁨, 슬픔, 절망 등 모든 감정과 감각의 밀도가 높았던 시기다. 절대 잊지 못할 그때는 결국 아빠와 보낸 마지막 시간이 되었다. 아빠가 떠난 빈자리에는 살고자 했던 그의 의지와 살리려 했던 사람들의 정성이 덩그러니 남아 내 안에서 목 놓아 울고 있었다. 울음은 오랫동안 그치지 않아서 그대로 나의 우울이 되었다. 우울과 불안을 정반대의 증상으로 떠올리는 사람들이 많지만 사실 그렇지 않다고 한다. 나의 길고 깊은 우울도 결국 불안의 모습을 하고서 의식의 바깥으로 떠올랐다. 좋아하던 프로그램을 마침내 만난 일도 그랬다. 그냥 모든 것을 쏟아붓고만 싶었던 조연출 시기를 거치며 이제는 일과 삶의 균형을 잡아가며 살아야겠다고 다짐했건만, 막상 좋아하는 프로그램을 만나니 다시 한번 '하는 데까지 해보고' 싶어졌다. 그리고 그즈음 이사를 했다. 좋아하는 동네로 가는 기쁜 상황이었지만 이사가 쉬울 리 없다. 살던 집을 정리하고 은행을 들락거렸다. 이사는 기다리고 알아보는 과정의 연속이었다. 누적된 우울, 일을 향한 열망, 환경의 급격한 변화, 이 모든 일들이 한꺼번에 무거운 짐이 되어 눌렀고 나는 그렇게 잠시 멈춰 설 수밖에 없었다.

어떤 불안은 그 자체로 넓고 깊은 뿌리를 가졌고, 어떤 불안은 또 다른 불안과 손을 잡고 어깨를 걸어 덩치를 키웠다. 그러는 동안 오랫동안 모른척하며 살아온 낯선 나를 만났다. 다른 사람과 얘기할 때 앉아서 발끝을 세울 정도로 긴장하고, 고민에 빠질 때는 오랫동안 숨을 내뱉지 않으며, 필요 이상으로 웃는 얼굴을 하며 사는 어떤 낯선 사람이었다. 잘 살기 위해 애쓴 흔적이겠지만 그런 긴장과 압박감을 더 이상은 견딜 수 없어진 것이라고 지금은 이해한다. 나의 불안을 이해하려 하다 보니 누군가의 '불안하다'는 말도 이제는 더 선명하게 다가온다. 혹시 그 말 아래에 존재할지 모르는 오랜 고통을 짐작하게 된다.

감당하지 못할 큰 불안은 먼저 병원 처방약으로 줄이고, 잔잔한 불안과 함께 일상을 살아갈 정도가 되었을 때부터는 정기적으로 상담을 받고 있다. 불안에 관한 책을 여러 권 읽고 영상도 찾아봤다. 몸으로 다스릴 수 있는 방법도 참고하면서 규칙적으로 먹고 자는 일상을 유지하고 운동과 명상도 꾸준히 하고 있다. 그 결과 누군가 '지금은 어떠냐'고 물어오면 '괜찮다'고 대답할 수 있게 되었다. 하지만 조금 더 길게 대화할 기회가 있다면 '아직 불안이 완전히 사라지지는 않았다'고 말한다. 그러니 뜬금없이 찾아온 이 불안의 정체에 대한 내 해석도 완전하지 않을 수 있다. 하지만 완전한 이해에 이르지 못해도 흘러가는 게 삶이니, 그 시간을 어떻게 살아가느냐가 또한 나의 중요한 관심사이다. 오늘도 그렇게 조심씩 나를 이해하면서 남은 불안과 살아가고 있다.

김지용   스트레스 크기 순위를 매긴 연구가 있었는데, 그 결과를 보면 슬픈 일들과 기쁜 일들이 순위에 섞여 있어요. 결혼이 전체 7위에 올라 있기도 하고, 이사하는 것이 직장 상사와의 마찰보다 더 큰 스트레스라고 말해요. 아무리 맷집 좋은 사람도 연이은 펀치 같은 사건들 속에 쓰러지는 것을 진료실에서 꽤 자주 봅니다. 게다가 좋은 일, 반갑고 기쁜 일의 모습으로 다가오는 스트레스일수록 이게 스트레스인지 알아채지도 못하고 맞는 거죠. 일단 날 무너뜨린 상대방의 정체를 알아채야 앞으로 잘 대처할 수 있을 테니, 이렇게 돌아보는 시간은 꼭 필요해요.

서미란   그런데 아직도 제가 모르는 부분이 또 숨어 있겠지 싶거든요. 그 상태로 두어도 되는 걸까요?

김지용   '완전한 이해에 이르지 못해도 흘러가는 게 삶이니, 그 시간을 어떻게 살아가느냐가 (…) 중요한 관심사'라는 말에 동의해요. 여러 번 얘기드렸지만 사실 저도 이 책을 왜 쓰고 있는지 알다가도 모르겠거든요.(웃음) 그런데 이 책을 통해 누군가 도움을 받고, 또 다른 누군가와 서로 연결되는 계기가 된다면 크게 의미 있는 일 아니겠어요? 더 깊은 고민으로 얻는 것도 있겠지만, 고민만 하다 지나가버리는 시간도 아까운 것 같아요.

불안이 팔요. 이상으로 덩치를 키우지 않도록

212

"이게
라디오지"

번아웃이 온 와중에도 하는 데까지 해보고 싶을 정도로 좋아했던 프로그램은 〈푸른밤, 옥상달빛입니다(이하 푸른밤)〉였다. 〈푸른밤〉에서 같이 울고 웃었던 코너가 정말 많았는데 '박수 치는 밤'이라는 시간이 생각난다. 별 건 아니다. 무엇이든 솔직하게 자랑해주면 박수 치면서 다 같이 진심으로 기뻐해주는 거다.

아이일 때 우리는 제법 자랑을 할 줄 알았다. 이거 내가 그렸다! (입 안을 보여주며) 나 벌써 다 먹었다! 나 혼자 양치했다! 이거 내가 조립했다! 그러면 어른들은 활짝 웃는 표정으로 잘했다고 칭찬을 해주게 되는데 그 말에 또 우리는 작은 어깨를 으쓱하기도 했다. 여섯 살 내 조카는 얼마 전에 놀러 와서 노트에 내 이름을 잔뜩 써놓고 갔다. 그걸 쓰면서

'이거 고모 이름!!' 하면서 얼마나 기세등등하던지. 고모 이름을 고모 노트에 허락 없이 쓰지만 마음껏 칭찬받을 수 있는 여섯 살이다. 하지만 크면서 우리는 점점 자랑의 기쁨을 잃어버린다. 가장 최근에 한 자랑이 뭔지, 어떤 일을 기쁘게 축하받은 적이 있는지 물어보면 대부분 쉽게 대답하지 못한다. 그런 일이 별로 없기 때문이다.

어른이 되는 건 자랑을 잃어가는 과정이 아닐까. 비교와 경쟁이 심한 사회에서 자라며 내 자랑이 누군가를 불편하게 할 수 있다는 걸 알게 되고, 반대로 누군가의 자랑에 불편함도 느끼면서 좋은 일을 너무 티내지는 않는 '어른'이 되어간다. 그렇다고 해서 좋은 일을 함께 나누면 배가 되는 기쁨조차 완전히 잊은 건 아니니 '박수 치는 밤'을 하는 한 시간 동안만이라도, 잃어버린 자랑의 기쁨을 느끼길 바랐다. '지하철 역 입구에서 넘어졌는데 금방 벌떡 일어났다, 치킨 시켜먹고 싶었는데 다이어트 중이라 닭 가슴살 샐러드 주문했다'는 귀여운 사연부터 '며칠 동안 긴장하며 준비한 프레젠테이션 드디어 잘 끝냈다, 마음에 드는 소개팅 남에게 연락 와서 다시 만나기로 했다, 동네 배드민턴 대회에 나가서 1등 했다, 연봉이 인상됐다' 등등 구구절절한 자랑 사연이 공개될 때마다 진행자와 스태프 모두가 큰 소리로 환호

불안이 필요, 이상으로 덩치를 키우지 않도록

214

하고 박수 치며 같이 기뻐했고 청취자들은 '이게 대체 뭐라고 울컥 하냐'는 메시지를 보내왔다. 스튜디오 안에서뿐 아니라 청취자들도 다 같이 축하하면서 그 코너는 늘 뜨거운 시간이 됐다. 그리고 마지막에는 꼭 이렇게 인사하며 마무리했다. 이제 좋은 일 생기면 빨리 〈푸른밤〉에 자랑하고 싶어질 테니까 어디서 자랑하기 쑥스러운 좋은 일 많이 쟁여뒀다가 가지고 와달라고. 그때 다시 같이 축하하자고.

딱 한 번 했는데 기억에 남는 시간도 있다. 어느 날 이런 문자가 왔다. '대학에 진학해 새로운 생활을 시작하게 되었는데, 이전에 겪었던 학교 폭력 때문에 여전히 많이 위축되어 사람 만나는 일이 점점 줄어 고민이 된다. 친구가 없다.' 이 사연이 방송에 소개되니 청취자들의 위로와 격려가 엄청나게 쏟아졌다. 비슷한 일을 겪었다는 사람도 많았고, 자기도 겁이 많지만 용기를 나눠주겠다, 같이 라디오에서 친구하자는 사랑스런 사연까지 줄을 이었다. 결국 한정된 방송 시간 탓에 많이 소개하지 못한 채로 그날의 방송이 끝났는데, 다음 날 방송 회의를 하다가 고민 보내신 분을 위한 실시간 사연·신청곡으로만 2시간을 채우면 어떨까 하는 의견이 나왔다. 모두에게 특별한 시간이 될 것이라 생각해서 그렇게 하자고 결정했고 특집 방송 제목을 '한 사람을 위한 노래'라고 붙였다.

염려 반 기대 반으로 생방송이 시작됐지만 '오늘 이분을 위한 음악을 골라 달라'고 하자마자 메시지가 쏟아졌다. 다 읽기도 어려울 정도였다. 모두가 신중하게 노래를 고르고 사연을 써서 어떻게든 위로와 힘을 전하고 싶어 했다. 그 소중한 마음들은 고민 당사자에게 그대로 전해졌다. 그분이 감동한 것은 물론이고, 마지막엔 자신처럼 힘든 상황에 있는 이들을 응원한다는 말을 전해왔다. 그날의 방송은 영상 뉴스로 만들어지기도 하고, 여러 커뮤니티에서도 화제가 되었다. 전에 없던 새로운 기획, 색다른 아이디어여서라기보다는 잠깐 잊고 지냈던 무엇인가를 그 시간을 통해 발견했기 때문이 아닐까 한다. 매일의 삶에 지쳐서 막막하고 우울했던 내가 누군가를 위로하고 힘을 줄 수도 있는 존재라는 것, 내 옆에 있는 사람이 경계해야 하는 낯선 이가 아니라 한 사람을 위해 음악을 고르고 말을 고르는 사람일 수도 있다는 사실 말이다. 탄자니아에서의 시간을 통해 배웠고, 라디오 피디 일을 하며 계속 잊지 않으려 했던 바로 그 사실을 나도 다시금 생생하게 경험하고 느낄 수 있었다.

'박수 치는 밤'이나 '한 사람을 위한 노래' 코너를 할 때 가장 기뻤던 것은 '이게 라디오지'라는 댓글이었다. 그리고 그 댓글은 다시 나에게 질문으로 돌아왔다. 무엇이 라디오일까? 라디오란 대체 무엇이기에 '이게 라디오'라고 하는 걸까? 라디오를 듣는 사람의 수는 점점 줄어가고 있고 이는 업계 종사자들의 오랜 고통이자 고민이다. 그런 우리에게 '라디오란 무엇인가' 하는 질문은 중요할 수밖에 없다. 무엇이기에 우리가 여전히 라디오 안에 모여 있고, 무엇을 지키고 만들어가야 할까 생각한다. 답은 아마 하나는 아닐 것이다. 수많은 라디오인들이 각자의 답을 손에 쥐고 고군분투하고 있을 것이고 나 역시, 나의 현장에서 나름의 답을 찾아가고 있다. 내 모습이 있는 그대로 드러나도 괜찮은 곳, 치열하게 사느라 잠시 잊었던 모습들을 다시 떠올릴 수 있는 곳, 잠시라도 혼자가 아닐 수 있는 곳. 내가 사랑하는 라디오란 그런 곳이다.

김지용의 생각

서미란 피디에게 궁금한 지점들이 있었다. 지난 몇 년간 나는 서미란 피디, 서인 아나운서와 함께 북팟캐스트 〈서담서담〉을 만들어왔다. 물론 셋 모두 열심이었지만, 우리 중 서미란 피디는 유독 더 프로그램에 열정적이었고 애정을 보였다. 나머지 두 사람이 일정이 안 될 때에도 혼자서 방송을 이어나가는 모습은 다소 충격적이기까지 했다. '아니, 어떻게 대화 상대 없이 혼자서 한 시간 동안 팟캐스트를 녹음하지?' 글의 마지막까지 읽고 나니 이제야 비로소 이해가 되었다. 본연의 모습을 있는 그대로 드러내도 괜찮은 곳, 잠시라도 혼자가 아닐 수 있는 곳, 서미란 피디에게 라디오란 그런 곳이었기에 가능했던 것이었다. 라디오를 통해 수많은 사람과 대화를 하고 있었기에, 녹음실에 대화 상대가 없는 것은 문제가 되지 않았다.

사람과 어울리는 것을 좋아하는 활발한 아이가 장애로 인해 몇 년간 세상과 단절되기도 했지만, 그 경험으로 인해 더욱 더 연결의 소중함과 절실함을 알게 되었다. 좋은 사람들과 연결되어 있다는 감각은 장애를 포함한 모든 것을 뛰어넘을 수 있음을, 그 힘이 이미 자신에게 있음을 알게 되었기에 서미란 피디는 지금 이 순간에도 멈추지 않고 사람들에게 다가서고 있다. 라디오도, 이번 책도 세상 여기저기에 고립되어 있을 사람들에게 숨 쉴 틈을 주기 위한 서미란 피디 나름의 대화 방식이라는 것을 이제 알겠다. 그 대화의 장면에 자주 함께했었다는 것이 감사하고 뿌듯하다. 이번 우리의 대화가 더 많은 이들의 삶에 숨 쉴 틈을 안겨주는 계기가 되기를 진심으로 바란다.

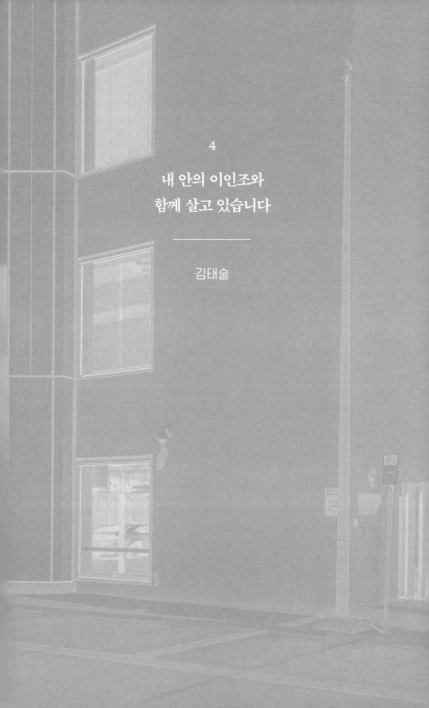

4

내 안의 이인조와
함께 살고 있습니다

김태술

대학병원에서 인턴으로 근무하며 굴려지는 동안의 내 유일한 낙은, 퇴근 후 프로농구 중계를 보는 것이었다. 물론 당직이나 끝나지 않은 업무로 그것조차 허락되지 못하는 때가 훨씬 많았지만, 나는 학창 시절부터 응원해온 팀에 대한 의리를 지키기 위해 노력했다. 원래도 대체로 중하위권에 머무르던 그 팀의 그해 성적은 간신히 '탈꼴지'일 정도로 처참했지만, 병원의 바닥 신분인 내 처지와 동일시하는 마음이 있었는지 나는 '언젠간 올라가겠지' 하는 생각으로 그 어느 때보다 열심히 응원했다. 그리고 이듬해인 2011년, '정신과 의사'라는 자수가 놓인 가운을 입게 된 내 신분의 변화처럼, 내가 응원하는 팀의 순위에도 대격변이 일어났다. 그 중심에는 그해부터 새롭게 합류하게 된 '김태술'이라는 선수가 있었다. 농구에 관심 있는 사람이라면 누구나 아는 천재 가드. 그의 천재성은 구단 역사상 첫 우승이라는 팬들의 오랜 숙원을 바로 이뤄주는 것으로 입증됐다. 이후에도 계속된 그의 화려한 순간들을 팬심을 품고 지켜보았다. 그가 속한 농구 국가대표팀이 아시안게임에서 우승하고 금메달을 목에 거는 모습을, 당시 첫째 임신 중이던 아내와 함께 경기장 맨 앞에서 목격하는 데 성공하기도 했다. 그렇게 누구보다 성공적인 커리어를 쌓아올리던 김태술 선수가, 정점에 도달하자마자 빠른 속도로 무너지기 시작했다. 수많은 농구 팬들처럼 나 역시 도저히 이해할 수 없었다.

그리고 몇 년이 지난 어느 날, 은퇴 후 인플루언서로 포털사이트에 연재 중이던 김태술 선수의 글을 우연히 읽게 되었다.

"무대를 막론하고 '도전'은 정신적으로 엄청난 스트레스를 동반한다. 몸도, 마음도 지치고 '과연 내가 할 수 있을까'라는 두려움에 밤잠을 설칠 때도 있다. (중략) 선수 시절, 나는 우리 선수들이 쉬는 방법을 잘 모르는 것 같다는 생각을 한 적이 있다. 모두가 그런 건 아니겠지만, 시간 여유가 생겼을 때 뭘 해야 할지 모를 때가 많다."*

마침 잠시도 쉬지 못한 채 쫓기듯 사는 사람들을 위한 책을 구상 중이던 내 눈에 들어온 이 글은 운명처럼 느껴졌다. 한 분야에

---

* 김태술 선수의 블로그에 실린 글, '위대한 도전에 나선 후배들을 바라보며 든 생각들' 중 일부를 인용했다.

서 정점을 찍었던 사람도 비슷한 경험과 고민을 안고 사는구나 싶었다. 내가 아는 그 어떤 이보다 극한의 경쟁 속에서 다양한 경험을 했을 그의 말을 꼭 들어보고 싶었다. 과거 선수 시절 팬으로서, 꼭 한번 만나고 싶다는 사심도 담겨 있었다. 그렇게 나는 평생 처음으로 누군가에게 만나고 싶다는 연락을 먼저 건넸다.

비상 그리고
추락

"태술아, 괜찮아? 걱정 마! 다 잘 되겠지. 더 잘 되려고 이러는 걸 거야! 항상 좋을 수만은 없으니 잠시 쉬어 간다고 생각하고 부담 갖지 마."

2014년 새로 이적한 팀에서 첫 시즌을 보내는 동안 주변 사람들에게 가장 많이 들은 말이다. 나를 만나는 모든 이들이 위로의 말을 전했다. 아마 세상에 있는 위로가 된다는 말들은 다 듣지 않았을까. 반복되는 말들을 계속 듣고 있자니 어느 순간부터 쓴웃음이 나왔다. 그리고 그 쓴웃음마저 짓기 힘들어질 무렵부터는 사람들을 피하게 되었다. 그렇게 나는 끝을 알 수 없는 진흙탕 속으로 빨려 들어갔다.

2014년, 그해 프로농구 전체에서 두 번째로 높은 연봉에 새로운 팀과 계약하게 되었다. 김태술을 잡은 팀이 우승 후

보 0순위로 급부상했다는 기사들이 쏟아졌고, 당연히 새로운 구단과 팬들이 내게 거는 기대도 높았다. 내 마음 역시 그랬다. 이 기대와 새로운 환경이 걱정됐지만, 설레는 마음이 더 컸다. 전체 1순위 지명의 신인으로 데뷔해서 신인왕 수상, 이후 베스트 5 선정과 리그 우승까지 나는 꽤 탄탄대로를 걷고 있었다. 시즌 시작 전 인천에서 열린 아시안게임에서는 국가대표로 금메달을 목에 걸었다. 이보다 더 좋을 수 있을까. 농구를 시작한 뒤 꿈꿔온 모든 것들이 눈앞에서 이뤄지고 있었다. 선수 생활 전체에서 화려한 경력을 이어왔으니, 새로운 팀에서도 늘 좋은 일만 있을 줄 알았다.

그런데 시즌 시작 후 내 모습은 모두의 예상을 완전히 빗겨갔다. 당시 내 모습은 지금 다시 돌아봐도 도저히 이해가 가지 않는다. 직전 시즌 어시스트 1위였던 내가 바로 눈앞의 사람에게도 공을 제대로 건네지 못했다. 내 의도와 다른 곳으로 공이 날아갔다. 점점 길어지는 슬럼프는 조금씩 내 몸과 마음을 옥죄기 시작했다. 팀 최고 연봉자로서의 압박감도 무게를 더했다. 프로농구의 경우 한 팀 선수들의 연봉 총합이 고정된 구조여서 높은 몸값으로 나를 새로 영입했다는 것은 팀에서 거는 기대치의 크기를 그대로 보여주는 것과 같았다. 그러니 나 개인의 부진은 곧 팀의 부진으로 이어질 수밖에 없었고, 내게 오던 많은 응원과 기대는 무서운 칼로 변해 나를 무참히 찔러댔다. 인터뷰에서 하는 말 한마디 한마디가 변명으로 둔갑했고, 사람들은 분노해 더 날카로운 말들을 내게 쏟아냈다.

지금은 포털사이트의 연예, 스포츠 기사에 댓글창이 사라졌지만, 그땐 참 많은 댓글들이 달렸었다. "열심히 하겠다"라는 말에는 '진작 좀 열심히 하지, 내가 해도 너 정도는 할 수 있겠다'라는 댓글이 달렸고, "한 명의 스크리너*만 있으면 더 좋을 것 같다"는 말에는 '자기 잘못은 인정 안 하고 동료들 탓을 한다'는 공격이 따라왔다. 지속적으로 올라오는 부정적 댓글들을 읽다 보니 마치 늘 누군가 나를 따라다니며 귀에 내 욕을 속삭이는 것만 같았다. 그 느낌은 경기장에서도 이어졌다. 관중석에 앉아 있는 사람들도 내게 욕을 하거나 나를 비웃는 것 같이 느껴졌다. 경기가 끝나면 늘 쥐구멍이라도 찾아서 숨고 싶은 심정이었다.

하지만 지금 돌이켜볼 때 내 고통을 더 키운 것은, 다름 아닌 나 자신이었다. 누구보다 내가 강력한 송곳으로 나를 찌르고 있었다. 힘들어하는 나를 돌보지 않고 계속해서 자

---

* 공을 가지고 있는 선수를 위해 같은 팀 동료가 상대팀 수비자의 움직임을 막아주는 것을 의미하는 농구 용어다.

책하고 실망만 해댔다. 어떻게 하지? 어떻게 해야 이 상황을 벗어날 수 있지? 매일 밤 그런 고민을 하느라 해가 뜰 때까지 잠을 못 이루기 일쑤였고, 불면이 고통스러우면서도 잠에 들기 싫었던 날이 많았다. 아침이 오면 끔찍한 하루가 다시 시작이 될 테니까. 날이 밝아 거울에서 만나는 내 모습이 끔찍하게 싫었다. 당시에는 얼굴마저 스트레스에 녹아내린 내 마음을 닮아 있었다. 흐리멍덩한 눈빛을 보는 것도, 여드름 가득한 피부를 보는 것도 싫었다.

도대체 무엇이 나를 순식간에 이렇게 만들었을까? 이 상황이 끝나기는 하는 걸까? 늘 우울한 기분이었고 자존감은 바닥으로 떨어졌다. 신인 때부터 '매직 키드'라는 별명이 붙을 정도로 농구 코트 위에서 가장 자유로웠는데 이제 내 움직임은 마치 물속에서 허우적대는 것 같았다. 다시 예전처럼 돌아갈 수는 없는 걸까? 내 농구 인생은 이렇게 끝나는 걸까? 여기까지 오려고 얼마나 힘들게 노력했는데 이 망할 놈의 슬럼프가 무엇인지, 대체 내가 지금 왜 이런 상황을 겪어야 하는지 그저 억울하고 분하고 안타까웠다.

슬럼프는 짧게 끝나지 않았다. 2년 동안 온갖 노력을 기울였지만 나는 결국 슬럼프라는 놈에게 참패했다. 농구장에서 빛나던 나는 사라졌다. 이제 내 인생은 하향곡선만 남은 것일지 모른단 생각에 무서웠고 두려웠다. 당시의 나는 몰랐지만, 지금 돌아보면 내가 슬럼프라고 부른 그 시절 내가 겪은 일의 정체는 분명 극심한 우울증이었다. 언제부터, 어디서부터 내 마음이 아팠던 걸까? 사실 그 당시에는 이런 생각을 하지도 못했다. 하지만 그때 기억을 하나하나 꺼내보니, 이유를 조금은 알 것 같다. 내 삶의 큰 원동력이었던 아버지와의 이별, 새로운 환경에서 잘해내야 한다는 무거운 압박감과 책임감 등을 감당하기 버거웠던 것 아닌가 싶다. 그렇게 나는 내 마음과 몸을 돌보지 못하고 스스로를 찔러대기만 했다.

김지용 상상보다 훨씬 더 힘들었을 것 같아요. 당시에 어떤 인터넷 농구 커뮤니티에서는 슬럼프에 빠진 김태술 선수를 두고 '고故 태술'이라고 부르기도 했을 정도니, 그 칼들이 얼마나 아팠을까 싶어요. 오늘 이야기를 듣고 보니 슬럼프의 정체가 확실히 우울증이었던 것 같아요. 우울증 시기에 직장인은 업무 성과가 떨어지고 학생은 성적이 떨어지는데, 운동선수도 스탯(선수 경기 기록)이 떨어지는 게 너무도 당연한 거겠죠. 당시 정신과 의사였던 저도, 가장 좋아하던 선수의 부진이 우울증 때문일 거라고 생각하지 못했거든요. 아마 저한테도 편견이 있었던 것 같습니다. 누구보다 강인한 프로선수가 우울증일 리가 없다는 편견 말예요. 구단에서는 슬럼프와 관련해 심리 상담이나 정신과 치료를 제안하지는 않았나요?

김태술 어떻게든 해답을 찾아보려고 온갖 노력을 했지만, 심리 상담이나 정신과 치료 같은 것은 누구도 제안해주지 않았고 저도 생각하지 못했어요. 슬럼프를 극복하는 유일한 답은 스스로의 '노력'이라고 배워왔으니까요. 제 문제이니, 다른 누구도 아닌 저 자신이 해결해야 한다고 배워왔고, 저도 그렇게 믿었어요.

사라진

내 전부

공익 근무를 마친 후 복귀한 2012년 KBL 프로리그, 이적한 팀에서 시작한 그 시즌에 바로 우승을 거머쥐었다. 기쁨은 길지 않았다. 아버지의 췌장암 진단이라는 날벼락 같은 소식이 전해졌기 때문이다. 내 뒷바라지하느라 힘들게만 살아오신 아버지께 이제야 뭔가 해드릴 수 있단 생각에 기뻤는데, 이게 대체 무슨 믿기지 않는 상황인지 눈앞이 캄캄해지는 것 같았다. 아버지는 내 노력과 성공의 근원이었기에, 암 진단 소식은 내 정신을 무너뜨리기에 충분했다. 바로 원형탈모와 장염이 찾아왔다. 프로농구 시즌 시작 전인 8월에 시작된 장염은 시즌이 끝나는 다음 해 4월까지 지속됐다. 장염을 안고 치른 2013년 시즌은 내게 정말 고통스러운 기간이었지만 절대 쉴 수 없었다. 항암 치료를 받으시는 아

내 안의 이인조와 함께 살고 있습니다

버지께 아들의 시합 결장 소식이 전해지면 더 기운 없어지실까 봐 전국을 돌아다니며 계속 시합을 뛰었다. 그리고 아버지의 투병 소식을 주변 그 누구에게도 알리지 않았다. '아버지 때문에 부진을 겪는다'는 말을 그 누구에게도 듣고 싶지 않았다.

팀 내의 다른 주축 선수들도 연달아 부상에 빠지며 팀 전체가 힘든 시기에, 낫지 않는 장염까지 겹치니 정말 고역이었다. 죽을 먹으며 경기 스케줄을 소화해내야 했고, 어느 순간부터는 죽조차 넘어가지 않았다. 물만 마셔도 탈이 났고, 링거를 맞으며 버텼지만 체중은 5킬로그램 넘게 빠졌다. 시합이 끝나면 방바닥에 누워 아무것도 할 수가 없었고, 명치에 돌덩이가 들어 있는 듯한 느낌에 잠도 제대로 이룰 수 없었다. 큰 병원에서 정밀 검사를 받았지만 뚜렷한 병명은 발견할 수 없었고, 스트레스 때문일 거라는 말만 들었다. 그럼에도 나는 뛰어야만 했고 버텨야만 했다. 아버지께서 내 경기를 보시고 조금이라도 힘을 내셨으면 하는 바람이 있었으니까. 아버지는 내가 농구에 인생을 바쳐온 이유였다.

고향인 부산에서 원정 경기가 있었는데, 급작스레 몸 상태가 악화되어 입원하신 아버지를 뵈러 잠시 시간을 내 병원에 들렀다. 그날의 충격을 나는 여태 잊지 못한다. 그날

나는 아버지를 알아보지 못했다. 음식을 거의 드시지 못해 뼈만 남은 아버지를 알아보지 못한 나는 울음을 멈출 수 없었고, 아버지와 함께 할 시간이 얼마 남지 않았다는 것을 직감했다. 경기 후 수훈선수로 뽑혀 인터뷰하는 자리에서 나는 이제껏 숨겨온 아버지의 투병 사실을 공개했다. 아버지에게 전할 말이 있었다.

"아버지. 많이 사랑하고, 시즌 끝나고 좋은 시간 많이 보내요."

내 인터뷰를 지켜보신 아버지는 며칠 뒤 돌아가셨다. 그때의 나를 지금 돌아보면 마음이 복잡하다. 아버지를 위하는 마음으로 힘든 몸 상태에서도 최선을 다해 시즌 내내 버틴 내가 기특하기도 하지만, 동시에 아버지가 내게 평생 당부하신 말씀을 전혀 지키지 못했다는 생각도 든다. 아버지는 나를 만나면 언제나 '스스로를 돌볼 줄 알아야 다른 사람도 돌볼 수 있다'고 하셨다. 만날 때마다 내 눈을 보며 그 말을 건네셨는데, 아버지 눈에도 스스로를 잘 돌보지 않는 내가 보였던 것 같다. 생각해보면 그 시즌만이 아니라, 어릴 적부터 나는 나 자신에게 지나치게 엄격했고, 잠시도 관대하게 대한다거나 나를 편안하게 두지 못했다.

내 안의
마음들

과거를 돌아보면 스스로 이해가 가지 않는 부분들이 많았다. 책을 준비하면서 '내 속에는 원래 여러 마음들이 동시에 존재한다'는 말을 접했는데, 그 말을 내게 적용하자 이해가 가지 않던 내 지나친 엄격함과 완벽주의의 원인이 조금씩 보이기 시작했다. 내 안에는 굉장히 상반된 목소리를 내는 두 가지 마음이 있었다. 그 마음들에 앞서 등장한 '페르소나'와 '자기'라는 이름 붙일 수 있을 것 같지만, 우선 내게 익숙한 대로 각각 마음 1, 마음 2로 부르며 그들의 이야기를 들어보기로 했다.

반가워. 나는 태술이가 농구 선수로 성공하기를 바라며
그동안 태술이에게 힘을 불어넣어온 '마음 1'이야. 내가 언
제 태어났는지 정확히 기억은 안 나지만 아마도 농구 선수
가 되겠다는 꿈을 꾸기 시작한 시점이 아닌가 싶어. 태술이
가 농구를 시작한 건 초등학교 때부터였지만, 나는 중학교
때까지도 주도권을 갖지는 못했어. 여전히 내 옆에서 나를
방해하는 작은 아이 같은 '마음 2'의 힘이 그때까진 더 컸지.
당시 태술이는 '엄청난 성공'을 꿈꾸면서 운동을 하진 않았
었거든. 처음엔 재미로 시작했고 나중에는 그저 해야 하니
까, 남들 하니까 하는, 또래 아이들과 비슷한 친구였어. 그런
데 내가 태술이에게 '성공'을 꿈꾸도록 해야겠다고 마음먹
은 그 순간이 아직도 생생히 기억 나. 고등학교 입학 후 출
전한 첫 대회에서 태술이는 큰 활약을 했고, 많은 대학들이
태술이에게 러브콜을 보냈어. 아직 1학년밖에 안 된 선수였
는데 말이야. 그때 난 결심했어. 태술이를 농구로 성공하게
만들겠다고. 때마침 당시 태술이는 어떤 사건 때문에 성공
할 방법을 절실히 찾고 있었던 터라, 내가 태술이의 마음속
을 차지할 딱 좋은 타이밍이었어.

나는 혹독하게 태술이를 몰아붙였어. 사실 농구 선수로 성공한다는 것은 상상 이상으로 힘든 일이거든. 대다수가 대학에 진학하지 못하고, 또 설사 대학에 간다고 해도 그중 대부분은 프로에 진출하지 못해. 그 좁은 문을 뚫고 프로에 진출한 선수들 중에서도 극히 소수만이 성공적인 커리어를 이어나가게 돼. 나는 태술이가 끝없는 경쟁 속에서 살아남게 만들기 위해 머릿속에 항상 농구 생각만 가득하게 만들었고, 남보다 더 많이 먹고 더 많이 운동하게 만들었지. 태술이는 처음에 많이 힘들어 했어. 같은 포지션에서 뛰는 팀 선배들을 잡아먹어야 했고 전국의 수많은 선수들을 뛰어넘어야 했는데, 왜소한 체격과 부족한 체력은 항상 걸림돌이 됐어. 그럴 때마다 나는 성공해야 하는 이유들을 일일이 읊어줬어. 햇빛이 들어오지 않는 집, 차가운 바람이 숭숭 들어오는 화장실, 그 속에서 늘 고생하는 가족들의 모습까지. 다행히 태술이는 참 성실한 아이였어. 그런 장면들을 떠올려 줄 때마다 더욱 힘을 냈고, 계속 발전해나갔지. 체력 훈련에선 늘 선두에서 섰고, 비가 오나 눈이 오나 연습, 다른 선수들이 집에 간 뒤에도 혼자서 계속해서 연습, 손톱이 부러지고 물집이 잡혀도 통증을 이겨내며 연습하는 아이가 됐어.

그런데 연습만으로는 부족하단 생각도 들었어. 그래서

난 태술이를 늘 불안하게 만들었지. 스스로를 더 몰아붙이도록 낭떠러지 끝에 서 있다고 생각하게 했어. 뒷걸음치면 떨어져 죽는다고 생각하게끔 말이야. 오죽 내 말을 잘 들었으면 잠을 자다가도 웅크리고 있단 느낌이 들면 퍼뜩 깨서 몸을 쭉 펴고 자게 되었지. 이건 다 태술이를 성공한 선수로 만들기 위한 내 계획이었고 노력이었어. 그리고 분명 큰 성과가 있었어! 태술이는 어느새 고등학교 전체 랭킹 1위를 달리는 선수가 되어 있었어. 그렇게 나는 태술이를 전국에서 가장 잘하는 선수들이 모이는 연세대학교 농구부에 입학시켰지. 내가 끊임없이 자극을 주고 불안하게 만들었기 때문에 태술이는 명문대에 입학해서도 결코 방심하지 않았고, 대학 무대에서 바로 두각을 보였어. 사람들은 한국 농구 역사상 6년마다 태어나는 천재가 또 나왔다며 큰 관심을 보였지. 대학에 입학하자 성인이 된 태술이를 유혹할 만한 것들이 주변에 참 많았어. 마음 2 녀석은 농구가 인생의 전부가 아니니까 대학 생활을 좀 즐겨도 된다고 태술이를 꼬드겼지만, 난 절대로 용납할 수 없었어. 왜냐하면 태술이는 아직 성공하지 않았으니까. 전국에 이름 좀 날렸다고 해도 수입이 없는 대학생에게 '성공'이라는 이름표를 붙여줄 수 있겠어? 나는 잘하는 이들이 모인 이 대학에서 1등을 하면 전국 1등이 될 수 있다는 생각을 계속 심어줬지. 사실 그것으로도 부족하다는 생각을 함께 심어줬어. 예전에 태술이가 어느 지도자에게 이런 말을 들은 적이 있어. "또래 중에 가장 잘하는 것으로는 부족해. 위로 10년, 아래로 10년을 잡아먹어야 프로에서 성공한 선수가 될 수 있다." 나는 그 말이 썩 마음에 들었어. 그래서 태술이 머릿속에 계속해서 떠올려줬지. 가족도 없는 타지에서 외롭고 힘든 건 알지만, 혼자 해결하며 무조건 강해져야만 한다는 것을, 네가 그토록 바라는 성공을 위해선 모든 걸 참아야 한다는 것을 계속해서 주입했어.

나는 정말 태술이 마음속에서 열심히 일했어. 태술이는 나한테 감사해야 해. 내 덕에 대학교 4학년 때 성인 국가대표팀에 발탁되기도 했거든. 흔치 않은 일이란 거 알잖아? 그뿐 아냐. 2007년 프로농구 신인 드래프트는 아직까지도 한국 농구사에 '황금세대'를 배출한 자리로 꼽히지. 이전으로도, 이후로도 수십 년간 이런 해가 없었어. 어느 해보다도 쟁쟁한 선수들이 프로무대에 도전했지만, 그중에서도 태술이가 첫 번째 순위로 프로에 선발됐어. 이후에도 신인왕, 베스트 5, 리그 우승, 아시안게임 금메달까지, 모두가 내가 태술이를 나약해지지 않게 몰아붙였기에 가능한 일이었어.

물론 마냥 좋은 일만 있었던 건 아니야. 그건 나도 인정해. 아버지의 암 진단 이후 몸과 마음이 고생한 시간들, 팀 이적 후 지옥 같았던 슬럼프에 빠져 허우적거리던 모습들을 기억하고 있어. 하지만 그건 내 알 바 아니었어. 나는 오로지 태술이의 성공과 성장에만 신경 썼으니까. 그리고 그런 힘든 순간은 누구나 다 겪는 건데, 뭐 그리 대단한 어려움을 겪었다고 징징대는지 이해가 되지 않았어. 슬럼프 또한 태술이가 나약해져서 그 시간이 길어졌을 뿐이지, 정신을 더 집중하고 제대로 연습했다면 금방 이겨냈을 거야.

힘들고 다 포기하고 싶고 무언가에 기대고 싶은 마음은 누구나에게 있는 거지. 하지만 그런 건 개나 줘버려야 해. 어떻게 성공하고 싶다면서 그런 마음까지 다 챙기며 살아? 안 그래? 태술이가 자꾸 나약해지는 건 바로 내 옆의 작은 아이, 마음 2 때문이야. 나는 얘가 너무 싫고 이해가 되지 않아. 진짜 오랫동안 봐왔지만 정말 애 같아! 태술이는 어른인데 애 같은 마음이 필요하겠어? 이제 그만 태술이를 흔들지 말고 사라져줬으면 좋겠어. 그럼 내 얘기는 여기까지 할게. 사실 나는 처음에 이런 글을 쓰는 것도 마음에 들지 않았어. 자꾸만 태술이 머리를 복잡하게 만들고 나약하게 만들잖아? 그런데 생각해보니까 이왕 하는 거 이것도 1등을 하면

로 내 안의 이곳저곳 함께 살고 있습니다

238

좋겠더라고! 그래서 나는 지금도 사람들이 이 글을 읽고 더 많이 공감할 수 있게, 완벽하게 쓰도록 태술이에게 주문하고 잔소리하고 있어. 적당히 할 거면 그냥 때려치우라고!

마음 2의 이야기

참나 보자 보자 하니 못 하는 말이 없네. 어릴 때부터 그렇게 힘들어하는 걸 뻔히 봐놓고도 '괜찮냐, 힘들지는 않았냐' 다독이고 어루만져주지는 못할망정, 적당히 할 거면 때려치우라니, 너무한 거 아냐? 아플 때도, 기쁨과 성공의 모든 순간에도 감정은 사치라며 끝없이 노력과 발전만을 강요하는 네 녀석 때문에 고생하는 태술이가 난 늘 가여웠어. '힘들 땐 그만 좀 쉬어도 돼! 그렇게까지 불안해할 필요 없어'라고 다독여주는 내 말은 태술이에게 잘 전해지지 않았지. 태술이가 불안을 내려놓고 짧은 순간이라도 행복을 느꼈으면 했는데 말이야.

아! 반가워. 마음 1 녀석의 얘기를 듣다가 화가 나서 내 소개를 하는 것도 잊어버렸네. 나는 태술이가 태어난 순간부터 지금까지 쭉 마음속에서 함께해온 마음 2야. 분명 내가 먼저 탄생했는데도 불구하고 2번 이름표가 붙은 것이 안 타깝기도 해. 나보고 다들 어린아이 같다고 말하더라. 맞아. 나는 내 감정에 솔직해. 그런데 태술이는 이제 그렇지 못한 게 조금은 슬퍼. 태술이가 기억할지 모르겠어. 어렸을 때 태술이는 개구쟁이에 친구들과 뛰어놀기 좋아했고, 여름에 냉장고 속 포도를 보면 세상 누구보다 행복해했지. 부모님이 갖고 싶은 것을 사주지 않으면 목 놓아 울기도 하고, 삐쳐서 말도 잘 안 했는데 말이야. 그렇게 나랑 비슷했던 태술이는 어느 순간부터 변하기 시작했어. 저 마음 1 녀석이 엄청 목소리를 크게 내며 태술이를 잡아 흔들기 시작한 때부터 말이야. 침대 밑에 깊숙이 넣어둔 옛날 추억 마냥 단단하게 포장해 마음 깊은 곳에 나를 가둬두었지. 하지만 나는 알고 있었어. 늘 나를 원하고 꺼내고 싶었지만, 어쩔 수 없는 현실에 나를 계속 가둬둘 수밖에 없었다는 것을. 그렇게 나는 조용히 태술이가 커가는 모습을 그저 지켜보았지.

마음 아팠던 적이 한두 번이 아니야. 음식을 먹을 때도 맛을 느끼기보다 몸을 키우려 배 터지기 직전까지 채워 넣고, 손톱이 부러져도 밴드 하나 붙이고 다시 농구공을 잡는 모습을 볼 때마다 정말 마음이 아팠어. 어디 그뿐이겠어? 타지에 혼자 올라와서 주말마다 집으로 돌아가는 다른 친구들을 보며 겉으로는 애써 웃었지만 뒤에서 혼자 밥 챙겨 먹고 아픈 몸을 추스르는 모습도 참 가여웠지.

프로에 진출해서 활약하는 태술이를 보며 이제는 좀 마음 편히 쉴 수 있을까 기대했지만, 태술이는 그러지 못했어. 그 어떤 성취를 이뤄도 바로 다시 긴장 모드에 들어가더라. 밤 12시가 넘어서도 헬스장에 내려가 운동을 하고 경기 영상을 끝없이 돌려보고, 전혀 쉬지 못했어. 태술이는 누가 봐도 성공적인 커리어를 만들어나가고 있었지만, 아직 턱없이 부족하다는 마음 1의 목소리를 따를 수밖에 없었나 봐. 적당히 쉬어 가야 길게 갈 수 있다는 내 말은 듣지 않더라고. 물론 그 덕에 좋은 결과를 낼 수 있었다는 걸 나도 인정하지만, 태술이는 행복해 보이지 않았어. 그저 해야만 하는 숙제들을 겨우 버티며 해내는 느낌이었지. 자신이 성공해야만 가족의 행복이 가능할 것이라는 그 생각에 하염없이 쫓기면서 말이야.

2014년에 찾아온 슬럼프 때는 내 마음이 너무 아팠어. 큰 연봉을 받으며 옮긴 팀에서 더 잘해야만 하고 기대에 부응해야 한다는 부담과 강박은 안 그래도 생각이 많던 태술이를 완전 짓눌러버렸지. 아픈 몸과 마음을 이끌고 그 정도면 잘 버티는 거였는데, 태술이는 스스로 그걸 인정하기 어려워했어. 이미 잘하던 사람이 더 잘하는 방법을, 즉 없는 답을 찾을 때 입스*가 오는 법이라더라. 모든 운동선수에게 가장 치명적이라는 입스 앞에선 태술이도 어쩔 도리가 없었어. 왼손이 긴장으로 구부러지면서 슛이 들어가지 않았고, 연쇄적으로 모든 장점들을 잃어버리기 시작했어. 그러면서도 입스는 핑계라는 생각에 누구에게도 알리지 않고 혼자서 끙끙 앓는 모습이 너무 눈물겨웠어. 내가 본 당시 태술이는 운동도 더 열심히 하고, 일부러 긍정적인 생각도 해보고, 도움이 될 만한 글들도 닥치는 대로 읽었지만 이겨낼 수 없었어. 온갖 노력에도 태술이는 결국 슬럼프를 이겨내지 못하고 무너졌지.

그때 나는 계속해서 도망치라고, 일단 네가 살아야 하지 않겠느냐고 소리쳤지만 태술이는 포기하지 않았어. 태술이는 보여주고 싶었나 봐. 결과가 어떻든 마지막까지 열심히 노력하는 모습을 말이야. 사람들은 늘 태술이에게 "넌 언제나 잘해왔으니 걱정이 안 돼, 금방 이겨낼 거야"라고 얘기했지. 나는 그런 말들을 들은 태술이가 엄청난 압박감을 짊어

---

* 원래 골프에서 자주 쓰이던 용어로, 불안이나 긴장이 증가하는 상황에서 근육이 경직되면서 평소에는 잘하던 동작을 제대로 못 하게 되는 현상. 최근에는 야구나 농구뿐 아니라 피아니스트, 기타리스트 등 음악가들에게도 쓰인다.

지고 살아간 것을 알고 있어. 기대고 싶어도 기댈 수 없고, 항상 뭔가를 보여줘야 하고, 본인의 힘든 마음은 뒤로 한 채 살아갈 수밖에 없었지. 태술이가 그동안 참 외롭고 힘들었겠다 싶어.

그러고 보니 슬럼프 기간 동안 태술이의 마음에 유일하게 진정한 위로가 되었던 말 하나가 떠오르네. 어느 날 친한 형이 전화를 걸었는데, 나와 똑같은 이야기를 했거든. "태술아, 농구 그만둬! 네가 얼마나 잘 살겠다고 그렇게 힘들어하면서 그러고 있어? 나도 회사 그만둘 테니까 같이 떡볶이 장사나 하자." 그 말에 태술이 눈에 눈물이 핑 돌았지. 농구선수 김태술이 아닌, 인간 김태술을 아끼고 생각해주는 사람만 할 수 있는 말이란 걸 느꼈던 것 같아.

아무리 강하고 독한 모습의 가면을 쭉 쓰고 살아왔어도, 그게 태술이의 모든 것은 절대 아니거든. 사실 태술이도 '잘해야 돼'가 아닌 '괜찮아. 좀 못 해도 돼', '네가 하루하루 행복했으면 좋겠어'라는 말을 듣고 싶어 해. 그리고 '해줘'라는 말보다 '해줄게'라는 말도 듣고 싶어 하지. 언제나 그럴 수는 없겠지만, 어릴 때처럼 포도 한 송이에도 행복을 느끼던 태술이가 나는 지금도, 아니 앞으로도 필요하다고 생각해. 강해지기 위해 어쩔 수 없이 감정을 느끼지 않으려 억누르고,

숨기며 살아왔지. 그렇게 살 수밖에 없었던 상황을 이해는 하지만 그래도 나는 감정 표현을 잘하는 것이 삶을 풍성하게 한다고 생각해. 그러니 이제는 조금 더 순간순간 느끼는 감정에 솔직해졌으면 좋겠어. 나처럼.

늘 성공해야 하고 늘 성장하고 발전해야 한다는 강박은 이제는 조금 내려놓으면 좋겠어. 성공도 결국 행복을 위한 도구였을 뿐인데, 이뤄낸 성공을 지켜야만 한다는 식의 또 다른 불안과 강박들이 행복을 가로막았던 삶이 안타까워. 나는 태술이가 지금이라도 어린아이 같은 마음으로 작은 행복과 기쁨을 느끼고, 힘들면 울기도 하고 기대기도 하면서 살았으면 좋겠어. 이런 사람이 되는 변화 역시 성장이 아닐까? 농구는 태술이에게 많은 걸 주었고 크게 성장시켰지만, 그렇다고 해서 농구가 삶의 전부는 아니잖아? 내가 말이 길었네. 나는 태술이가 조금 더 행복해지도록 계속해서 마음 1과 싸울게! 그런데 마지막으로 이런 의문이 갑자기 드네? 마음 1과 나는 왜 이렇게까지 멀어졌을까? 둘 다 태술이의, 태술이를 위한 마음일 텐데. 다른 사람들은 조금씩 통합하고 타협하며 살아가는 것 같던데 말이야.

결핍과 성공,
그리고 성공과 결핍

글로 내 안의 마음들을 적어내려 가면서 크게 놀랐다. 내 안에 이렇게나 서로 다른 마음들이 있었구나. 나는 한 명인데 어떻게 둘, 아니 셋이 되어버렸지? 어쩌면 내가 알지 못하는 다른 내가 또 있을지 모르겠단 생각이 든다. 글을 쓰면서 과거의 내 모습들이 여러 장면 떠올랐고, 내 마음들이 어떻게 만들어졌는지 약간이나마 이해하게 되었다. 마지막에 마음 2가 던진 질문, 마음 1과 마음 2가 왜 이렇게까지 멀어진 것일까에 답이 될 만한 순간도 떠올랐다. 내가 꼭 성공해야만 한다고 다짐했던 순간, 지난 내 삶을 지배해온 마음 1이 몸집을 불리며 확 자라났던 그 순간이.

어린 시절 우리 집은 분명 형편이 넉넉하진 않았지만, 나는 가난이 뭔지 모르고 자랐다. 주변 모두가 다 고만고만하게, 비슷하게 살았으니까. 다른 동네 부잣집들은 어떻게 사는지 알 수 없는 시절이었고 내게는 부유함과 가난함의 개념이 없었다. 그저 가끔 그런 생각을 한 적은 있다. '우리 집에는 왜 자동차가 없지?' 그러던 어느 날 우리 집에 1톤짜리 트럭이 생겼다. 아버지가 일을 하시려고 마련한 그 차가 우리 집 앞에 세워져 있던 걸 목격한 날, 드디어 우리 집에도 차가 생겼다는 기쁨에 휩싸였던 기억이 생생하다.

부모님은 매일 새벽 네다섯 시에 일을 시작하셨다. 그 성실과 노력을 발판 삼아 부산 남포동에 호프집을 열게 된 그 순간 역시 나는 잊을 수 없다. '과연 노력은 배신하지 않는구나, 우리 부모님은 대단하셔!' 그런데 곧 찾아온 IMF 외환위기로 호프집은 말 그대로 폭삭 망했고, 가게를 차리면서 들어간 돈은 고스란히 빚으로 남게 되었다. 화목하던 우리 집도 변했다. 드라마에서나 보던 장면과 대사들이 내 눈앞에서 펼쳐졌다. "나 돈 못 벌어온다고 그러는 거야?"라는 아버지의 말을 그때 처음 들었다. 나는 '돈이 문제'라고 생각했다. 돈이란 놈은 우리 집의 긴 화목과 행복을 순식간에 빼앗아 간 강력한 존재였다.

앞서 말했듯 부모님은 성실하신 분들이었다. 어떤 상황에서도 쓰러지지 않고, 그 상황에서 당신들이 할 수 있는 일들을 하셨다. 아버지는 길가 공용주차장 운영을 맡아 더위와 추위 속에 힘든 시간을 보내셨다. 어머니는 근처에 테이블 다섯 개 규모의 작은 분식점을 차려 홀로 일을 도맡아 하셨다. 어느 날 운동을 마치고 가게에 들러 저녁을 먹는데 갑자기 누군가 들어와 다짜고짜 아버지에게 욕설을 퍼부었다. 근처 부동산 중개인이었다. 분식점을 열 때 자신의 부동산에서 자리를 알아봤으면서 어떻게 다른 곳을 통해 계약을 할 수가 있느냐며, 지금이라도 중개수수료를 받아야겠다며 소리를 지르고 난동을 부렸다.

어른들 나름의 사정은 있었겠지만, 당시 내게 이유는 중요치 않았다. 내가 사랑하고 존경하는 아버지가 이런 대우를 받으시다니 주체할 수 없이 눈물이 쏟아졌다. 결국 돈이 문제였다. 이 모든 일들이 돈이 없어서 생겨난 것이었다. 나는 이날 다시 다짐했다. 내가 돈을 많이 벌겠다고. 그래서 무너진 가족의 행복과 안정을 되찾고야 말겠다고. 하지만 고등학생이었던 내가 할 수 있는 일이란 농구밖에 없었다. 어린 내게 당장 돈을 벌 수 있는 능력이 없으니, 유일한 방법은 지금 하고 있는 농구로 성공하는 일뿐이었다. 처음에는 농구를 그만둬야 하나 생각했다. 프로에 가서 돈을 벌려면 5년 넘게 기다려야 하는데, 부모님께서 그동안 계속해서 고생하셔야 한다는 생각에 견디기 괴로웠다. 하지만 다른 대안은 떠오르지 않았다. 나는 그 괴로움을 발전을 위한 원동력으로 삼기로 했다. 얼마를 벌어야 할지는 생각하지 않았다. 무조건 많이, 아주 많이 벌어야 한다고만 생각했다. 다행히 당시 나는 좋은 평가를 받고 있었고, 프로로 성공할 가능성이 보였기에 더욱 더 열심히 했다. 가족을 위해서. 나중에 성공해서 가족을 안정적으로 부양할 날을 그리면서.

이 결핍의 경험은 내가 농구에 몰입하도록 하는 엄청난 원동력이 되어주었다. 선수로서의 성공적인 커리어를 만드는 데 결핍은, 결정적인 역할을 했다. 하지만 결핍 위에 성을 쌓듯 만든 성공은 계속해서 또 다른 결핍을 낳았다. 조금 숨통이 트이자, 완전한 안정감을 바라기 시작했다. 지금 생각해보면 조금의 흔들림도 없는 안정과 행복은 마치 유니콘이나 신기루 같은 것인데, 나는 그것을 바랐고 늘 결핍감에 시달렸다. 운동선수라면 누구나 꿈꿀 만한 최고의 엘리트 코스를 밟으면서도 항상 불안했다. 가끔 찾아오는 영광의 순간순간에는 '이제 됐다'라는 생각이 들기도 했지만, 아주 잠시 뿐이었다. 이전 우리 가족이 그랬듯, 나 역시 언제든 추락할 수 있으니까. 언제든 나보다 잘하는 새로운 선수가 등장할 수 있으니까. 성공적인 커리어를 만들어나가고 있었음에도 경제적으로 100퍼센트 안정적인 상황에 이르지는 못했다는 생각, 내 기준에 못 미쳤다는 생각에 쉴 수 없었다. 거액의 연봉을 받으며 드디어 그 기준에 도달했을 때, 막상 내 노력과 성공의 이유였던 아버지가 떠나시고 없었다. 그토록 꿈꿔왔던 성공을 드디어 이루어냈지만, 가장 큰 결핍이 내게 찾아 왔다.

결핍이 만들어낸 성공, 그 이후 다시 겪게 된 결핍, 그 과정을 오롯이 견디며 열심히 살아온 삶이 후회되는가 묻는다면, 꼭 그렇지만은 않다. 생각해보면 난 다시 과거로 돌아가도 결국 그렇게 최선을 다해 노력하며 살았을 것 같다. 그 노력을 통해 얻어낸 것들이 내게 많은 것을 안겨준 것은 분명하다. 오랜 기간 운동선수로 살며 '하나를 얻으려면 다른 하나를 포기하고 희생해야 한다'는 진리를 몸소 깨달았다. 후배들에게도 언제나 노력을 강조했고, 지금 프로선수가 되기를 꿈꾸는 어린 학생이 혹시 내게 조언을 구한다면 여전히 노력을 강조할 것 같다. 내 삶을 바친 노력이 없었다면 작은 키, 평범한 운동 능력을 지닌 내가 농구선수로 이만큼 성공할 수 있었을까.

그런데 그래도 숨 쉴 틈 정도는 있었으면 좋지 않았을까 하는 생각은 든다. 내 감정을 들여다보고 표현하며 살 순 없었을까. 그러면서도 노력하는 것이 가능하지 않았을까. 결핍 말고도 삶의 원동력이 될 수 있는 다른 것들을 만날 수도 있었을 텐데. 불안이나 강박이 아닌 긍정적인 감정들에서도 삶의 의미를 찾을 수 있었다면 좋았겠다는 마음도 든다.

나는 원래 감정을 잘 느끼지 못하던 사람이었다. 그런데 슬럼프 이후 아침에 일어날 때마다 기분이 이상하게 쳐지는 걸 느꼈다. 뾰족한 이유 없이 기분이 가라앉았는데, 이 변화가 반갑지 않았다. 이 무렵 주위 사람들도 내게 '무슨 안 좋은 일 있냐, 몸 컨디션이 좋지 않냐'는 질문을 던지기 시작했다. 자꾸 기분이 쳐지니까 처음에는 혹시 내가 기억하지 못하는 잘못한 일이나 안 좋은 사건이 있었나 싶어 전날 있었던 일들을 일일이 곱씹어보기도 했다. 눈에 보이는 이유라도 있다면 답답하지도 억울하지도 않을 텐데, 당시 나는 우울증 때문에 생긴 변화라는 점을 알지 못했다. 단지 내게 슬럼프가 찾아왔고, 아직 그 슬럼프를 다 이겨내지 못했기 때문에 이런 감정을 느끼는 것이라고만 생각했다. 눈에 보이지 않아 정체를 알 수는 없지만, 분명 날 아프게 하는 이 놈에게 지기는 싫었다. 이기려면 무엇을 해야 할까? 기분이 자꾸 쳐지니 반대로 기분 좋아지게 하는 것들을 시도해봐야 할까? 나는 크게 좋아하는 것도, 싫어하는 것도 없이 살아왔다.

그나마 나는 새로운 것을 배우는 일에 흥미와 재미를 느끼는 편이었다. 예전부터 관심 있었던 기타를 배우기 시작했다. 시즌이 끝나고 휴가 기간에 열심히 레슨을 받았는데, 코드를 하나하나 익히고 쉬운 곡들을 연주해가면서 느끼는 재미가 쏠쏠했다. 다시 훈련이 시작된 뒤에도 쉬는 시간에 짬짬이 연습을 했다. 그 어렵다는 F코드를 잡고 며칠간 끙끙거리다가 깨끗한 소리가 나오게 된 어느 날, 온몸에 소름이 돋았다. 기타를 칠 때만큼은 우울감을 느끼지 않았다.

하지만 그럼에도 나를 괴롭히는, 정체를 모르겠고 과거에 느껴본 적 없는 기분은 계속됐다. '이걸 벗어날 방법은 정말 없는 걸까? 도대체 이런 기분은 왜 느끼는 거지?' 아무리 생각해도 내 환경이나 생활에는 문제가 없었기에, 처음으로 외부가 아닌 내면을 들여다보기 시작했다. 그리고 내가 아픈 사람이란 것을 깨달았다. 이 당연한 사실을 나는 왜 모르고 있었을까? 당연히 우울할 만했다. 긴 슬럼프를 겪으며 자신감은 떨어져 있었고, 민폐라는 생각에 사람을 만나는 일도 피하고 있었다. 그나마 누군가를 만날 때도 겉으로 밝은 척을 하려고 애썼다. 밖으로 적절히 배출되지 못하고 쌓이기만 한 힘든 감정들이 곪아 터진 것이란 생각이 들었다. 그런데도 그동안 나는 마음의 상처와 힘든 상황을 인정하지 않고, 그저 극복하고 벗어나는 데만 집중하고 있었다. 어린 시절부터 아플 때도 항상 혼자 해결하려 하고, 감정은 돌아보지 않고 오로지 성공을 위한 노력에만 집중해온 삶의 방식이 결국 이 사달을 일으킨 것 아닐까. '힘든 감정을 직시하는 일은 스스로 나약함을 인정하는 것'이라는 생각에 피해 왔었다. 늘 잘해야 하고 경쟁에서 이겨 최고가 되어야만 한다는 생각에 나 자신에게 끝없이 엄격했다. 지친 몸과 마음을 돌보지 않고 계속 몰아붙이기만 했다. 그래야만 한다고 믿었고 믿음대로 실천해왔다. 그렇게 스스로를 채찍질하는 동안 나는 그 누구와도 진짜 속마음에 관한 이야기를 나눈 적이 없었다. 심지어 나 자신조차도 내 진짜 마음을 몰랐다.

그동안 내가 살아온 방식을 바꿀 필요가 있었다. 기존의 방식으로는, 무작정 애쓰고 노력하고 극한까지 몰아붙여서는 해결할 수 있는 문제가 아니라는 자각이 들었다. 어떻게 해도 삶이 송두리째 무너져 내리는 기분에서 벗어나기 어려웠다. 무엇보다 나 자신에게 너무나도 미안했다. 나는 어떻게 나에게 이렇게 가혹하기만 했을까. 남에게는 친절을 베풀면서 나에게는 왜 그토록 모질게 굴었을까.

내면을 들여다본 수많은 낮과 밤을 보낸 뒤, 나는 결국 아픈 내 마음, 무너진 상황을 인정하기로 했다. 늘 빛나고 싶고 많은 사람들에게 인정받고 싶어 하는 마음도 내려놓았다. 지금 가장 필요한 것은 다른 사람들의 인정이 아니라 스스로를 돌보는 일이었다.

천천히 나를 보듬어주려고 노력했다. 그 과정에서 새로운 사실을 깨닫게 되었다. 나를 보듬어주는 데 특별한 노력이 필요하지는 않는다는 것이었다. 내 편에 서서 '괜찮아, 그럴 수 있어'라고 말해주는 것이면 충분했다. 또 내 안에 항상 같이 있던 마음 2의 목소리를 조금 더 키워주는 것으로 족했다. 힘든 감정에서 벗어날 방법을 찾으려고 고민하는 일을 멈췄고, 긍정적인 말들을 애서 떠올리는 것도 그만뒀다. 아침부터 계속해서 기분이 처져 있는 것이 분명 썩 달가운 일은 아니지만, 그럴 수도 있지 않나? 그저 계속해서 있는 그대로 내가 느끼는 기분을 인정해주었다. 그렇게 내가 느끼는 감정들을 좋은 것, 나쁜 것으로 구분하거나 비난하지 않고 있는 그대로 인정하기 시작하니 신기하게도 기분이 조금씩 나아졌다.

이 경험들은 나를 근본적으로 바꾸었다. 이제 나는 삶에 닥쳐오는 파도와 맞서 이기려 하지 않는다. 대신 완전히 지

김태슬

지 않으려 노력한다. 얼핏 보기엔 같은 말 같지만, 분명 큰 차이가 있다. 이기기 위해 맞서 싸우다 보면 조급한 마음에 시야가 좁아지고 실수도 하게 된다. 하지만 지지 않는 것을 목표로 하면 이 파도가 내게 위협이란 것을 인정하고, 더 넓은 시각에서 다양한 방안들을 모색해볼 수 있다. 10년 전 나를 집어삼킨 슬럼프는 내게서 많은 것을 빼앗아갔지만, 마냥 잃기만 한 것은 아니다. 이기지 않아도 된다는 것을 알게 된 나는, 지금의 내가 좋다.

어린 시절 겪은 IMF 외환 위기 때의 트라우마로 경제적 안정과 성공에 매달리는 삶을 살게 된 사람들을 진료실에서 많이 만난다. '재경험'과 '회피 행동'은 트라우마의 가장 특징적인 증상이다. 그 당시의 상황이 계속해서 머릿속에서 반복되고(재경험), 그것을 회피하기 위한 행동을 열심히 하는 것(회피 행동)이다. 가족의 행복을 무너뜨렸던 경제적 파국, 그때의 결핍을 어떻게든 메우려는 마음은 분명 김태술 선수를 성공으로 이끈 원동력이었으나 동시에 그를 불안과 완벽주의로 몰아붙인 원인이기도 했다. 아버지의 암 진단 소식에 건강이 무너진 상태에서도 한결같은 모습으로 팀을 이끌어 성과를 낸 결과, 그는 그해 엄청난 연봉을 받고 타 구단으로 이적할 수 있었다. 성공으로만 가득 찰 것이라고 확신했던 그의 커리어가 그때부터 모래성처럼 무너지리라고는 아무도 예상하지 못했다.

상실감은 우울을 불러오는 핵심 요인 중 하나다. 경제적 성공을 이뤄내 가족의 안정과 행복을 되찾기 위해 10년 넘게 앞만 보고 달려왔는데, 막상 그 지점에 도착하자 아버지가 없는 상황, 그 공허함을 어떻게 말로 다 표현할 수 있을까. 그 누구라도 멀쩡하게 버티기 어려웠을 것이다. 누군가는 개인사 때문에 슬럼프에 빠지다니, 책임감이 없고 프로답지 않다고 비난할지도 모르겠다. 하지만 나는 김태술 선수가 누구보다도 책임감 넘치는 사람이었다고 생각한다. 아니, 오히려 넘치는 책임감이 문제였다고 생각한다. 입스는 '더 잘해내야만 한다'라는 압박감이 과도한 긴장을 만들어내는 데서 온다. 팀과 팬들의 기대에 부응해야 한다는 엄청난 중압감과 책임감. 김태술 선수는 항상 그래왔듯 그 무게를 혼자 짊어졌지만, 예전과 다르게 우울증이 있는 상태에서는 이겨낼 여력이 없었을 것이다.

가장 응원하던 천재의 추락 뒤에 그동안 내가 진료실에서 자주 목격했던 사람들의 심리가 숨어 있었다니, 만약 우리가 10년 전에 만났다면 혹시 그의 프로 생활 후반기의 모습이 조금이나마 달라질 수 있었을까. 하지만 '추락'은 그저 밖에서 농구 선수 김태술을 바라본 내 시각에서의 해석이었을 뿐, 그 자신은 인간 김태술의 엄청난 성장을 이뤄낸 선물과도 같은 시간이었다고 진심을 담아 말했다.

이 또한
내 삶이다

나는 프로 무대에서 정확히 열두 시즌을 보냈다. 프로에서 10년 넘게 선수 생활을 하는 사람의 수가 매우 적었던 것을 생각해보면, 분명 분에 넘칠 정도로 감사한 커리어를 쌓았다. 데뷔 후 첫 경기를 생각하면 아직도 온몸에 전기가 통하는 듯한 전율이 인다. 늘 최고가 되어야 한다는 생각에 종횡무진 코트를 누비고, 더 빨라지기 위해서만 노력하던 기억들이 아직도 생생하다. 하지만 누구나 빠르게 달리다가 제동이 걸리는 순간이 온다. 부상 때문일 수도, 나이가 들며 찾아오는 자연스런 운동 능력의 저하 때문일 수도, 나처럼 급작스레 찾아오는 슬럼프 때문일 수도 있다.

속도가 줄어든 만큼, 뒤에서 빠르게 달려오는 선수들에게 내 자리를 내어주는 순간을 맞이한다. 점점 코트에서 뛰는 시간보다 벤치에 앉아 있는 시간이 많아진다. 잘 내려오기 위한 준비를 해야 하는 때이며, 동시에 정신적으로 혼란이 오는 시기이기도 하다. 너무도 당연하게 마련되어 있었던 내 자리에서 내려온다는 것은 굉장히 자존심이 상하는 일이다. 늘 사람들에게 인정받고 사랑받으며 농구를 하고 싶은데 그렇지 못한 현실, 그걸 받아들여야만 한다는 걸 알면서도 어려웠다.

물론 단번에 받아들일 수는 없었다. 어떻게든 버티고 버티며 다시 올라갔다고 느낀 순간도 있었다. 새로운 팀으로 이적해서 시작한 새 시즌에서는 1라운드 MVP를 수상하기도 했다.* 그런데 결국은 몸이 예전 같지 않았다. 2년간의 슬럼프는 선수로서의 내게 치명상을 안겼다. 마음 아프지만 기존의 내 역할은 다른 선수에게 넘기고, 팀을 이루는 일부 구성원으로서의 새로운 역할에 적응해야만 했다.

어렸을 때부터 빠르게 달리는 데 익숙했던 나는 속도가 줄어들면 그 순간 모든 게 끝이라고만 생각해왔다. 하지만 막상 속도가 줄어드니, 끝날 것 같던 삶은 나름의 속도로 흘러갔다. 또 그동안 미처 보지 못했던 것들이 보였다. 나 자

* 프로 농구는 한 시즌이 총 6라운드로 구성되는데, 각 라운드에 최고의 활약을 펼친 선수에게 라운드 MVP를 수상한다.

내 안의 이진조와 함께 살고 있습니다

신이, 그리고 내가 속한 상황이 조금 더 객관적으로 보이기 시작했던 것이다. 시야의 각도가 넓어진 느낌이었다. 내가 받아들이기 어려워했던 상황들이 마냥 나쁘지는 않았다. 이 또한 내 삶이었다. 잘 나가던 선수인 시절도, 벤치로 밀려난 지금도 다 내 삶 속에서 연결된 과정이었다.

한 발짝 떨어져서 바라보니 많은 것들이 이전과 다르게 보였다. 예전에는 벤치에 앉아 있는 선수들의 마음을 잘 알지 못했다. 하지만 같은 팀에 속한, 나와 연결되어 있는 그들의 마음을 그들의 상황과 관점에서 생각해보기 시작했다. 얼마나 뛰고 싶었을까, 코트 위에 있는 짧은 시간 동안 얼마나 빛나고 싶었을까. 넓어진 시야에 관중들도 들어왔다. 많은 관중이 보내는 열광적인 응원을 보며 내가 얼마나 큰 사랑을 받으며 농구를 했는지, 그것이 당연한 것이 아니었음을 새삼 깨달았다.

시각이 달라졌다고 해서 노력을 내려놓지는 않았다. 대신에 노력이 다방면으로 쪼개 펼쳐지기 시작했다. 농구 선수 김태술로서 전성기가 너무 짧았던 것이 아쉬웠지만, 그 아쉬움에만 매여 있기는 싫었다. 상황을 한탄하며 무너지고 좌절하기보다는 지금 할 수 있는 것을 하고 싶었다. 돌이켜보면 그것은 내가 어릴 때부터 봐온 아버지의 어머니의

김태술

259

가장 존경스러운 모습이었다. 인생이 잘 풀려도, 반대로 무너져도 성실하게 지금 할 수 있는 것들을 하시던 부모님의 모습은 그대로 내게도 체화되었고, 나를 단단히 지탱하게 해주었다.

나는 새롭게 노력했다. 농구장에서 새로운 역할에 적응하기 위해 애썼고, 영어 공부도 하고, 후배 선수들의 성장을 돕기 시작했다. 프로라면 선수 생활이 끝날 때까지 싸워 이겨야 한다는 말을 많이 들었다. 물론 틀린 말은 아니다. 하지만 '경쟁하는 프로 농구 선수'는 내 삶의 한 챕터이지, 내 삶의 전부가 아니란 사실 또한 깨달았다. 그 챕터를 연장할지, 아니면 새로운 챕터를 시작하며 전혀 다른 이야기를 적어내려 갈지는 내가 결정할 수 있었다. 내 삶을 길게, 넓게 보려 노력하자 어쩌면 이 시기가 기회일 수 있다는 생각도 들었다. 나는 성공적인 농구 선수이고 싶었지만, 동시에 '좋은 사람'이 되고 싶었다. 농구장에 남아 있는 동안 후배들에게 내가 줄 수 있는 모든 것을 오롯이 전해주고 깔끔하게 퇴장하는 것이 새로운 목표가 되었다. 그때부터 나는 최선을 다해서 내 경험들을 전해주는 일에 집중했다.

그렇게 보낸 선수 생활 후반기가 후회되지 않는다. 앞만 보고 빨리만 뛰어가려 했던 시간들은 분명 나를 더 높은 곳으로 데려다주었지만, 속도가 줄어든 그 시간들도 충분히 나를 성장하도록 이끌어주었다. 늘 빨리, 높게만 가려고 했던 전반기에 오히려 놓친 것들이 더 많았을지도 모른다는 생각이 든다. 이제는 모든 일에 있어서 빨리만 가려고 하지 않고, 조금 늦더라도 나만의 속도로 가려한다. 빨리 무언가를 이루고 싶고 문제를 해결하고 싶다고 발버둥 쳐도, 꼭 내 마음대로 되지만은 않는다는 것을 알기 때문이다.

물론 과거의 빠른 속도에 익숙한 나는 여전히 지금 삶의 속도가 어색하고, 이래도 되는지 뒤처지는 것은 아닌지 걱정도 된다. 하지만 선수 시절 후반기가 내게 알려준 그 의미를 잊지 않으려 애쓴다. 당시 많이 괴로웠던 그 시간을 이제는 진정한 선물처럼 느낀다. 나는 그 시간을 통해 확실히 성숙해졌다. 예전의 나는 농구선수로서 꽤 높은 위치에 있었지만, 자존감은 그렇게 높지 않았던 것 같다. 하지만 지금은 조금 다르다. 한계를 인정하는 것, 그렇지만 포기하는 것이 아니라 다른 방식의 삶을 시도하는 것. 그것이 정말 나를 존중하는 마음이 아닐까? 이전과 다른 나를 내 일부로 받아들이며 나는 한층 더 단단해지고 확장될 수 있었다.

김지용 김태술 선수가 유독 자주 쓰는 단어가 '성장'인 것 같아요.

김태술 제가 간절하게 바라는 것이 '돈'에서 '성장'으로 넘어갔다고 스스로도 느낍니다. 다방면에서의 배움, 성장 같은 것이요. 왜일까요?

김지용 보통 김태술 선수 정도로 운동 분야에서 성공했던 사람은 은퇴 후에 코치, 감독 같은 지도자 과정을 밟는 것이 굉장히 자연스럽잖아요? 다들 바라기도 하는 것일 테고요. 그런데 김태술 선수는 참 신기한 것 같아요. 만날 때마다 새로운 것에 관심을 가지고 계속 무언갈 새롭게 배우고 있단 말예요? 한 분야의 정점을 찍을 정도로 30년간 파고들었던 사람의 모습과는 반대의 모습인 것 같기도 한데, 어떤 것이 진짜 김태술 선수의 모습인 걸까요?

"농구 코트는
네게 너무 좁아"

"이제는 힘들었던 기억 말고 행복했던 일들도 한번 써보는 게 어떨까요?"

출판사 편집자의 말에 갑자기 숨이 턱 막히는 듯했다. 충격적이게도 행복했던 기억이 잘 떠오르지 않았다. '내가 언제 행복했지? 내가 무엇을 할 때 행복하지?'라는 의문만 계속해서 들 뿐이었다. 남들의 시선에는 꽤나 성공한 삶의 궤적이었겠지만, 정작 나를 가장 행복하게 하는 것을 나는 여전히 찾지 못했다. 아니, 그보다 더 근본적으로 행복이란 게 과연 무엇인지, 그 정의를 스스로 내리지 못한 상태였다.

'행복'이라는 단어의 사전적 의미를 찾아보았다. '생활에서 충분한 만족과 기쁨을 느끼어 흐뭇함 또는 그러한 상태'. 나에게 그런 흐뭇한 경험이나 상태가 있었는지, 기억들을 더듬어보았다. 전체 1순위로 프로에 입단했을 때, 아시안게임 금메달을 목에 걸었을 때, 부산에 부모님의 집을 마련해 드렸을 때. 이 순간들이 모두 그랬다. 충분한 만족과 기쁨을 느끼는 흐뭇한 상태. 하지만 나는 그 순간들을 순도 100퍼센트의 '행복'이라 부를 수 없었다. 내게는 그랬다.

농구선수로서 살아온 내 삶은 늘 경쟁과 부담, 압박으로만 가득 차 있었다. 그래서일까? 난 행복을 잘 못 느꼈다. 행복을 느껴야 하는 순간에도 마음껏 즐거워하거나 기뻐하기보다는 다음의 경쟁을 떠올리며 부담과 압박 모드로 빠르게 태세를 전환했다. 하나의 목표를 달성해도 기쁨은 잠시, 이제 더 높은 곳에 올라가야만 한다는 생각에 불안감을 느꼈다.

나는 올라가야만 했다. 늘 고생하시는 부모님, 운동하는 동생을 위해 희생을 감수해야 했던 형, 겨울에 차가운 바람이 들어오는 화장실, 해가 들지 않는 집. 우리 가족이 세상에 좀 더 당당하게 서기를 원했다. 아직 그런 환경을 완벽하게 만들지 못했는데 고작 한 번 성공을 거뒀다고 만족하고 있는 내 모습이 사치스럽게 느껴져 쉬는 날에도 침대에 누워 있지 못했다.

스포츠 세계는 상상보다 훨씬 냉혹했다. 잘 나가던 선수라도 방심이나 부상으로 순식간에 이름도 없이 사라져버리는 곳이었다. 프로 3년차까지 운 좋게 신인왕, 베스트 5에 뽑히고 우승도 했지만, 아직 가족들에게 충분히 안전한 환경을 제공할 만한 경제적 성공을 거두지는 못한 상황이었다. 큰 연봉을 받는 자유 계약 선수가 되려면 프로에 데뷔하고도 한참을 기다려야만 했고, 그때까지 계속 발전하는 모습을 보여야 했다. 그전에 한 번이라도 삐끗하면 말 그대로 끝이었다. 전국 고등학교 무대에서 이름을 날리며 나와 함께 연세대 농구부에 입학했던 친구들 중 일부만 프로에 들어갈 수 있었다. 그리고 그중에서도 또 일부만이 프로 선수 생활을 이어나갔다. 주전 자리를 지키고 있는 친구들은 손에 꼽을 정도로 극소수였다. 그래서 늘 불안했다. 늦은 밤이든, 새벽이든 나가서 운동을 해야 그 불안을 잊을 수 있었다. 그 불안을 멈출 수 없었다.

어렸을 때 '꿈이 무엇이냐'는 질문을 받을 때마다 '행복하게 사는 것이 꿈'이라고 답한 기억이 있다. 행복한 삶은 높은 연봉과 좋은 차, 집, 물질적인 것이라 생각하기도 했다. 하지만 예전에 생각한 행복의 조건을 대부분 이루었음에도 나는 결국 행복을 잡지 못했다. 성공하면 행복이 따라오리라는, 과거의 내 오랜 믿음은 어린 시절의 결핍이 만들어낸

김태술

순진한 생각이었음을 이제는 안다.

그래서 나는 슬럼프를 겪은 이후에는 다른 방향으로 행복을 찾으려 시도했고, 그 노력을 꽤 오랫동안 지속해오고 있다. 스쿠버다이빙을 할 때, 물에 몸을 맡기고 바닷속 아름다운 광경을 보는 순간 그 무엇과도 바꿀 수 없는 행복을 느낀다는 친구의 말을 들었다. 본인이 좋아하는 것을 정확히 알고 표현하는, 그 시간을 기다리며 행복해하는 친구가 부러웠다. '다른 사람들이 볼 땐 행복하게 사는 내가 혼자 생각이 너무 많아 사치를 부리는 건 아닌지?'라는 생각이 들기도 했지만, 분명 내게는 '친구의 스쿠버다이빙' 같은 것이 없었다. 그게 무엇이든 지금부터라도 만들고 싶었다. 그래서 되도록 많은 경험을 시도해보고, 되도록 많은 사람들을 만나 다른 사람들은 무엇을 할 때 행복을 느끼는지 들어보았다.

오랜 탐색 끝에 내가 찾은 나만의 답은 생각보다 단순했다. 내게는 '푹 빠질 만한 단 한 가지 취미' 같은 구체적인 방법이나 특정한 형태를 찾는 게 중요하지 않았다. 그저 새로운 것이라면 무엇이든 상관없었다. 나는 너무 오랫동안 스스로에게 성공을 위한 노력만 강요하며 달렸다. 그리고 살면서 잠시라도 다른 짓을 하는 것은 모두 사치라고 느꼈다.

그러나 실제의 나는 다양한 것을 배우고 도전하는 것을 좋아하는 아이였다. 하고 싶은 것들을 항상 포기하고 참으면서 살아야 했던 어린 태술이는 여전히 내 안에 있었다. 지금부터라도 그 아이의 목소리를 더 들어줘야 했다. 그게 '그럴듯한 취미'를 찾는 일보다 우선이었다. 오래 억누르고 참아온 만큼, 그 아쉬움과 허전함을 채워주는 것이라면 무엇이든 좋았다. 이것저것 새로운 일들을 꾸준히 시도하기, 그것만으로도 내게는 큰 의미가 있었다.

선수 생활을 마치기로 한 시점, 코치 제안을 받았을 때 내면에서 목소리가 울렸다. 정말 내 귀에 대고 하는 말처럼 생생했다. "농구 코트는 네게 너무 좁아. 태술아, 나가!" 그 뒤로 다양한 경험을 하면서 지내고 있다. 방송 출연도 하고, 블로그를 만들어보기도 하고, 책을 읽고, 정기 칼럼을 적어보기도 하고, 부동산을 공부해보기도 하고, 이렇게 책을 준비하며 글을 써보기도 한다. 새로운 일을 계속해서 시도하다 보니 농구계 바깥의 사람들과 만나 이야기를 나눌 기회도 많다. 이 모든 과정이 너무나 즐겁고 좋다. 새로운 세상을 배우는 중이다. 내가 모르는 것이 여전히 많은 이 세상이 궁금하다. 내면의 목소리를 따라 농구장을 뛰쳐나오지 않았다면 이 새로운 기회들이, 지금의 만남들이 있었을까. 물론 농구 선수로 거둔 성공이 인생에서 가장 큰 자산임은 부인할 수 없다. 남들이 알아주는 성취가 있었기에 여러 다른 활동들이 더 쉽게 가능하기도 하다. 무엇보다도 과거의 경험에서 얻은 가장 큰 수확은 '뭘 해도 해낼 수 있다는 느낌'이다. 바깥세상은 하나도 몰랐지만, 농구 선수로서 내가 할 수 있는 극한의 노력을 해본 경험이 있었기에 농구장에서 뛰쳐나올 때 일말의 자신감이 있었다. 물론 이 바깥세상에서 무엇을 해도 이전처럼 1등이 되긴 어려울 수 있다. 그러나 이제는 1등이 목표가 아니었다. 그저 둘러보고 배우고 경험하는 과정 자체에서 재미와 행복을 느끼는 것이 내 삶의 새로운 목표였다.

오랜 친구인 불안은 여전히 나와 함께 있다. 이렇게 가시적 성과 없이 살아도 되는 건지, 이렇게 지내다 혹시 도태되는 것은 아닐지 걱정될 때도 있다. 하지만 요즘은 예전처럼 불안에 휩쓸리지는 않는다. 불안을 느끼면서도 그 감정을 그대로 인정하고, 그냥 멍하게 널브러져 있기도 한다. 예전처럼 조급함에 가만히 있지 못하면, 결국 그 조바심이 날 무너뜨릴 것을 이제는 알기 때문이다.

남들은 한창 커리어를 쌓을 나이에 은퇴를 하고 인생의 두 번째 챕터를 사는 내 삶은 분명 일반적이지 않다. 그렇기에 내 이야기를 배부른 소리처럼 여기는 분도 많을 것 같다. 그러나 과거의 나처럼 마음이 힘든 분들이 이 글을 읽는다면 아주 작으나마 비슷한 면을 발견할 수 있으리라 믿는다. 과거의 나도 너무 힘들고 괴로웠다. 언제 끝날지 모를 고통에 몸부림쳤다. 아직도 선명하게 떠올라 지우고 싶을 정도다. 하지만 시간이 흐른 지금은 과거가 머리카락 자르듯 단호하게 떼어낼 수 있는 것이 아니라는 사실을 알고 있다. 힘들게 보낸 모든 시간과 경험이 기억 또는 흉터로 남아 현재의 나와 함께 살아간다. 살아가는 동안 불쑥불쑥 튀어나와 나를 힘들게도 하겠지만 그것도 내 일부임을 인정하기로 했다. 내 일부인 그 힘들고 버거운 감정들과 기억들을 다루는 방법을 찾는 것이, 잊으려는 시도보다 훨씬 더 낫다는 것을 지난 시간을 통해 배웠다.

지금까지 내 글을 읽은 분들에게 마지막으로 하고 싶은 말이 있다. 나는 행복해지고픈 마음에 늘 무언가를 성취해야만 한다는 '결과'에만 집중해 살았다. 다행히 좋은 결과도 있었지만, 대신 내 삶을 무너뜨릴 정도의 엄청난 스트레스도 함께 따라왔다. 그 성공과 실패의 과정이 지나간 지금은 행복을 다른 관점에서 바라보게 되었다. 미래가 아닌 지금 눈앞에 있는 행복을 바라볼 수 있게 되었다. 최근 읽은 책

《나는 나의 스무 살을 가장 존중한다》에서 이런 문장을 읽었다.

"행복해지려 하지 말고 행복하세요."

이 말을 당신에게도 그대로 들려주고 싶다.

김태술 선수에게 내가 던지고 싶은 마지막 질문은 '은퇴 후에는 왜 취미로라도 농구를 하지 않는지'였다. 그런데 그와 몇 차례 만나 이야기를 나누는 동안 그 질문은 의미가 없어졌다. 농구는 그에게 엄청나게 많은 선물을 주었지만, 동시에 그를 가두기도 했다. 내게 농구는 해방감을 주지만 김태술 선수에게는 완전히 다른 의미일 것이다.

몇 번에 걸친 그와의 대화와 오랫동안 말하지 못했던 숨은 속마음을 처음으로 풀어낸 이 글들을 통해 나도 많은 것을 배웠다. 국내 최고의 위치에 올라섰다가 무너지는 그 괴로운 경험을 겪어보는 이가 몇이나 될까. 그 극한의 과정 속에서 그는 깨달음을 얻었다. 세상을 다 가진 듯한 성취도, 미래가 없어 보이는 추락도 그 일을 겪을 당시에는 그게 삶의 전체처럼 보일지라도 모두 흘러가는 삶의 일부이자 과정일 뿐이라는 것을. 그렇다고 해서 삶 전부가 무너지는 것은 아니라는 사실을. 이 모든 경험을 통해 김태술 선수는 삶의 두 번째 챕터를 어떻게 채울지 스스로 결정할 수 있는 자유를 얻었다. 오랜 팬인 내게 그의 농구 선수 후반기 커리어는 크게 아쉬웠다. 하지만 그 시기가 오히려 삶의 선물이었다고 말하는 그의 진심 어린 말을 듣고, 아쉬움을 모두 날려버릴 수 있었다. '가족들을 위해 성공한 프로 농구 선수라는 페르소나'의 미션을 달성한 그는 '오랫동안 참아온 만큼 더 적극적으로 넓고 새로운 세계를 보고 싶은 자기'의 목소리를 들어줄 차례임을 깨닫고 실행에 옮기고 있었다. 나는 이제 천재 가드 김태술이 아닌 인생 여행자 김태술을 응원하기로 했다.

5

무엇보다 나를
더 아껴보고 싶어서

다시 김지용

어쩌다 쓴

감투

언젠가부터 내 페르소나는 계속 커지고 있었다. 언제부터였을까. 생각해보면 의대생이 된 이후부터 확연한 변화를 느꼈다. 명문 의과대학 소속이라는 사실을 밝히는 순간 나를 바라보는 시선이 바뀌는 상황을 꽤 자주 경험했다. 솔직히 기분 좋을 때도 있었지만, 딱 그만큼 불편함도 커져갔다. '의대생'이라는 단어 하나로 내가 바로 새롭게 포장되는 느낌은, 동시에 그것 외의 나는 바로 없어지는 느낌이기도 했다. 배부른 고민이라 타박하는 동네 친구들의 말이 맞는다는 걸 알았지만, 그래도 계속 마음이 편치 않았다. 그래서 누군가와 처음 만나는 자리에서 나는 내 이야기를 먼저 꺼내지 않기 시작했다. 지금 보면 참 어리고 쓸데없는 생각처럼 보이지만, 그때 내게는 그게 꽤 큰 고민이었다.

이 고민은 시간이 흐르며 자연스레 해결되었다. 학교와 병원에서 숙식하는 오랜 기간 동안 의대생과 의사로 이어지는 페르소나를 내 일부로 자연스럽게 받아들이게 된 것이다. 초, 중, 고등학교를 합친 만큼의 긴 시간 동안 좁은 생활 반경에서 같은 소속의 사람들과 계속 부대끼며 지냈으니 그럴 수밖에 없었다. 하루 종일 같은 강의실과 자율 학습실에서 공부하던 친구들과 같이 운동하고 맥주 한잔 하고 같은 기숙사에서 살다가 같이 의사가 되었다. 의대 졸업 후에는 학교 옆 건물의 대학병원에서 일하고 그곳에서 자고, 같이 당직실을 지키고, 오프 날에 같이 나가 노는 그 세월을 보내는 동안 어느새 '의사'는 내 정체성의 가장 큰 부분을 차지하게 되었다.

일반의에서 정신과 의사가 되면서 내 페르소나는 한 꺼풀 더 두꺼워졌다. 정신과 의사라는 명함이 가지는 힘은 꽤 컸다. 의대생임을 밝혔을 때 보았던 '달라지는 시선'을 몇 갑절 크게 느끼게 되었다. 상대방의 머릿속에 떠오르는 정신과 의사의 기본 이미지, 그 기대가 내게 덧씌워지는 것이 확연히 보였다. 동시에 나를 '마음을 꿰뚫어보는 사람, 인생의 문제들에 답을 지니고 있는 사람'으로 대했다. 그런데, 당연히 나는 그런 사람이 아니었다. 젊은 의사로서 정신 질환과

무엇보다 나를 더 아껴보고 싶어서

276

약물들을 공부하고 당장 눈앞의 환자 분들을 치료하는 것도 벅찼지, 사람의 마음과 인생에 관해서는 잘 몰랐다. 이론으로 배운 것은 있었지만 그것을 경험할 기회는 적었다. 스스로의 부족함을 뼈저리게 알고 있었기에 상대방의 기대는 항상 부담스럽기만 했다.

하지만 이 또한 받아들일 수밖에 없었다. 그리고 그 기대치에 맞추기 위한 노력을 하는 수밖에 없었다. 병원을 찾아온 분들이 내 가운에 새겨진 '정신과 의사'라는 이름값에 무엇을 기대하는지 잘 알기에, 그 마음이 얼마나 절박하고 절실한 것인지 피부로 느끼기에 계속 노력하는 수밖에 없었다. 그분들을 괴롭히는 삶의 문제들을 단번에 해결할 만한 답을 드리지는 못해도, 적어도 틀린 말을 하고 싶지는 않았다.

점점 커지는 페르소나에 부담을 느끼면서도 나는 막상 그것을 더 적극적으로 키워낸 장본인이기도 하다. 오해와 편견으로 높아진 정신과의 문턱을 낮추고 싶다는 생각으로 2017년부터 정신과 전문의 동료들과 시작한 팟캐스트 〈뇌부자들〉이 예상치 못한 큰 호응을 받으며 방송 출연, 기고, 강연 등 여러 진료실 밖 활동들로 이어졌다. 예정에 없던 이 활동들은 나를 '약간 이름이 알려진 정신과 의사'로 만들었다. 경험이 적고 부족한 내가 과대 포장된다는 느낌이 불편하면서도, 동시에 좋았다. 이 정도 커져 버린 페르소나는 여러모로 단점보다는 장점이 많아 보였다. 잘 적응하며 살아가면 되겠다고 생각했다. '계속 진료를 보고 사람들을 만나면 자연스레 점점 더 능력이 쌓이겠지. 그러면 스스로도 과대 포장이라 느끼지 않을 날이 언젠간 오겠지.' 여차저차 균형을 맞춰나갈 수 있을 것 같았다. 정신과 의사 월드컵에 나갈 것도 아니고, '가끔 부족할 때가 있어도 이 정도면 괜찮은, 충분히 좋은 정신과 의사'로 사는 것은 꽤 의미 있는 일이니 그것을 목표로 살자고 다짐했다. 이런 생각들을 첫 책 《어쩌다 정신과 의사》에 풀어놓았다. 책을 쓴 데엔 여러 이유가 있었지만, 지금 돌아보면 나의 부족함을 어쩔 수 없는 일이라 정당화하며 마음이 편해지려는 의도도 숨어 있었던 것 같다.

그런데 더욱 예상치 못한 일이 찾아왔다. 그 일이 내게 일어났다는 사실이 아직까지도 잘 믿기지 않는다. 사회적으로는 '코로나 블루'라는 용어가 미디어에 지겹도록 나오던 시기였고, 개인적으로는 큰 정성과 기대를 담아 만든 첫 책이 베스트셀러 순위에서 쭉 미끄러지던 때에 전화 한 통을 받았다. 유재석, 조세호 씨가 진행하는 예능 프로그램 〈유 퀴즈 온 더 블럭〉의 출연을 제안하는 내용이었다. '내가? 아니, 내가 왜? 혹시 사기인가? 각 분야 최고의 전문가들이 나오던데, 내가 나가도 되나? 어쩌지?' 여러 가지 생각이 복잡하게 머릿속을 오갔다. 그러나 거부하기에는 너무도 큰 기회였다. 그동안 〈뇌부자들〉이란 작은 창구를 통해 해온 이야기들을 이렇게 큰 프로그램에서 말할 수 있는 기회가 평생에 다시 있을까. 욕심도 들었다. 꺼져가는 책 판매량의 불씨를 다시 살려볼 수도 있지 않을까. 자식 같은 첫 책이 서점 가판대에서 점점 사라지는 모습을 지켜보는 것은 힘든 일이었다.

하고 싶은 말을 다 한 방송이었다. 물론 방송 분량보다 몇 배의 말들이 편집되고, 그 무엇보다 〈뇌부자들〉이라는 단어 자체가 싹 사라진 것은 아쉬웠지만 꿈만 같은 선물이었다. 퀴즈를 맞혀 받은 상금은 가보로 모시고 있다. 하지만 세상에 온전히 좋은 일만 있을까. 생각치도 못했던 부분들이 내 삶의 균형을 흔들기 시작했다. 나는 그대로이지만 내 페르소나는 순식간에 부풀었다. 과대 포장 속 내용물을 천천히 채워나가려던 지난 몇 년의 노력이 무색하게, 나는 거대한 최고급 상자로 일순간 재포장되었다. 강연장에 가면 나를 소개하는 멘트가 바뀌었다.

"여러분, 많이 보셨겠지만 '유 퀴즈'에 나오시기도 한 엄청 유명하신 김지용 박사님입니다!"

실제와는 다르게 박사님이나 교수님이라고 불리는 일들이 잦아졌다. 계속되는 재방송과 반복 재생산되는 유튜브 클립의 위력은 예상보다 훨씬 강했다. 다른 방송 출연 제안, 강연 제안, 여러 책 출간 제안이 쉴 새 없이 들어왔다. 사업에 함께 하자는 권유도, 심지어 광고 출연 제안도 있었다. 갑자기 씌워진 감투의 크기에 적응하기 어려웠다. 지난 몇 년간 쭉 해오던 이야기가 방송에 10분 정도 소개되었을 뿐인데, 나는 그대로인데 너무 많은 것이 바뀌었다.

물 들어올 때 열심히 노 저어야 한다는 말을 들었다. 복잡하게 생각하지 말고 그냥 받아들이라는 조언이었다. 그 말이 맞기도 하겠지만, 나는 기대에 부응할 자신이 없었다. 유명한 예능 프로그램에 한 차례 출연했을 뿐 나는 정신의학 분야를 대표하는 사람도 아니고, 학회에서 인정받는 전문가도 아니고, 뭔가 내세울 나만의 이론도 없고, 오랜 세월 진료를 통해 얻어낸 큰 깨달음도 없는, 깊이가 한참 부족한 일개 정신과 의사일 뿐이었다. 겸손이 아니라 그게 사실이었다. 그래서 대다수 제안들을 피했다.

하지만 진료실에서의 영향은 피할 도리가 없었다. 오래 만나오던 환자 분이 문득 이런 말을 꺼냈다. "그동안 모르고

무엇보다 나를 더 아껴보고 싶어서

다녔는데 이번에 친구가 말해줘서 알았어요. 선생님 엄청 유명하신 분이라면서요?" 갑자기 돌아보게 된다. 그동안의 내 진료는 커져버린 이름값에 걸맞은 수준이었을까? 이분은 친구에게 뭐라고 말했을까?

진료 문의 전화가 폭증했다. 예약 후 진료까지의 대기 기간도 늘어나고, 겨우 예약을 잡는 데 성공하여 먼 지방에서 오게 되었다, 다른 곳에서 길게 치료 받는데 호전이 없어 찾아왔다는 말들을 들을 때마다 마음이 무거워졌다. 매우 감사하지만, 동시에 큰 부담이기도 하다. 나보다 뛰어난 정신과 의사들과 심리 상담사들이 셀 수 없이 많을 텐데, 너무 큰 기대를 받고 있다. 그렇다면 더 큰 정성을 더하는 수밖에 없다는 생각으로 이어지고, 이는 '꾸준한 70점짜리 의사로 살겠다'고 첫 책에 적은 그 목표에 반하는 압박감을 내게 주었다. 말 하나하나에 더 신중해졌다. 있어 보이는 말만 해야 할 것 같았다. 마음이 무거웠다. 난 원래 이렇게 생각이 많은 사람이 아닌데, 주변의 변화에 머리가 복잡해졌다.

그리고 예상치 못했던 문제가 하나 더 생겼다. 유 퀴즈에서 내가 한 말 때문이었다.

다시 김지훈

"힘든 이야기,
죄송해요"

"지난 시간에 힘든 이야기하고 가서 죄송해요. 안 그래도 계속 힘든 얘기만 들으실 텐데 제가 더 힘드시게 만든 것 같단 생각에 자책이 되더라고요."

지난 진료 때 자꾸 죽고 싶은 생각이 든다고 울며 말했던 현수 씨가 자리에 앉자마자 이 말을 꺼냈다. 진료실에서는 자기보다 타인의 감정을 훨씬 더 우선시하는 분들을 매우 자주 만난다. '그냥 내가 힘들고 말지, 다른 사람 신경 쓰이게 할 수 없다'는 생각에 마음을 꺼내놓지 못하고, 병원에 오기도 힘들어 하고, 겨우 온 뒤에도 아픔을 그대로 드러내지 못한다. 자신을 돕고자 하는 정신과 의사인 '타인'을 힘들게 할까 싶어 꾹 참는다. 감정을 꺼내어 나를 힘들게 만든 것이 죄송하다는, 이전에도 종종 듣던 그 말의 빈도가 방송 출연 이후 확 늘어났다.

"정신과 의사로 가장 힘들 때는 언제입니까?"

유재석 씨의 질문에 솔직하게 대답할 수밖에 없었다. 아마 모든 정신과 의사들이 같은 답을 떠올리지 않을까. 환자를 잃었을 때. 그때의 감정을 지난 첫 책에 펼쳐 놓았었다. 사람들이 어떻게 받아들일까 부담되고 걱정도 되었지만, 정신과 의사의 삶을 보여주면서 그 부분을 숨기고 넘어갈 순 없었다. 그런데 책을 낸 이후에 또 한 번 환자를 잃었다. 가장 오래, 가장 많이 만났던, 지금도 생생하게 얼굴과 음성이 떠오르는 환자 분이 스스로 목숨을 끊은 것이다. 말 그대로 마음이 무너지는 날이었다. 회복탄력성이 높은 편이라 자부하는 편이지만, 그 무렵엔 마음이 꺾인 채 매일 후회와 자책에 사로잡혀 보냈다. 조금 더 노력했으면, 조금 더 그분의 마음속으로 깊이 들어갔으면, 다른 약물 처방을 시도해 봤으면, 만약 내가 진료 외 활동 없이 온전히 진료에만 에너지를 더 쏟았다면, 내가 아닌 다른 의사를 만났다면……

이런 일이 있을 때, 맞은편의 환자 분들에게 내 꺾인 마음을 티 내지 않으려 애쓰지만 집중하기란 좀처럼 쉽지 않다. '지금 이 분은 괜찮을까. 내가 놓치고 있는 부분들은 없을까. 내게 숨기고 있는 마음은 얼마나 있을까. 겉으로만 괜찮다 말하는 것을 나는 그대로 받아들여 호전이라 판단하고 있는 것은 아닐까?' 불안하다. 물론 지금의 아픔과 불안이 지나갈 것을 안다. 머리로는 안다. 하지만 아무리 그렇게 생각하려 노력해도 꺾이고 흔들리는 마음은 어쩔 도리가 없다.

그날 환자를 잃은 얘기를 하면서, "감정에는 전염성이 있기에 정신과 의사도 마음이 힘들 때가 있다"는 말을 덧붙였는데 그게 화근이었다. 그 말을 많은 사람들이 보고 듣게 되었다. 지금도 누군가는 내가 한 그 말을 보고 듣고 있다. 어느 날엔가 유튜브에서 찾아보았다. 제목만 다르고 내용은 그대로인 유 퀴즈 출연 영상 세 가지의 합산 조회 수가 600만 회를 훌쩍 넘긴 상태였다. 수많은 댓글들도 둘러보았다. 위안을 얻은 사람도, 정신과 의사에 적개심을 가진 사람도, 마음이 더 복잡해진 사람도 있었다. 다양한 반응 중에서도 몇몇 댓글이 눈에 들어왔다.

"왠지 그럴 것 같더라. 가벼운 우울감이 있어서 정신과 찾은 적 있는데, 의사 선생님과 마주하는 순간 나도 모르게 (눈물이 나와서) 서럽게 울면서 상담받고 나왔다. 감정이 갑자기 복받쳐 올라온 건지, 털어놓을 수 있을 것 같은 분이 앞에 있어서 그런 건지. 그때는 나만 생각했는데 지나고 보면 의사 선생님은 하루 종일 그런 환자들을 만나실 텐데, 생각하니 죄스럽다."

"니가 힘들다 얘기해서 사람들이 얘기도 못 하겠다."

"나 때문에 다른 사람까지 힘들게 만들 바에는 그냥 혼자 조용히 죽어야지."

마음이 무겁다. 내 의도가 어떠했든 힘든 분들의 마음을 더 고립시킬 수 있는 말이 되었다. 이 정도의 파장은 생각하지 못했다. 변명이지만 내가 힘든 이야기를 들으면서도, 어떻게 마음을 지켜내면서 사는지 말할 기회까지는 없었다. 다음 편을 내 마음대로 찍을 수는 없으니, 이제 글로 남기는 수밖에 없다.

진료실에서는 힘든 이야기를 맘껏 하셔도 된다. 정신과 의사의 마음까지 걱정해주는 일은, 정말 안 하셔도 된다. 정신과 의사는 '듣는 직업'이다. 힘든 감정에 전염성이 있다 하더라도, 의사들에겐 그런 마음들을 잘 걷어내고 해소하는 저마다의 기술이 있다. 내게는 일단 '자기합리화'의 기술이 있다. 대부분의 사람들이 자기합리화를 부정적으로 생각하지만, 과도하지 않은 자기합리화는 삶에 윤활유가 되어준다. 음식 맛을 내기 위해 적당한 소금이 필요한 것과 같은 이치다.

"지나친 자기합리화는 미성숙하고 무책임한 사람으로 만들 여지가 있지만, 그것이 적당하면 마음이 정박할 언덕이 되어준다. 자기비난과 자기합리화, 이 둘 사이에 적당한 균형과 긴장이 있어야 삶이 좀 더 단단해지고 건강해진다."*

자기 비난에 쉽게 빠질 수 있는 환경에서 일하기 때문에 나는 지난 몇 년간 꾸준히 자기합리화 기술을 활용하고 발전시켜왔다. 힘들어질 때마다 즉각 적용한다. 그 어떤 뛰어난 정신과 의사도 모두를 구할 수 없고 나 역시 그렇다. 질병 그 자체, 그 사람의 과거, 가족, 학업, 직장, 경제적 압박, 연애 등 수많은 스트레스 변수들이 존재하는 가운데 진료 하나가 전능한 힘을 발휘할 수는 없다. 과도한 죄책감을 느낀다면 그건 은연중에 나 자신을 과대평가하는 것일 테다. 한계를 인정하고 꾸준한 70점짜리 정신과 의사, 완벽하지

* 김지용, 《어쩌다 정신과 의사》, 심심, 2020, 219쪽.

무엇보다 나를 더 아껴보고 싶어서

않아도 '충분히 좋은' 정신과 의사로 살아야 한다는 생각을 가지려 노력하고 있다.

자기합리화는 마음을 지키는 좋은 기술이지만, 그래도 이것만으로는 부족했다. 진료실에서 자주 드리는 조언을 내게 적용해야만 했다. 많은 분들이 정신과 의사에게는 강한 마음을 갖게 되는 획기적인 방법이 있기를, 뭔가 엄청난 심리적 기술이 있기를 기대한다. 그런데 내가 활용하는 이 기술은 사실 특별한 게 아니다. 다만 성능은 확실하다고 느끼는, 내 두 번째 기술은 '생각을 끊어주는 도구'를 갖는 것이다.

내 마음의
방파제

　인생은 가시밭길이고, 고통의 바다이다. 끝없이 힘든 일이 찾아온다. 누구도 그걸 막을 수는 없다. 이 험악한 바다 속에서 살아가는 인간의 마음은 돛단배같이 연약하다. 그렇다면 이 작은 배를 어떻게 지킬 수 있을까? 이 질문에 동서고금을 막론하고 여러 현자들이 내놓은 답은 동일하다. 성경, 불경, 과거와 현재의 철학자들, 시대를 대표하는 작가들, 대가를 이룬 정신과 의사들이 하나같이 동일한 답을 내놓은 것을 보면 분명 신뢰할 만하다. 아마도 정답에 가까운 방법이지 않을까 싶다. 그 단순하고도 명확한 해답은 '지금 여기'를 살아야 한다는 것이다. 바꿀 수 없는 과거에 머무르면 후회와 자책으로 우울해진다. 내가 통제할 수 없는 미래에 집착하면 끝없는 걱정들로 불안해진다. 그 우울과 불안을 피해 가는 방법은 '지금 여기에 머무르는 것'뿐이다.

그런데 지금 여기에 머무르는 일이, 생각보다 쉽지 않다. 나만 그런 게 아니라 누구에게나 어려운 일이다. 생각해보면 당연한 일이다. 작은 돛단배가 바다 가운데 편히 머물 수 있을까. 지금 여기에 머무르는 삶을 산다는 것은 모두에게 어려운 일이다. 요즘같이 과도한 정보가 몰려오는 시대에는 더욱 그렇다. 그 외부 자극들이 풍랑이 되어 현재에 정박하려는 내 마음을 과거와 미래로 휩쓸어간다.

사람의 마음은 이런 식이다. 진료실에서 많이 듣는 삶의 한 장면을 짧게 그려보겠다. 주식과 부동산으로 마음이 힘들다. 오늘 읽은 책의 조언에 따라 '지금 여기'에 집중하며 그 생각들을 잊기로 했다. 그래, 지금이 중요하니 내게 있는 것들에 감사하고 눈앞에 집중하자고 다짐한다. 잠시 후 습관적으로 누른 포털 사이트 메인 화면을 열었더니 부동산 기사들이 즐비하다. 상처가 건드려지는 것을 느끼고 창을 닫는다. 마음을 잘 지켜냈다. 또 잠시 후 슥 눌러본 단체 메신저 창에서는 친구들이 주식 관련 대화를 나누고 있다. '아, 이것들이 왜 이러지?' 또다시 흔들리는 마음을 다잡으려 눈을 감고 심호흡에 집중한다.

그렇게 몇 초가 지났을까? '뭐 재밌는 것 없나' 하는 생각에 들어간 SNS에서 예기치 못한 파도를 만난다. 어느새 내 관심사를 학습한 인공지능은 주식과 부동산 관련 게시물들만 잔뜩 띄워준다. 크…… 견디기 힘들다. 내가 누르지도 않았는데 자동으로 떠오르는 다음 게시물에서 내면의 분노를 건드리는 얼굴을 발견한다. 과거 이 인플루언서의 말을 믿고 투자를 했다가 실패를 맛보았다. 이 인간이 이제와서 "투자는 그 무엇보다 신중해야 할 일이고 당사자의 책임"이라는 말을 잘도 하고 있다. 화가 나지만 별 도리가 없다. 때마침 학업 문제로 다투는 아이와 아내가 눈에 들어온다. 소리를 빽 지르며 그 싸움에 참전한다. 그렇게 내 안의 분노를 엉뚱한 곳에 풀고 난 뒤 잠을 못 이루며 자책한다. 그렇게 마음은 또다시 난파되었다.

마음이 연약하고 미성숙한 일부 사람만의 이야기일까? 누구나 찔리는 부분이 있을 것이다. 이렇듯 연약한, 마음이라는 돛단배를 풍랑 속에서 지키기 위해선, 과거와 미래로 향하려는 과도한 생각들을 끊어주는 도구가 필요하다. 이 도구들로 지금 여기에 닻을 내려야 한다. 그리고 우리는 다들 이미 제각기 지닌 도구들을 나도 모르게 생활 속에 쓰고 있다.

"가장 스트레스 받을 때 뭐하세요?" 다양한 답변이 돌아

무엇보다 나를 더 아껴보고 싶어서

온다. 잠을 자요. 먹어요. 술 한잔 해요. 운동해요. 게임해요. 청소해요(처음 들었을 땐 놀랐는데, 꽤 자주 나온다). 이 모든 것들이 다 생각을 끊어주는 효과가 있다. 고통을 잠시 잊게 만든다. 그런데 그중에서 분명 더 건강하고 부작용이 적은 도구가 있다. 힘들 때마다의 음주를 하거나 야식을 먹는 일 역시 나름 효과는 있지만, 부작용이 따라오는 방법이다. 생각을 끊어주는 건강한 도구를, 힘들 때만이 아니라 정기적으로 활용하는 사람은 인생의 파도를 만나도 마음이 덜 흔들린다.

예를 들어 생각을 끊어주는 도구로 운동을 사용할 수도 있다. 그러면 사람들은 '운동 중엔 잠시 잊겠지만, 끝나고 나면 또 다시 힘든 생각들이 찾아올 텐데 결국 의미 없지 않느냐'고 묻는다. '잠시 잊는 것'은 생각보다 큰 의미를 지닌다. 생각은 끊이지 않고 꼬리에 꼬리를 물며 점점 더 큰 풍랑으로 번져갈 때 두려운 것이지, 일단 한번 끊기고 난 뒤 체급이 작아진 생각은 상대하기 그렇게 버겁지 않다. 방파제에 한번 부딪힌 뒤 약해진 파도를 떠올리면 쉽게 이해할 수 있다. 생각을 끊어주는 도구를 삶의 루틴으로 활용하는 사람의 마음은 방파제가 생긴 바다처럼 시간이 지날수록 점점 잔잔해진다. 우리가 할 수 있고, 해야 하는 것은 바로 이 방파제를 만드는 것이다. 그 어떤 노력도 파도 자체를 없앨 순 없지만 닻을 내리고 방파제를 쌓는 것은 누구나 할 수 있고, 해야 한다.

갑자기 씌워진 감투로 인해 확 커져버린 페르소나와 그에 짓눌려 생각이 많아진 내게도 생각을 끊어주는 도구가 필요했다. 몇 년째 진료실에서 환자 분들에게 계속 얘기해온 덕일까, 스스로 잘 의식하지도 못한 사이에 나는 적극적으로 방파제를 쌓기 시작했다. 내겐 다행히 오랜 친구 같은 운동이 있었다. 나이가 들며 자연스레 조금 멀어졌는데, 마음의 균형이 흔들린 시기에 내 무의식은 가장 익숙한 도구를 집어들었다. 갑자기 다시 열심히 농구를 하기 시작했다. 지금 돌아봐도 이상할 정도로 다시금 농구에 빠져들었다. 그리고 한참 지나서야 내 행동에 숨겨진 의미들을 깨달았다.

농구는 내가 경험해본 그 어떤 도구보다 강하게 '지금 여기'에 닻을 내리게 해준다. 농구를 하는 동안에는 '어제 있었던 일'이나 '오늘 농구 끝나고 할 다른 일'을 생각할 겨를이 전혀 없다. 그저 그 순간에 빠져들 뿐이다. 하고 있는 일에 너무 푹 빠진 나머지 시간이 사라진 듯한 이러한 상태를 긍정심리학자 미하이 칙센트미하이는 '몰입'이라고 불렀다. 미하이는 자아를 잊는 듯한 이 몰입의 시간에 인간은 스스

무엇보다 나를 더 아껴주고 싶어서

로가 살아 있음을 가장 크게 느끼며, 긍정적 몰입은 행복감의 원천이 된다고 말했다. 나는 농구를 하는 동안 미하이의 말을 그대로 체감하게 된다. 격렬히 몸을 움직이며 머리가 깨끗이 비워지는 것을 느낀다. 온갖 고민거리가 털어져 나간 내 마음속엔 드디어 지금 이 순간의 행복을 느낄 자리가 생긴다. 물론 체육관을 나서면 다시 해야 할 많은 일들이 날 기다리고 있다. 오늘도 힘들었고, 내일도 그럴 것이다. 그런데 어쨌든 농구를 하는 지금 이 순간은 행복하지 않았는가. 그리고 며칠 뒤에 다시 만날 수 있는, 지금의 내 삶에서 보장된 행복의 순간이 있지 않은가.

생각을 끊어주는 도구는 여럿일수록 좋다. 닻이 여러 개인 배가 덜 흔들리고 방파제가 여러 겹 쌓인 항구가 더 잔잔할 테니 말이다. 여러 도구 중에서도 과학적으로 긍정적 효과가 확실하게 입증된 것은 '운동'과 '명상'이다. 그래서 진료실에서도 이 두 가지의 조합을 자주 권유하는 편이고, 나 역시 마음챙김 명상 기법을 내게 적용한다(정신과 의사가 왜 명상을 이야기하나 싶은 분도 계실 것이다. 마음챙김 명상은 전 세계적으로 정신과 치료 영역에서 검증된 치료 도구로 널리 쓰이고 있다). 마음챙김 명상을 자세하게 설명하려면 책 한 권으로도 모자라지만, 아주 간단하게 그 개념을 요약해보자면 이렇다.

'떠오르는 생각을 비판단적으로 알아차리고 부드럽게 다시 지금 여기로 주의를 돌리는 것.'

생각을 완벽히 통제하는 것은 불가능하다. 아무리 퇴근 후에는 진료 생각을 안 하려고 해도 그냥 쓱 떠오른다. 마치 두더지 잡기 게임 같다. 그러나 생각하고 싶지 않은데 생각이 자꾸 떠오른다고 괴로워하면 더 스트레스만 받을 뿐이다. 이럴 땐 그저 두더지의 머리를 잘 살펴본다. 무조건 다 때려잡을 것들은 아니다. 떠오르는 다양한 생각 중엔 간혹 내게 도움이 되는 것도 있다. 꽉 막힌 터널처럼 막막하던 치료에 한 줄기 빛처럼 느껴지는 생각이 샤워 중 문득 떠오르기도 한다. '그러게! 그 환자 분의 속마음은 사실 이런 걸 수도 있겠구나.' 이런 생각이 떠오르는 건 드물고 귀한 기회니 일부러 조금 더 흘러가게 놔둔다. 하지만 후회와 자책, 걱정과 불안이라 적힌 대다수의 두더지는 뿅망치로 살짝 때리듯 다시 넣어둔다.

'아, 또 내 손을 떠난 것에 대한 생각이 떠올랐구나. 지금 생각해서 도움이 될 것은 아무것도 없어. 내일 출근해서 생각하자. 지금에 집중하자.' 이렇게 몇 년째 마음을 챙겨온 요즘의 나는, 힘든 이야기로 힘드시게 해서 죄송하단 환자 분의 말에 이렇게 답한다. "정말 괜찮습니다. 이 말에 상처 받으실까 봐 걱정도 되지만, 지난 진료 이후 현수 씨 생각을 한 번도 하지 않았어요." 이어서 내 마음의 방파제가 어떤 것인지, 왜 쌓아야 하는지, 어떻게 작동하는지 말씀을 드린다. 그리고 마지막으로 질문을 던진다.

"현수 씨에게는 생각을 끊어주는 건강한 도구가 있나요?"

중요한 것은
꺾이지 않는 마음

첫 책을 내고, 평생 큰 선물로 기억에 남을 방송 출연 후 어느덧 3년이 지난 요즘, 나는 마음속 균형을 되찾았다. 페르소나가 이전만큼 버겁지 않다. 꽤나 많은 강연 요청에 응했고, 아직 한참은 더 있어야 가능할 줄 알았던 두 번째 책을 쓰고 있다. 그리고 책을 쓰던 중 들어온 지상파 TV 채널의 공익 광고 출연 요청도 피하지 않았다. 한 차례 고생해 놓고 또 다시 스스로 페르소나를 키우고 있는 이 변화는 어떤 과정을 통해 만들어진 걸까.

결론부터 말하면 내가 하고 싶은 것을 적극적으로 하면서 보낸 자기 돌봄의 시간이 만들어낸 변화라 느낀다. 정신과 의사의 가면으로부터 가장 자유로운 순간, 나의 자아를 잊으며 몰입하는 농구장에서의 그 시간이 변화에 큰 지분

무엇부터 나를 더 아껴주고 싶어서

을 차지한다. 신기하게도 어느 날부터 '그래, 이제 하고 싶은 것 충분히 했으니 해야 할 일도 좀 해야지?'라는 생각이 내 안에서 자연스레 고개를 들었다. 그래서 요즘은 매우 아쉽지만 간간히 농구에 결석하면서 책을 쓴다.

공허함을 해결하기 위해 자기 돌봄의 시간이 필요하다는 말을 건네면 '시간이 없다, 마음의 여유가 없다, 지금은 그게 중요한 시기가 아니다, 남들에게 뒤쳐질 것이다' 같은 반응이 돌아온다. 모두가 약속한 듯 똑같이 대답한다. 하지만 자기 돌봄은 애써서 확보하고 지켜내야 할 필수적 활동이다. 해야 할 것들 마친 뒤 남는 시간에 하는 것이 아니라, 적극적으로 자기 돌봄의 시간을 따로 만들고 지켜야 한다. 쉽지 않겠지만 내 삶을 내 것으로 만들고, 살아 있다는 느낌을 받으려면 그래야 한다.

말은 이렇게 했지만 나도 마냥 쉽지는 않다. 격한 운동을 지속하기에는 몸이 점점 따라주지 않는다. 안 그래도 디스크 질환이 있던 허리 통증이 점점 심해지자 주변 사람들이 이젠 그만할 때라고 말했다. 그래서 시작한 필라테스를 어느덧 3년째 하고 있다. 시간도 없다. 진료 외의 일도 많고 가정에 충실한 좋은 아빠가 되고도 싶다. 그래서 아이들이 자는 평일 밤과 주말 새벽에 체육관을 간다. 적다 보니 왜 이렇

게 무리하면서까지 이 시간을 확보하려 하는 걸까 의문이
든다.

생각해보면 나 또한 페르소나에 충실한 삶을 살아왔다.
부모님은 대체로 내 의견을 잘 들어주시는 편이었지만, 아
이의 꿈과 현실의 벽이 충돌하며 마찰이 없을 순 없었다. 야
구선수가 되고 싶다는 첫 번째 꿈이 현실의 벽에 부딪혀 사
라졌고, 역사학자가 되고 싶다는 조금 더 진지했던 꿈 역시
마찬가지였다. 나름 반항도 해보았지만 결국엔 '이 정도 성
적이면 의대 가야지'라는 세상의 기대치에 맞춰 살게 되었
다. 어린 시절 '의사가 되는 건 어때'라고 물어보셨던 어머니
께 '좁은 진료실에 종일 갇혀 있는 건 너무 답답해 보여요'라
고 답했던 것이 마치 미래를 내다본 복선인 것처럼, 요즘 나
는 그렇게 지내고 있다.

작은 방에서 다른 이들이 살아온 이야기를 계속 듣는다.
자연스럽게 나의 삶도 돌아보게 된다. 인생의 여러 순간에
결국 목소리를 죽여야만 했던 '자기'에 대해서도 돌아본다.
과거의 영향 때문인지 이 마음은 더욱더 틀에 갇히기 싫어
한다. 남들이 말하는, 그래서 해야 할 것처럼 느껴지는 틀을
벗어나려는 마음이 자꾸 골프공이 아닌 농구공에 눈이 가
도록 만든다.

무엇보다 나를 더 아껴보고 싶어서

298

문득 이런 생각이 든다. 세상의 압박에 꺾이지 않고 꿈꿨던 길을 그대로 가보았으면 인생이 어떻게 펼쳐졌을까. 나는 지금 내 직업에 상당히 만족하기 때문에 마음이 복잡하다. 무엇이 옳은 것일까? 나중에 내 아이들이 원하는 길과 내가 보는 현실의 벽이 맞부딪힐 때 나는 어떤 태도를 취해야 할까?

그런데 우연히 읽게 된 프로게이머 데프트의 인터뷰 영상에서 일말의 깨달음을 얻었다. 데프트는 2022년 한 해 가장 큰 유행어였던 '중요한 것은 꺾이지 않는 마음'을 처음 말한 장본인이다. 기자가 부모님이 반대하는 프로 게이머의 길을 어떻게 선택하게 됐는지 묻자 그는 이렇게 답했다.

"솔직히 말하면, 난 부모님이 적극적으로 밀어줬으면 성공하지 못했을 것 같다. 부모님은 반대하는 게 맞다. 그 반대를 꺾을 만한 의지와 실력이 있는 사람만이 성공한다고 생각한다. 본인이 그 정도로 원하는 직업이고 자신이 있다면, 결국은 부모님도 막을 수 없다."

모든 사람의 삶에 해당되지는 않겠지만, 분명 생각해볼 지점이 있는 말이다. 서로 부딪힌다고 해서 꼭 한쪽이 나쁜 것이 아니다. 둘 다 나를 위한 목소리일 수도 있다. 어느 정도의 균형은 맞춰야 하지만, 그렇다고 페르소나와 자기 사이의 긴장이 전혀 없는 상태가 만들어지는 것은 불가능하고 그래서도 안 된다. 또한 이 긴장을 통해 더 강해질 수 있다. 칼 융은 "완전한 균형은 결코 이루어질 수 없으며, 갈등에 의해 정신 에너지가 생성된다"고 말했다. 빅터 프랭클 역시 "내적 긴장이 없는 평형 상태가 건강한 것이라고 보는 시각이 정신건강에 대한 가장 흔한 오해이며, 사람은 어느 정도 긴장 상태일 때 정신적으로 건강하다"고 했다.

앞서 비대한 페르소나의 부작용을 얘기한 내가 다시 스스로 페르소나를 키우고 있다. 애써 균형을 맞춘 지 얼마나 지났다고 다시금 긴장을 만들고 있는 꼴이다. 이제는 페르소나에 눌리는 상황을 그렇게 두려워하지 않아도 된다는 것을 경험으로 깨달았기 때문이다. "나를 죽이지 못한 것은 나를 더 강하게 만든다"는 니체의 말처럼, 페르소나의 힘을 이용해 나 자신을 더 발전시킬 수 있음을 알기 때문이다. 어차피 페르소나 역시 내 일부이기에 이를 없앨 수는 없다.

확장된 페르소나가 아니었다면 내 인생에 다시 오지 않을 선물과도 같은 순간들도 없었을 것이다. 몇몇 장면이 떠오른다. 평생 수없이 들었던 MBC 라디오 '잠깐만' 공익광고 캠페인에 출연한 순간이나, 드라마 〈정신병동에도 아침이 와요〉 방영 전 토크쇼에 초대받아 이재규 감독님, 박보영 배우님과 우리 사회의 정신건강에 관한 이야기를 나눈 순간. 강원도에서 강연을 끝낸 후 강연장 앞 중국집에서 식사를 하던 나를 발견한 노부부께서 강연 잘 들었다며 계산을 대신하신 순간도 내 인생의 자랑거리다. 이 모든 순간이 내게는 너무나 분에 넘치는 큰 선물이다. 오랜 기간 팬이었던 스포츠 스타와 같이 책을 만들고 있는 이 과정 또한 그렇다. 나 자신에게도 설레는 일이면서, 분명 누군가에게 도움되리란 생각에 뿌듯하다. 그간 열심히 살아온 세월이 인정받는 느낌도 든다.

이 일련의 과정을 통해 추가로 과대 포장이 되겠지만, 그 또한 어쩔 수 없다. 이미 일어난 일이다. 다만 과대 포장이라 느끼는 불편감을 줄이기 위해서는 나 스스로 내용물을 채우는 수밖에 없다. 그래서 오늘도 새벽에 일어나 책을 읽었다. 나 혼자서는 절대 할 리가 없으니 일로 만들어 강제력을 부여했다. 북팟캐스트 〈서담서담〉과 〈뇌부자들〉의 심리서적 분석코너를 진행하기 위해선 한 달에 대여섯 권의 책을 읽어야 한다. 대학 시절 내게 조선 시대에 태어났으면 완벽한 한량으로 살았을 것이라고 말하던 선후배들이 본다면 참 믿을 수 없는 광경일 것이다. 하지만 지금의 나는 어쩔 수 없다. 새롭게 생겨나고 커진 페르소나에 맞추기 위해선 별 도리가 없다. 마침 오늘 읽은 책에서 최재천 교수님이 "독서는 일이다, 빡세게 해야 한다"고 말한다. 그렇다. 빡세게 읽어, 내 머리를 채워야 한다. 물론 사람들에게 독서의 의미는 다양할 테니 절반만 맞는 말이라고 생각하지만, 적어도 지금의 내게는 그렇다.

페르소나는 나를 강하게 만드는 원동력이 된다. 그것을 거부하고 뿌리치는 과정에서도, 받아들이고 그에 맞추는 과정에서도 힘은 생겨난다. 그 힘은 다른 누구도 아닌 내 것이다. 때마침 최재천 교수님의 책에 이어 집어들은 다음 책에서도 비슷한 이야기를 발견한다. 로커와 정신과 의사의 대담집인 《답답해서 찾아왔습니다》에서 노브레인의 이성우는 이렇게 회상한다.

"젊은 시절 음악해서 먹고 살 수 있겠냐는 말들이 나를 옥죄는 쇠사슬 같았지만, 시간이 지나 지금 돌이켜보면 그 말들 덕분에 내가 후회하지 않으려 더 열심이었던 것 같아 고맙다."

이 세상의 수많은 말들이 우리를 가두려고 한다. 평생에 걸쳐 지속될 그 공격은 누구도 피해갈 수 없다. 왜 나를 세

무엇보다 나를 더 아껴주고 싶어서

302

상의 틀에 가두려 하느냐고 아무리 원망하고 소리쳐도 이 세상은 변하지 않는다. 그게 우리가 사는 세상이다. 다만 중요한 것은 꺾이지 않는 마음이다. 내 마음 깊숙한 곳의 자기가 원하는 것을 찾아내고 지켜내는 것. 마음속에서 계속 부딪히는 이인조를 잘 달래며, 그 사이의 적당한 긴장을 유지하는 것. 해야 하는 것과 하고 싶은 것을 위한 시간을 각각 마련해주는 것. 그것이 결국 나를 지키며 세상에 지지 않고 살아갈 가장 현명한 방법 아닐까? 하고 싶은 것만 하면서 살 수는 없지만, 그렇다고 해야 할 일만 하면서 사는 것은 너무도 끔찍한 일이니 말이다.

"난 잘 안 우는
사람인데"

> 흘러가는 시간보다
>
> 변해가는 마음보다
>
> 오래도록 고맙도록
>
> 기억해

진료를 쉬는 어느 겨울날, 고정 출연하는 라디오 프로그램 〈건강한 아침〉 녹음 차 방송국으로 향하는 차를 몰던 중이었다. 휴대폰에서 흘러나오는 브라운아이드소울의 〈오래도록 고맙도록〉 노래가 끝나갈 때, 이전 내게 없었던 순간이 찾아왔다. 갑자기 눈물이 차기 시작하더니 뚝뚝 떨어졌다. '아니, 난 잘 안 우는 사람인데?' 매우 당혹스러웠지만 바로 다음 순간 직업병처럼 정신과 의사로서의 자아가 등장

해 내게 질문을 던지기 시작했다. '왜 우는 거지? 지금 눈물은 어떤 의미야?'

그때 나는 지금 이 순간을 놓치기 싫다는 생각이 들었다. 이유는 모르겠지만 평소와 다르게 눈물이 나는 것엔 분명 의미가 있을 것이고, 그 이유를 지나치게 캐묻다간 온전한 의미를 잃어버릴 것 같았다. 그래서 우선 눈물이 나도록 내버려두었다.

주차장에 도착해서 생각을 정리해보았다. '나는 잘 안 우는 사람인데, 대체 무슨 일일까?' 10년 넘게 다른 사람의 마음을 캐물어온 나의 관찰 자아는 순식간에 착착 내 마음속을 파헤쳤다. 그 결과 몇 분 만에 나온 1차 보고서는 이러한 내용이었다.

'오늘 두 개의 라디오 프로그램 녹음이 예정되어 있다. 〈건강한 아침〉에서는 받은 사연을 바탕으로 짧은 상담을 해드리고, 〈서담서담〉에서는 지난 한 주간 읽은 책 이야기를 나눈다. 하필 이번 주엔 그 둘 사이에 연결 지점이 있다. 배우자와 사별한 심리 상담사의 책을 읽었는데, 마침 〈건강한 아침〉 사연 중에 배우자를 떠나보내고 2년째 그리움과 고통에 시달리고 있는 할머니의 이야기가 있다. 그리고 〈오래도록 고맙도록〉은 결은 약간 달라도 역시 상실 이후의 마음

을 담은 노래다.'

납득이 가는 것 같으면서 동시에 석연치 않았다. 정말 이것 때문에 울었다고? 난 원래 잘 안 우는 사람인데. 눈앞에 앉은 사람이 눈물 없이는 들을 수 없을 정도의 슬프고 괴로운 이야기를 하며 감정을 쏟아내도 몇십 분간 그저 묵묵히 듣는 사람이 나인데. 그러다 문득 머릿속에 한 가지 생각이 스쳐 갔다.

'원래 잘 안 우는 사람이었다고? 내가? 정말? 언제부터?'

내 진료실 책상엔 항상 갑 휴지가 놓여 있다. 모두가 그 휴지를 편안하게 많이 쓰시면 좋겠는데, 현실은 그렇지 않다. 휴지 한 장을 쓰는 일에도 머뭇거리며 허락을 구하시는 분도 있고, 온갖 슬프고 아픈 이야기를 하면서도 감정적 동요 없이 건조하고 담담한 태도를 유지하는 분도 많다. 이야기의 내용과 감정 표현 사이에 왜 그토록 격차가 큰 것인지 여쭤보면 이런 답이 돌아온다.

'전 원래 이래요. 그냥 그렇게 태어난 것 아닐까요?'

그분들은 언제부터 그렇게 울지 않았을까? 아기 때부터 눈물이 적었을까? 여러 가지 이유가 있겠지만, 여기에도 페르소나가 관여한다. 우리 사회는 감정을 드러내는 것을 부정적으로 바라보는 경향이 크다. '남자는 태어나서 세 번 울어야 한다'는 말이 있을 정도로 감정을 숨기는 것을 미덕으로 여긴다. 분명 힘든데, 힘들다는 감정 표현까지 잘 못하게 만드는 사회적 분위기는 정신과 의사로서 가장 답답하고 아쉬운 지점이다. 타인들의 세밀한 감정 변화를 신경 쓰고 맞추느라 내 감정은 모르고, 점점 표현도 못 하게 된다.

조금 다른 과정을 거쳤으나, 나 역시 감정 표현을 억누른 채 살고 있었다. 어린 시절 나는 슬픈 영화를 볼 때 행여나 알아챈 형의 놀림을 받을까 봐 조용히 눈물을 감추던, 그러면서도 계속 눈물을 흘리던 아이였다. 잦진 않아도 울 일은 계속 있었다. 지금의 나는 많이 다르다. 정신과 의사로서의 페르소나는 내 감정 표현의 폭을 매우 좁혔다. 감정을 최대한 드러내지 않고 하얀 도화지 같은 상태로 내담자를 중립적으로 대하는 것이 분석적 상담 치료에서 매우 중요하다. 영화로 만들어지면 관객들의 눈물을 펑펑 쏟게 할 그런 이야기들 속에서, 그 강렬한 감정에 빠지지 않고 인지적 공감에 머무르기 위해 노력해왔다. 구덩이에 빠진 사람을 구하기 위해선 같이 뛰어드는 것보다 안전한 지점에 머무르며 밧줄을 내려주는 것이 필요하기 때문이다. 믿던 사람에게 버림받은 이야기, 가족 같던 반려견을 떠나보낸 이야기, 가족과 사별한 이야기, 자살 유가족의 눈물 섞인 이야기를 들으면서도 눈물을 보이지 않았다. 아주 간혹 눈시울이 붉어져도 바로 다시 감정을 추스르고 상담을 이어 나갔다. 진료를 마치면, 지난 감정의 흔적을 깨끗이 지운 채 다음 환자를 만났다. 진료실에 앉아 있는 시간이 길어질수록 정신과 의사로서의 자아가 내 삶에서 큰 부분을 차지했다. 어느덧 나는 무덤덤한 사람이 되어 있었다.

관찰 자아가 제출한 2차 보고서의 답은 납득할 만했다. 눈물이 날 상황에 울지 않고 눌려 있던 감정들이 여러모로 자극받은 상황에서 뒤늦게 튀어나왔다는 생각이 들었다. 나는 진료실에서의 감정을 밖으로 가져가는 것이 버겁고 도움이 되지 않는다고 판단하여 생각을 끊어주는 데 집중했다. 이런 방법으로 마음의 평안을 찾기도 했다. 그러나 속에서 계속 쌓이고 있던 감정의 파편들에 관심을 기울이지 못했다. 역시나 내게도 균형이 필요하다. 지나친 생각은 분명 끊어주어야 하지만, 동시에 가끔씩은 일부러 내 마음을 들여다보아야 한다. 끊어버린 생각에 휩쓸려, 묻혀버린 감정은 무엇이었는지 살펴보아야 한다. 이 자명한 사실을 나는 왜 놓치고 있었을까.

몇 달 전 한 잡지와 인터뷰를 할 때였다. 내년 목표가 무엇인지 묻는 질문에 '진료 시간을 줄이는 것'이라는 대답이 자연스럽게 흘러나왔다. 빈틈없이 꽉 차버린 스케줄이 지금 내 삶의 가장 큰 문제라는 것을 언젠가부터 느끼고 있었다. 정해진 진료 시간의 앞뒤로 추가 진료가 잡히고, 밤늦게 병원 문을 나와서 〈뇌부자들〉을 만들러 간다. 틈틈이 숙제로 주어진 책을 읽고 아이들이 자는 새벽에 역시나 또 다른 숙제로 주어진 영화를 본다. 좋은 것들로만 채워진 시간들이지만, 그래도 내게는 다름 아닌 빈 시간이 필요하다. 멍하니 있다가 문득 떠오르는 감정을 알아채고 생각들을 정리할 그 시간이 있어야 한다.

정신과 의사라는 직업을 나는 꽤나 좋아한다. 많은 것을 배울 수 있고, 여러모로 날 성장시킨다. 내 성장이 남들에게도 도움이 된다. 직업의 경계를 넘나들며 글을 쓰고, 〈뇌부자들〉을 만들고, 강연을 하는 것 역시 그렇다. 나와 남들 모두에게 도움이 된다고 느끼기에 계속해서 키워왔다. 하지만 어느덧 삶이 지나치게 꽉 차버렸다. 만약 지금의 나처럼 사는 사람을 진료실에서 만난다면 이렇게 말하지 않을까. "분명 잘 살고 계신 것 같아요. 그런데 이대로 가단 무너지진 않을까 걱정도 돼요. 스스로를 돌아볼 '틈'은 있어요?"

더 나은 사람이 되는 동시에 누군가를 도울 수 있는 이 환상적인 기회는 페르소나와 자아가 공통적으로 바라는 것

309

이지만, 그래도 정신과 의사로서의 내가 내 전부는 아니다. 모든 것을 다 가질 수는 없다. 가장 중요한 나 자신을 사랑 하려면 무언가는 포기하고 내려놓을 줄도 알아야 한다. 이 제는 내게 빈 시간을 선물해 주고 싶다. 뭘 꼭 하고 싶어서 라기보다 그냥 그러고 싶다. 일단 비워야 무엇을 할지 생각 해 볼 수 있지 않을까? 진료실에서 외국에 나갔을 때에만 비로소 마음이 편해지는 사람들의 이야기를 종종 듣는다. 페르소나의 근원들과 멀리 떨어지면 자신도 몰랐던 새로 운 면모들을 발견하곤 한다. 낯선 사람과 서슴없이 어울리 기도 하고, 자신을 위해 돈을 써보기도 하고, 잔디밭에 누워 있는 사람들 틈에 섞여 편안한 휴식이란 것을 처음 경험해 보기도, 오랜 불면에서 벗어나 꿀잠을 자보기도 한다.

만약 내게 페르소나에서 자유로워진 시간이 생긴다면 무엇을 바라게 될까? 눈을 감고 잠시 상상해본다. 이내 한 장면이 떠오른다. 책을 읽다 발견한, 직접 눈에 본 적도 없 으면서 내가 진심으로 부러워한 모습이다. 그것은 무라카 미 하루키가 《일인칭 단수》에서 묘사한 장면이다.

"뭐가 어쨌건, 세상 모든 야구장 중에서도 나는 진구 구장에 앉아 있을 때가 제일 좋다. 1루 쪽 내야석 아니면 우익 외야석. 그곳에서

310

잡다한 소리를 듣고, 잡다한 냄새를 맡고, 하늘을 올려다보는 것이 좋다. 불어오는 바람을 피부로 느끼고, 시원한 맥주를 마시고, 주위 사람들을 바라보는 것이 좋다. 팀이 이기고 있건 지고 있건, 나는 그곳에서 보내는 시간을 무한히 사랑한다."[*]

그저 이런 시간을 내게 선물해주고 싶다. 긴 시간 동안 바쁜 삶의 궤적에 묵묵히 협조하며 열심히 달리고 희생해온 나에게, 이런 평범하지만 평화로운 시간을 선물해주고 싶다. '네 나이에 한창 열심히 달릴 때지 이 무슨 게으른 소리야'라는 목소리가 지금 이 순간에도 내면에서 들려오지만, 그래도 그러고 싶다. 그래야만 한다는 것을 이제는 확실히 안다. 더 길게, 더 건강한 마음으로 일하고 살아가기 위해서. 그리고 무엇보다 나 자신을 더 아껴보고 싶어서.

[*] 무라카미 하루키, 홍은주 옮김, 〈야쿠르트 스왈로스 시집〉, 《일인칭 단수》, 문학동네, 2020.
     Excerpt from "YAKURUTO SUWAROZU SHISHU"(published in 'ICHININSHO TANSU') by Haruki Murakami © 2020 Harukimurakami Archival Labyrinth, used by permission of Harukimurakami Archival Labyrinth through The Sakai Agency.

다시, 김지용

내게 빈틈을
선물해주기로 했다

이 책을 기획하고 만들어가는 동안 삶에 여러 변화들이 생겼다. 글을 적으며 생겨난 고민들을 실제 내 삶에 녹였다. 내게 '빈틈'을 선물해주기로 했다. 〈뇌부자들〉 팟캐스트 녹음이 종결되었고(유튜브는 지속하고 있다), 몇 년간 계속해 오던 아침 라디오 프로그램 출연을 그만두었다. 결혼 후 10년 만에 처음으로 친구들과 여행을 다녀왔다. 꿈에 그리던 미국 프로농구 플레이오프 경기를 눈앞에서 보기 위해서였다. 아이들이 축구 교실에서 뛰는 시간을 독서 시간으로 만들겠다는 효율 추구의 사고방식을 이제는 꽤 내려놓았다. 책도, 핸드폰도 손에 잡지 않으려 노력한다. 대신 그곳에서 잡다한 소리를 듣고, 하늘을 올려다보고, 불어오는 바람을 피부로 느끼려 애쓴다. 바쁘게 돌아가는 세상과 잠시 멀어진 느낌이 좋아 여행 가듯 그 시간을 챙긴다.

그 와중에도 틈틈이 나를 공격하는 페르소나의 목소리에 최대한 흔들리지 않고 그저 덤덤히 듣는다. 좀 짜증나기도 하지만, 그렇다고 나쁜 녀석은 아니라는 것을 이번 책을 준비하며 분명히 깨달았다. 확실히 페르소나는 내가 지금에 만족하거나 정체되지 않게 도와주는 소중한 목소리다. 조별 과제를 할 때 여러 구성원 중 가장 극성스러워 다른 이들을 지치게 하지만, 절대 빠지면 안 되는 친구 같은 존재랄까. 앞으로도 이 친구를 잘 다독이며 함께 인생을 살아가야 한다는 것이 내 삶의 평생 숙제일 텐데, 쉽지 않겠지만 잘 해내고 싶다.

글을 쓴다는 것은 나 자신에게 여러모로 많은 도움이 된다. 진료실에서도 머리와 마음이 복잡한 사람들에게 글쓰기를 자주 권한다. 이 책을 함께 쓴 강다솜, 서미란, 김태술, 이 세 사람에게도 글을 쓰며 자신의 삶과 마음을 돌아보는 과정이 여러 변화를 불러일으켰으리라 믿는다. 앞으로 빈 틈의 위로를 가지며 살게 될, 그들의 삶이 궁금하고 기대가 된다.

이 책을 집어 든 이들에게 다가올 삶도 궁금하고 기대가 된다. 숨 쉴 틈이 생긴 이들에게 일어날 변화를 있는 힘껏

내게 빈틈을 선물해주기로 했다

응원하고 싶다. 그리고 결국 그 변화가 숨 막히게 답답한 삶을 살고 있는 주위 사람들에게도 이어지기를 진심으로 바란다.

빈틈의 위로

초판 1쇄 펴낸날 2024년 7월 17일
4쇄 펴낸날 2024년 10월 10일

지은이 김지용, 강다솜, 서미란, 김태술
펴낸이 이은정
제작 제이오
디자인 어나더페이퍼

펴낸곳 도서출판 아몬드
출판등록 2021년 2월 23일 제 2021-000045호
주소 (우 10416) 경기도 고양시 일산동구 강송로 156
전화 031-922-2103 팩스 031-5176-0311
전자우편 almondbook@naver.com
페이스북 /almondbook2021 인스타그램 @almondbook